普通高等教育“十二五”创新型规划教材

C 语言程序设计

主　编　郝桂英　赵敬梅

副主编　戴青云　苏　雪　刘　凤　赵裕民

北京理工大学出版社
BEIJING INSTITUTE OF TECHNOLOGY PRESS

内 容 简 介

本书从高校学生的思维方式、理解能力等因素出发，以“实用、够用”为原则，用通俗易懂的语言和与实际密切相关的例题深入浅出地介绍C语言程序设计的基本概念和设计方法。全书共9章，第1章介绍了程序设计的基础知识；第2章介绍了C语言的数据类型、常量和变量、运算符、表达式及数据的输入与输出；第3章介绍了C语言程序的三种控制结构；第4章介绍了数组在C语言中的定义和使用；第5章介绍了C语言中函数的定义、调用、参数传递以及变量的作用域和存储类型；第6章介绍了指针的定义和使用方法；第7章介绍了两种构造类型的使用；第8章介绍了C语言的编译预处理命令；第9章介绍了C文件的概念及操作。

本书中的全部例题、习题和上机实训均在Turbo C及Visual C++6.0环境下调试、运行通过，便于读者直接上机验证。为了方便老师授课，本书还配有电子教案以及所有例题、习题和上机实训的源程序。本书既可以作为高等院校学生“C语言程序设计”课程的理想教材，也可作为全国计算机等级考试二级C语言的培训或自学教材。

图书在版编目(CIP)数据

C语言程序设计/郝桂英，赵敬梅主编.—北京：北京理工大学出版社，2010.12

ISBN 978-7-5640-4214-1

Ⅰ.①C… Ⅱ.①郝… ②赵… Ⅲ.①C语言—程序设计—高等学校—教材 Ⅳ.①TP312

中国版本图书馆CIP数据核字(2011)第011451号

出版发行/北京理工大学出版社
社　　址/北京市海淀区中关村南大街5号
邮　　编/100081
电　　话/(010)68914775(办公室)　68944990(批销中心)　68911084(读者服务部)
网　　址/http://www.bitpress.com.cn
经　　销/全国各地新华书店
印　　刷/保定市中画美凯印刷有限公司
开　　本/787毫米×1092毫米　1/16
印　　张/16
字　　数/372千字
版　　次/2010年12月第1版　2010年12月第1次印刷
印　　数/1~2000册
定　　价/35.00元

责任校对/王　丹
责任印制/边心超

前　言

C语言是国内外广泛使用的一种计算机程序设计语言，其功能强大，使用方便、灵活，可移植性好，既具有高级语言的优点，又具有低级语言的许多特点，因此成为编制系统软件和应用软件的首选语言。

C语言课程是我国各高校都开设的一门重要的基础课程，在高等院校计算机专业的课程体系中尤为重要，它是学习其他程序设计语言及专业课程的基础。在本书的编写过程中，我们针对高校学生自身的特点和培养目标，从高校学生的思维方式、理解能力等因素出发，以“实用、够用”为原则，结合多年从事C语言教学的经验，对全书的内容做了精心的安排，用通俗易懂的语言和与实际密切相关的例题深入浅出地介绍C语言程序设计的基本概念和设计方法。

本书在体系结构上尽可能地将概念、知识点与具体实例结合起来，同时借助于“说明”和“注意”等提示内容，帮助学生准确理解相关教学内容。另外，每章后面都配有一定数量的与所讲述内容以及计算机二级等级考试相匹配的习题和上机实训，借助于每章的习题帮助学生加深对教学内容的理解和掌握，借助于上机实训提高学生C语言编程的实际动手能力。

本书全面介绍了C语言的概念、特点和结构化程序设计方法。全书共9章，第1章介绍了程序设计的基础知识，并对C语言的基本知识和操作方式进行了简单介绍；第2章介绍了C语言的数据类型、常量和变量、运算符、表达式及数据的输入与输出；第3章介绍了C语言程序的3种控制结构：顺序结构、分支结构、循环结构；第4章介绍了一维、二维数组和字符数组在C语言中的定义和使用；第5章介绍了C语言中函数的定义、调用、参数传递以及变量的作用域和存储类型；第6章介绍了指针的定义和使用方法；第7章介绍了两种构造类型的使用：结构体与共用体，并简单讲述了枚举类型和用typedef进行类型定义的相关知识；第8章介绍了C语言的编译预处理命令；第9章介绍了C文件的概念以及文件的打开、读写、定位、关闭等操作。

本书的编写，参考了国家教育委员会考试中心编写的《全国计算机等级考试考试大纲》中的二级考试大纲中“C语言程序设计考试要求”，以及部分省市计算机应用知识和应用能力水平考试大纲对C语言部分的要求。

本书中的全部例题、习题和上机实训均在Turbo C及Visual C ++ 6.0环境下调试、运行通过，便于读者直接上机验证。为了方便老师授课，本书还配有电子教案以及所有例题、习题和上机实训的源程序。本书既可以作为高等院校学生“C语言程序设计”课程的理想教材，也可作为全国计算机等级考试二级C语言的培训或自学教材。

本书由郝桂英、赵敬梅老师担任主编，戴青云、苏雪、刘凤、赵裕民担任副主编。郝桂英编写第1章、第5章、第6章，赵敬梅编写第2章、第3章、第4章，戴青云编写第7章，苏雪编写第8章，刘凤编写第9章，赵裕民编写附录Ⅰ~附录Ⅳ。全书由郝桂英拟定编写大纲并负责统稿。

在本书的编写过程中，得到了许多从事计算机教学工作的同事的帮助和大力支持，他们对本书提出了很多宝贵的建议，在此向他们表示衷心的感谢。

尽管我们做了大量的工作，但由于我们水平有限，书中难免存在不足和疏漏之处，敬请广大读者不吝赐教。

编 者

目　录

第1章 概 述

C语言是目前流行的一种结构化程序设计语言，既适合于编写系统软件，又适合于编写应用软件。

作为本书的开篇，本章首先介绍程序设计的基本概念和基础知识，带领读者迈入程序设计的大门，在此基础上对C语言这种应用广泛的计算机高级程序设计语言进行进一步探讨。

【学习目标】

（1）掌握程序、程序设计、算法的基本概念。

（2）了解程序语言的发展和程序设计的步骤。

（3）掌握算法的基本特征和描述方法。

（4）掌握结构化程序设计方法。

（5）了解C语言的发展特点和C语言的字符集、标识符。

（6）掌握C语言程序的基本构成和开发流程。

1.1 程序设计基础知识

1.1.1 程序设计基本概念

1. 程序和程序设计语言

计算机是一种能高速运算、具有存储和记忆能力的电子设备。它最本质的使命就是执行指令所规定的操作。如果我们需要计算机完成什么工作，只要将其步骤用一条条指令的形式描述出来，并将其存入计算机的存储器中，需要结果时就向计算机发出一个简单的命令，计算机就会自动按顺序执行这些指令，全部指令执行完后就得到了预期的结果。这种可以被连续执行的一系列指令的集合就称为计算机的程序。

众所周知，计算机中的指令都是二进制编码，用它编写程序既难记忆又难掌握，所以计算机工作者就研制出了各种计算机能够懂得、人们又方便使用的计算机语言，程序就是利用计算机语言来编写的。因此，计算机语言通常被称为“程序设计语言”，一个计算机程序总是用某种程序设计语言书写的。

从计算机问世以来，程序设计语言也伴随着计算机技术的发展而不断变化。大体经历了以下几个过程。

（1）机器语言：这是最早产生和使用的程序语言，又称为第一代计算机语言。其每条指令都是由二进制代码0和1组成的一个序列。任何一种计算机，都有各自的一套指令系统，每套指令系统都由一组指令组成。例如某指令系统有如下两条指令。

①10000000 表示两数相加。

②10010000 表示两数相减。

由于计算机的指令系统往往各不相同，所以，在一台计算机上执行的程序要想在另一台计算机上执行，必须另编程序，这就造成重复工作。另外，使用这种语言编写程序往往相当困难，只有少数人能掌握。但是，因为机器语言使用的是针对特定型号计算机的语言，故其运算效率是所有语言中最高的。

（2）汇编语言：这是第二代计算机语言。为了减轻使用机器语言编程的负担，人们进行了一种有益的改进：用一些简洁的英文字母、符号串等助记符来替代特定指令的二进制串，比如用 ADD 表示加法，用 SUB 表示减法等，这样一来，就使人们更容易理解和编写程序了。

这种用一些简单助记符构成的指令系统就称为汇编语言。但是计算机是不认识这些助记符的，这就需要一个工具，将汇编语言程序翻译成二进制的机器语言，这种工具就称为汇编程序。

使用汇编语言编程效率仍十分高。针对计算机特定硬件而编制的汇编语言程序，能准确地发挥计算机硬件的功能和特长，所以至今仍是一种常用的软件开发工具。但汇编语言同样依赖于机器硬件，移植性不好，因此它和机器语言都属于面向机器的语言。

（3）高级语言：随着计算机技术的发展，人们开始意识到应该设计一种这样的语言：这种语言接近于数学语言或人的自然语言，同时又不依赖于计算机硬件，编出的程序能在所有机器上使用。经过努力，1954 年，第一个完全脱离机器硬件的高级语言——FORTRAN 问世了。50 多年以来，高级语言的发展也经历了从面向过程的语言到面向对象的语言的发展。影响较大的面向过程的语言有 FORTRAN、COBOL、BASIC、Pascal、C 等。用面向过程的语言解决问题时，人们首先要理解问题要求我们“做什么”，然后去构造“怎么做”的解题过程。程序设计者要详细规定计算机操作的每个细节。而面向对象的语言只需告诉计算机“做什么”，无需去构造“怎么做”的过程。如 C++、VC、VB、Delphi、Java 等均属于此类语言。这种语言使用起来更为简便，但是它的运行效率和灵活性都不如面向过程的语言。另外，对于程序设计的初学者，面向过程的语言是程序设计的基础，因此本书将以面向过程的 C 语言为背景介绍程序设计的基本概念和方法。

2．程序设计步骤

使用计算机解决问题，必须从问题描述入手，经过解题过程的分析、算法的设计，直到最后程序的编写、调试和运行等一系列过程，最终得到要求解问题的结果，这一过程称为程序设计。一般一个简单的程序设计包含 4 个步骤。

1）分析问题，建立数学模型

使用计算机解决具体问题时，首先要对问题进行充分分析，确定问题是什么，解决问题的步骤又是什么，然后针对所要解决的问题找出已知的数据和条件，确定所需的输入、处理和输出对象，最后将解题过程归纳为一系列的数学表达式，建立起解决问题的数学模型。模型的好坏在很大程度上决定了程序的正确性和复杂度。

2）确定数据结构和算法

根据建立的数学模型，对指定的输入数据和预期的输出结果，确定存放数据的数据结构，在此基础上选择合适的算法加以实现。

3）编写程序

根据确定的数据结构和算法，用某种程序语言把这个解决方案完整地描述出来，也就是编写出程序代码。

4）调试运行程序

在计算机上用实际的输入数据对编好的程序调试，分析得到的运行结果，进行程序的测试和调整，直到得到预期的结果。

由此可见，一个完整的程序要涉及 4 个方面的问题：数据结构、算法、程序设计语言和程序设计方法。这 4 个方面的知识都是程序设计人员必备的。关于数据结构的知识有专门的著作，本书重点介绍算法、程序设计语言和程序设计方法的相关知识。

1.1.2 算法和算法的描述

1. 算法的概念

所谓算法，就是指解决某一问题的方法和步骤。根据制定的算法，编写出计算机可以执行的命令序列，就是编制程序。

一个完整的算法应具有如下 5 个特征，这 5 个特征也是算法的判断标准。

1）有穷性

任何一个算法都必须能在执行有限步之后结束。例如：

N！ =1 * 2 * 3 *…*（N－1）* N

其中 N 是一个特定数，比如 50，则这个描述可称之为一个算法。而下式：

sum =1+2+3+⋯+N+⋯

就不能称之为算法，因为该式在执行有限步后仍不能结束，它只能被称为一个计算方法，因此，计算方法不等同于算法。

2）确定性

算法中每一步骤的含义必须是确切的，不能出现任意二义性。

3）有效性

算法中的每一个步骤都应当是可以被执行的，并能得到正确的结果。

4）有 0 个或多个输入

所谓输入是指在算法开始之前所需要的初始数据。输入的多少取决于特定的问题，有些特殊的算法可以没有输入。

5）有 1 个或多个输出

算法既然是为解决特定问题而设计的，那么它至少包含一个输出结果。无任何输出信息的算法是无意义的。

下面通过 3 个简单的问题说明算法的特性。

【例 1-1】有红和黑两个墨水瓶，但错把红墨水装在了黑墨水瓶里，而黑墨水错装在了红墨水瓶里，要求其交换。

算法分析：这是一个非数值运算问题。因为两个瓶子的墨水不能直接交换，所以，解决这一问题的关键是需要引入第 3 个墨水瓶。设第 3 个墨水瓶是白色的，其交换步骤如下。

（1）将黑瓶中的红墨水装入白瓶中。

（2）将红瓶中的黑墨水装入黑瓶中。

（3）将白瓶中的红墨水装入红瓶中。

（4）输出红瓶和黑瓶中的结果，交换结束。

【例 1-2】设计一个算法，让计算机来解方程：ax+b=0，其中参数 a，b 由键盘任意输入，最后计算机输出结果。

算法分析：这是一个数值运算问题。对于该问题，我们不能简单地让计算机输出“x=-b/a”的结果，因为当 a=0 时，这种输出是错误的。所以我们需要分情况讨论。其具体步骤如下。

（1）输入 a，b。

（2）若 a≠0，则输出 x=−b/a，执行第（4）步，否则执行第（3）步。

（3）若 a=0，则分两种情况：

①若 b=0，方程的解是全体实数，执行第（4）步；

②若 b≠0，方程没有实数解，执行第（4）步。

（4）算法结束。

【例 1-3】设计一个算法，求两个自然数 M 和 N 的最大公约数。

算法分析：这也是一个数值运算问题。我国古代数学家秦九韶在《算书九章》一书中曾记载了这个算法。M 和 N 的最大公约数就是能同时整除 M 和 N 的最大正整数。一般用辗转相除法求解。其具体步骤如下。

（1）输入两个确定的自然数 M 和 N。

（2）判断 M 是否等于 N，如相等，则执行第（5）步，否则执行第（3）步。

（3）当 M 大于 N 时，从 M 中减去 N，即 M 减去 N 后再将结果赋给 M；否则，从 N 中减去 M，即 N 减去 M 后再将结果赋给 N。

（4）回到第（2）步。

（5）输出结果，N 为所求最大公约数，算法结束。

2．算法的描述

描述算法有多种不同的工具，采取不同的描述工具对算法的质量有很大的影响。常见的描述算法的工具有：自然语言、流程图、N-S 图、PAD 图、伪代码等。这一节主要介绍应用最广泛的流程图和 N-S 图。

1）流程图

流程图是一种用图框来表示各种操作步骤的算法描述工具，这是一种描述算法的传统工具。美国国家标准化协会 ANSI 规定了一些常用的流程图符号，如图 1-1 所示。

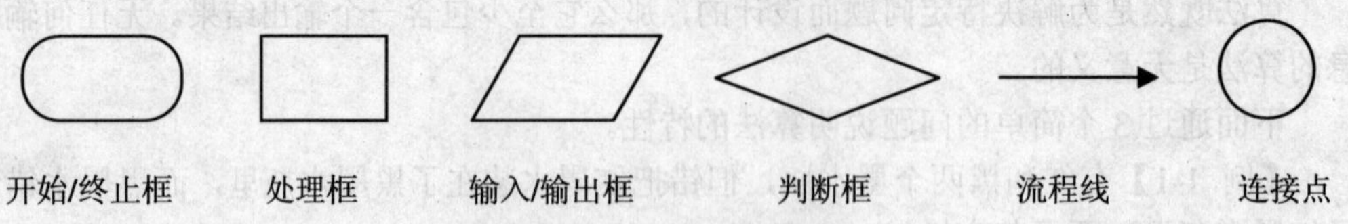

图 1-1 流程图中的各种符号

2）N-S 图

随着结构化程序设计方法的出现，两个美国学者 Nassi 和 Shneiderman 在 1973 年提出了一种新的流程图形式，即著名的盒图，又称为N-S图（N-S取自两学者名字的第一个字母）。它和传统流程图的区别在于去掉了流程线，算法的每一步都用一个矩形盒来描述（盒图因此而得名），把一个个矩形盒按执行的次序连接起来就是一个完整的算法描述。

在本章1.1.3节中将会看到这两种算法描述工具的基本形式。

1.1.3 结构化程序设计方法

程序设计方法是程序设计人员必须掌握和理解的内容。现在广泛使用的程序设计方法主要有结构化程序设计方法和面向对象的程序设计方法。由于C语言是一种面向过程的程序设计语言，利用这种语言编写程序时采用的是结构化的程序设计方法，所以本书对结构化程序设计方法作一个简单的介绍。

结构化程序设计的本质是对问题进行分解。也就是说，从代表目标系统整体功能的复杂问题着手，自顶向下不断地把复杂的问题分解成简单的子问题，这样一层一层地分解下去，直到仅剩下若干个容易实现的子问题为止。当所分解出的子问题已经十分简单，其功能显而易见时，就停止这种分解过程，并写出各个最底层子问题的处理描述。然后再用结构化编程技术编制出各个子问题的程序块，进而构造出整个问题的求解程序。

结构化的程序设计方法一般包括以下几个特征。

（1）整个程序采用模块化结构，用自顶向下、逐步求精的方式进行设计。

（2）设计程序时只采用3种基本的程序控制结构来编制程序。这3种基本程序控制结构分别是顺序结构、选择结构和循环结构。

下面对结构化程序设计时所需要的3种基本程序控制结构进行简单介绍。

1．顺序结构

这种结构程序的执行是按照程序中语句书写的先后顺序逐条执行的，没有分支，没有转移。顺序结构可用图1-2表示，其中左边是传统的流程图，右边是N-S流程图。

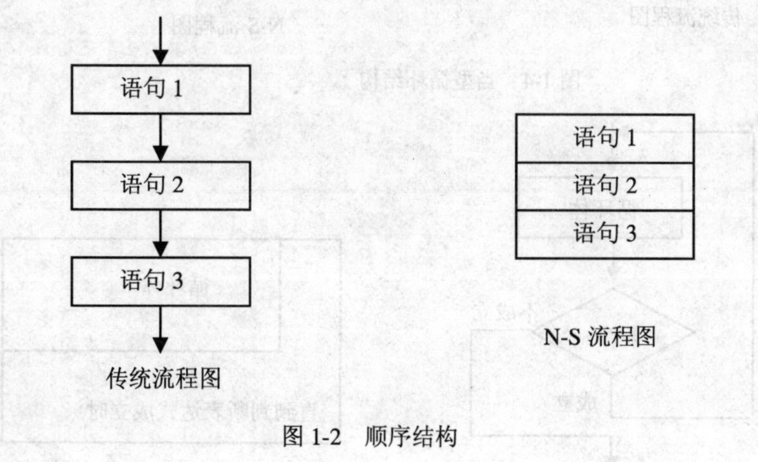

图1-2　顺序结构

2．选择结构

选择结构又称为分支结构。此结构中必须包含一个条件判断，程序执行时根据条件判断的结果来决定其走向，它向我们提供了根据条件取值来选择不同分支的方法。选择结构可用图1-3表示，其中左边是传统的流程图，右边是N-S流程图。

3. 循环结构

循环结构是一种根据某种条件对某一语句块反复执行若干次（可以是多次、一次或零次）的结构。

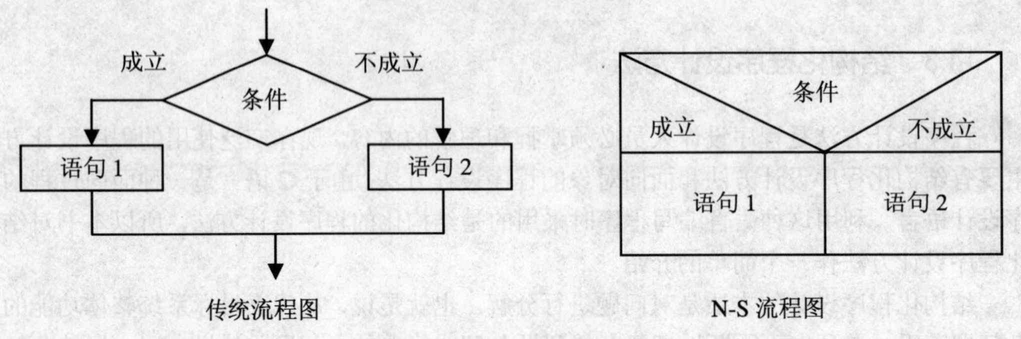

图 1-3 分支结构

循环结构又分为“当型循环”和“直到型循环”两种。“当型循环”的特点是先判断条件，后执行循环体；“直到型循环”是先执行循环体，后判断条件。图 1-4 和图 1-5 分别是“当型循环”和“直到型循环”的示意图。其中左边是传统的流程图，右边是 N-S 流程图。

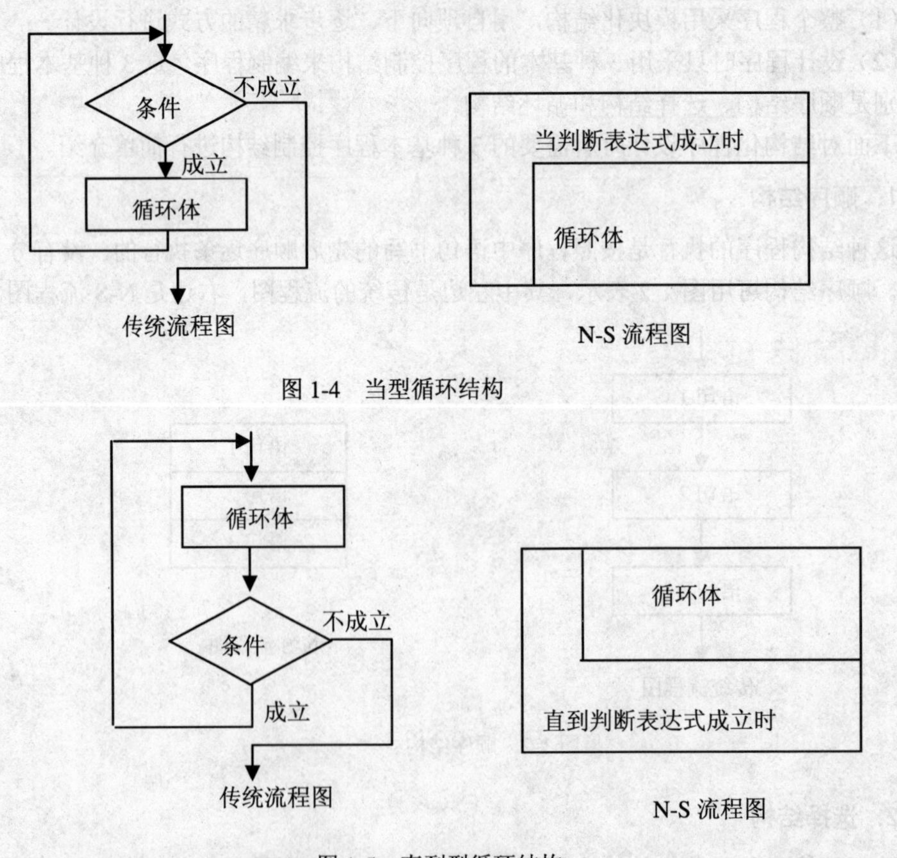

图 1-4 当型循环结构

图 1-5 直到型循环结构

以上 3 种基本程序控制结构必须具有以下特点。

（1）每种基本结构必须只有一个入口和一个出口。

（2）每种基本结构都有一条从入口到出口的路径通过。

（3）结构内不允许出现“死循环”。

任何复杂问题都可以通过这 3 种基本结构的组合构成。由这 2 种基本结构所组成的算法称为结构化算法，由这 3 种基本结构所组成的程序称为结构化程序。

比如上述例 1-1、例 1-2 和例 1-3 的算法，就可以用这 3 种基本结构的流程图表示（见图 1-6、图 1-7 和图 1-8）。

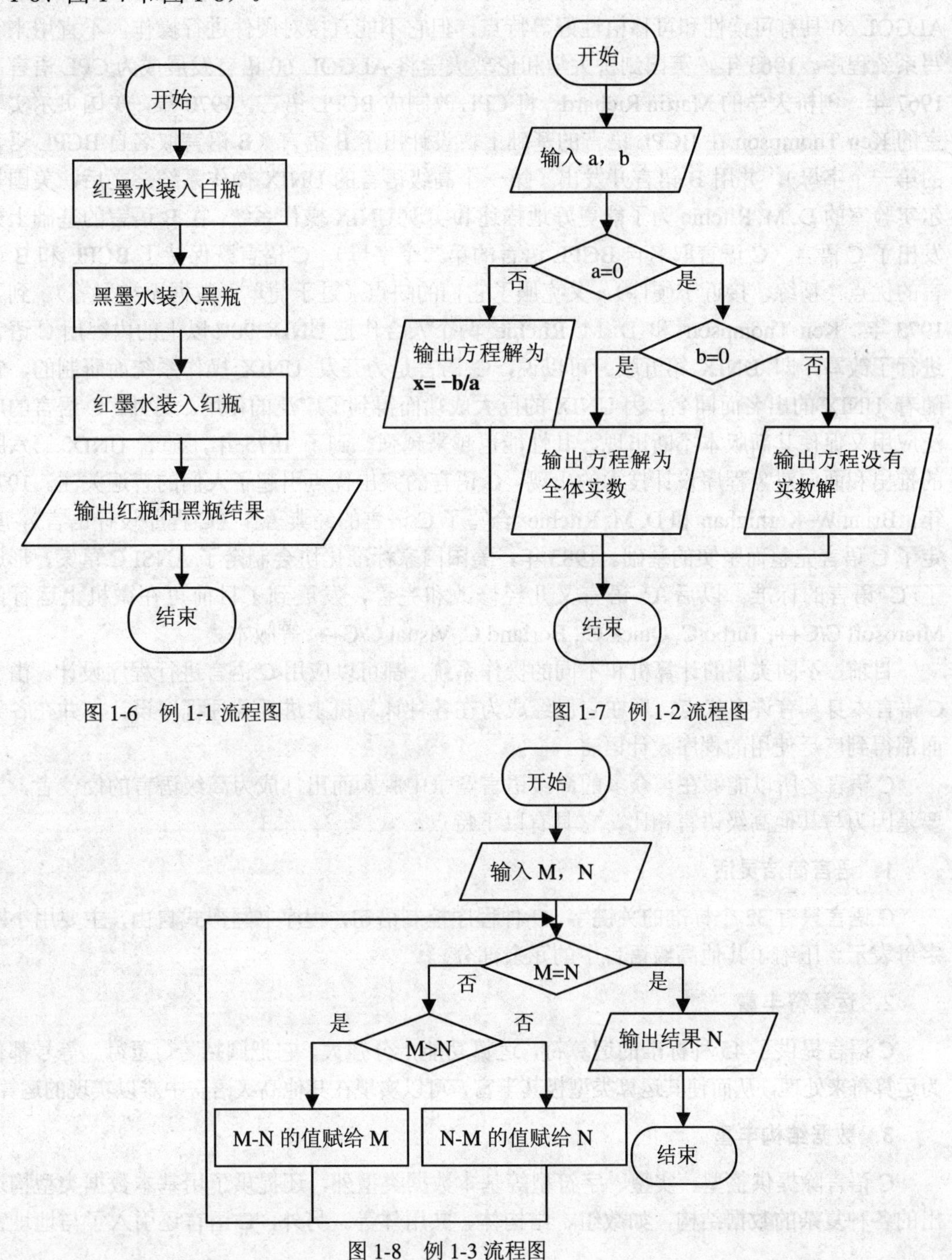

图 1-6　例 1-1 流程图

图 1-7　例 1-2 流程图

图 1-8　例 1-3 流程图

1.2 C 语言概述

1.2.1 C 语言的发展和特点

C 语言是一种面向过程的高级程序设计语言，它的根源是 ALGOL 60，1960 年出现的 ALGOL 60 具有可读性和可移植性好等特点，但它不能直接对硬件进行操作；不宜用来编写系统程序。1963 年，英国剑桥大学和伦敦大学将 ALGOL 60 语言发展成为 CPL 语言，1967 年，剑桥大学的 Martin Richards 将 CPL 改制成 BCPL 语言。1970 年，美国贝尔实验室的 Ken Thompson 在 BCPL 语言的基础上，设计出了 B 语言（B 语言取名自 BCPL 语言的第一个字母），并用 B 语言开发出了第一个高级语言的 UNIX 操作系统。之后，美国贝尔实验室的 D. M. Ritchie 为了能更好地描述和实现 UNIX 操作系统，在 B 语言的基础上开发出了 C 语言（C 语言取名自 BCPL 语言的第二个字母）。C 语言既保持了 BCPL 和 B 语言的优点（精练，接近于硬件），又克服了它们的缺点（过于简单，数据无类型等）。到了 1973 年，Ken Thompson 和 D. M. Ritchie 两个人合作把 UNIX 90%以上的内容用 C 语言进行了改写，即 UNIX 第五版。可以说，C 语言是为开发 UNIX 操作系统而研制的，它随着 UNIX 的出名而闻名，因 UNIX 的巨大成功而得到了广泛的使用。另外，C 语言的广泛应用又促使其新版本不断出现，其性能也越来越强。到了 1975 年，随着 UNIX 第六版的推出和面向对象程序设计技术的出现，C 语言的突出优点引起了人们的普遍关注。1978 年，Brian W. Kernighan 和 D. M. Ritchie 合写了 C 语言的经典著作《C 程序设计语言》，奠定了 C 语言完整而坚实的基础。1983 年，美国国家标准化协会制定了 ANSI C 草案，形成了 C 语言的标准。以后 C 语言又几经修改和完善，发展到了目前可在微机上运行的 Microsoft C/C++, Turbo C, Quick C , Borland C, Visual C/C++ 等版本。

目前，不同类型的计算机和不同的操作系统，都可以应用 C 语言进行程序设计。由于 C 语言本身具有许多优点，现在它已经成为在各种计算机上进行各种程序设计，并在各方面都得到广泛使用的程序设计语言。

C 语言之所以能够在与众多的高级语言竞争中脱颖而出，成为高级语言的佼佼者，主要是因为与其他高级语言相比，它具有以下特点。

1. 语言简洁灵活

C 语言只有 32 个标准的关键字，9 种程序控制语句，程序书写形式自由，主要用小写字母表示。压缩了其他高级语言中的冗余部分。

2. 运算符丰富

C 语言提供了 45 种标准的运算符，运算功能十分强大，它把圆括号、逗号、等号都作为运算符来处理，从而使其运算类型极其丰富，可以实现在其他高级语言中难以实现的运算。

3. 数据结构丰富

C 语言除提供整型、实型、字符型等基本数据类型外，还提供了用基本数据类型构造出的各种复杂的数据结构，如数组、结构体、共用体等。另外，C 语言还引入了与地址密切相关的指针类型，使得 C 语言的计算功能、逻辑判断功能非常强大。

4．允许直接访问物理地址

C 语言中的位运算符和指针运算符能够直接对内存地址进行访问操作，可以实现汇编语言的大部分功能，即直接对硬件进行操作。

5．生成的目标代码质量高

C 语言提供了一个相当大的运算符集合，而且其中大多数运算符与一般机器指令相一致，可直接翻译成机器代码，因此，用 C 语言编写的程序生成的代码质量高，从而带来了编译和执行的高效率。C 语言的代码效率只比汇编语言低 10%～20%，而比其他高级语言的代码效率都高。

6．可移植性好

C 语言所提供的与硬件有关的操作，如数据的输入/输出等，都是通过调用系统提供的库函数来实现的。库函数本身不是 C 语言的组成部分，因此用 C 语言编写的程序能够很容易地从一种计算机环境移植到另一种计算机环境中。

C 语言是一种很灵活的程序设计语言，在很多方面都没有过多的限制。这对程序设计者来说是很方便的，非常适合对 C 语言很熟悉的程序员的胃口。但任何事物都是一分为二的，C 语言的过于灵活和较少的限制，对于 C 语言的初学者来说，却存在着不安全的因素。因此，在使用 C 语言进行程序设计时，一定要注意这一点。

1.2.2 C 语言的字符集和标识符

C 语言根据其特点，规定了其所需的字符集和标识符。

1．字符集

C 程序中允许出现的所有基本字符的组合称为 C 语言的字符集。C 语言的字符集如下所述。

（1）字母：小写字母 a～z 有 26 个，大写字母 A～Z 也有 26 个，共 52 个。

（2）数字：阿拉伯数字 0～9 共 10 个。

（3）特殊符号：共 28 个，如表 1-1 所示。

表 1-1 C 语言编程中可以使用的特殊符号

<table>
<tr><td>+</td><td>−</td><td>*</td><td>/</td><td>%</td><td>^</td><td>=</td></tr>
<tr><td>~</td><td>(</td><td>)</td><td>[</td><td>]</td><td>{</td><td>}</td></tr>
<tr><td>;</td><td>"</td><td>'</td><td>:</td><td>.</td><td>!</td><td>空格</td></tr>
<tr><td><</td><td>></td><td>#</td><td>&</td><td>?</td><td>|</td><td>_下划线</td></tr>
</table>

2．标识符

C 语言程序中出现的任何对象（比如常量、变量、函数、数组、文件、类型）一般都要有一个“名字”，这些对象的“名字”就是 C 语言的标识符。

C 语言的标识符包括 3 类：保留字、预定义标识符和用户定义标识符。下面就对其分别加以介绍。

1）保留字

所谓保留字（有时也称为关键字），是这样一类标识符，其每一个都有特定含义，不允许用户把它们当做变量名或其他名字使用。C 语言的保留字都用小写英文字母表示，共有 32 个保留字，如附录Ⅱ所示。

2）预定义标识符

除了上述保留字外，还有一类具有特殊含义的标识符，它们被用做编译预处理命令和库函数名。这类标识符在 C 语言中称为预定义标识符。一般来说，不要把预定义标识符再定义为其他标识符使用。

预定义标识符包括预处理命令和 C 编译系统提供的库函数名。

其中编译预处理命令有：

define undef include ifdef ifndef elif endif line。

而 C 编译系统提供的库函数名有 400 多个，如：

abs sin tan scanf printf 等。

3）用户定义标识符

前两类标识符都是由系统指定且不能用作它用的。用户也可以自行定义其他标识符。用户自行定义的标识符叫用户定义标识符。用户定义标识符是程序员根据自己的需要定义的一类标识符，用于标识变量名、符号常量名、用户定义的函数名、类型名和文件名等。使用这类标识符时要注意以下几点。

（1）标识符只能由英文字母、数字和下划线构成，但开头字符一定是字母或下划线。

例如，以下都是合法的用户定义标识符。

a,x,x3,BOOK1,sum5

而以下标识符是非法的：

```
3s          /*以数字开头*/
s*T         /*出现非法字符*/
-3x         /*以减号开头*/
```

（2）下划线“_”能起到字母的作用，它还可用于一个长名字的描述。例如：interesttodata 可以写成 interest_to_data。用下划线把词汇隔开，可以增加可读性。

（3）在 C 语言中，大小写英文字母标识符的含义是不同的，如 TOTAL、Total、…、total 等是完全不同的名字。一般变量名、函数名等用小写字母表示，而符号常量名全用大写字母表示。

（4）标识符要有明确含义，应尽量选用具有一定含义的英文单词来命名，使读者“见名知义”。

例如，代表总和的标识符用 sum 要比用 st 好，代表平均数的标识符用 average 而不用 av 等。

（5）标识符一般采用“常用取简、专用取繁”的原则。即常用的标识符应当定义得简单明了，专用的标识符可定义得繁杂一些。

1.2.3 C 语言程序的基本构成

本节通过几个简单的 C 程序实例来介绍 C 语言程序的构成以及特点。

【例 1-4】在计算机屏幕上显示一行字符串“欢迎进入 C 语言世界！”。

具体程序代码如下：

```
#include <stdio.h>                     /*预处理命令*/
main()                                  /*程序从 main 函数开始执行*/
{
 printf("欢迎进入 C 语言世界！\n");    /*在屏幕上显示引号内的字符串*/
}                                       /*main 函数结束*/
```

运行结果如下：

欢迎进入 C 语言世界！

说明：

（1）/*……*/之间的内容是语句的注释部分。它只是在编程中起到说明、解释的作用，计算机并不执行注释部分的内容。

（2）语句#include <stdio.h>是编译预处理命令，其作用是把头文件“stdio.h”的内容包含在本程序中。stdio.h 文件中定义了标准输入、输出函数（如本例中的 printf 函数），要调用该文件中的这些函数，则要在程序开头加上#include <stdio.h>命令。

（3）该程序由一个函数 main(主函数)构成。任何一个程序都必须有此函数。用大括号“{}”括起来的内容是 main 函数的函数体，函数体中一般由实现特定功能的若干条语句构成，每条语句要以分号“；”结束。

（4）printf 是由系统提供的标准库函数，它完成输出功能，“欢迎进入 C 语言世界！”是要输出的内容。“\n”表示换行符，它是由“\”和“n”两个字符构成，是一种转义字符。有关转义字符，在第 2 章将会具体介绍。

【例 1-5】从键盘上随机输入两个整数，计算两个整数之和并将结果输出到屏幕上。

```
#include <stdio.h>
int sum(int x,int y)
{int z;
 z=x+y;                              /*将表达式 x+y 的值赋给变量 z*/
 return (z);
}
main()
{
 int a,b,c;                          /*定义变量 a、b 和 c 的数据类型为整型*/
 printf("Please input two datas:\n");
 scanf("%d%d",&a,&b);                /*从键盘上输入两个整数赋给 a,b 变量*/
 c=sum(a,b);                         /*调用 sum 函数求 a+b 的和，将结果赋给变量 c */
 printf("\n sum = %d\n",c);
}
```

运行结果如下：

```
Please input two datas:
6  3↙
sum=9
```

说明：

（1）此程序由两个函数组成，除了主函数 main 之外，还有一个求两整数和的函数 sum。“int sum(int x,int y)”说明函数的返回值类型为 int（整型），函数名字为 sum，函数的参数为 x、y，其类型为整型。语句“return(z);”功能是将求解结果变量 z 的值返回给主函数 main。

（2）scanf 是系统提供的标准库函数，完成从键盘输入数据功能。其圆括号()内为参数。“%d%d”为格式字符串，指明要给 a、b 两变量输入整数。执行该语句时，整型数据从键盘上输入后直接存储在变量 a、b 中。

（3）“c=sum(a,b); ”是赋值语句，“=”是赋值运算符，表示把右边表达式值赋给左边的变量 c。

（4）程序的执行从 main 函数开始。当 main 函数执行到“c=sum(a,b);”语句时，程序转向 sum 函数执行；当 sum 函数执行到“return(z); ”语句时，则结束 sum 函数的执行，然后返回 main 函数，并把 sum 函数的计算结果 z 变量的值带给 main 函数。当 main 函数执行结束时，整个程序的执行也就结束了。

由上面几个简单的 C 程序实例，我们可以看出，C 程序在结构上有如下几个特点。

（1）一个 C 语言程序是由一个或多个函数所组成的。

这些函数之中，必须有一个主函数，主函数名为 main（该名字用户不能更改）。程序的执行总是从主函数开始（不管它出现在程序的什么地方），其他函数都是在开始执行 main 函数以后，通过函数调用而得以执行的，最后程序在主函数结束。主函数是整个程序的主控部分。主函数以外的其他函数可以是系统提供的库函数，也可以是用户根据自己的需要而编写的函数。

（2）任何一个函数都由两部分组成：函数首部和函数体。

函数首部指明函数的类型、存储属性、函数名字、参数类型和参数名字等，如例 1-5 中的 sum 函数的首部为：

```
int sum(int x,int y)
```

函数体是用大括号“{ }”所括的部分，它包括变量的说明语句和一组可执行语句。每个语句都以分号“;”结束。如例 1-5 中的 sum 函数体为：

```
{ int z;
  z=x+y;
  return (z);
}
```

（3）C 程序可包含外部说明。

在函数定义之外还可包含一个说明部分，该说明部分叫外部说明，它可包括编译预处理命令(如上例中的#include)、外部变量的说明等。

（4）每一个说明、每一个语句都必须以分号结尾。但预处理命令，函数首部之后不能加分号。

（5）C 程序中可以用/*……*/对任何部分作注释，好的程序都要有必要的注释，以提高程序的可读性。

了解了 C 语言程序的结构特点，那么书写一个 C 语言程序时又该遵循哪些规则呢？一般而言，从书写清晰，便于阅读、理解的角度出发，在书写程序时应遵循以下规则。

（1）C 语言程序习惯上使用小写英文字母书写。特殊地方可以用大写字母（例如符号常量的表示）。

（2）一般一个说明或一个语句占一行。

（3）用{}括起来的部分，通常表示程序的某一层次结构。{}一般与该结构语句的第一个字母对齐，并单独占一行。

（4）低一层次的语句或说明可以比高一层次的语句或说明缩进若干格书写，以便看起来更加清晰，增加程序的可读性。

（5）标识符之间必须至少加一个空格以示间隔。若已有明显的间隔符，也可不再加空格来间隔。

1.2.4　C 语言程序的开发流程

从编写一个 C 语言源程序到得到结果一般需要经过 4 个基本步骤：程序编辑—程序编译—程序链接—程序运行，如图 1-9 所示。

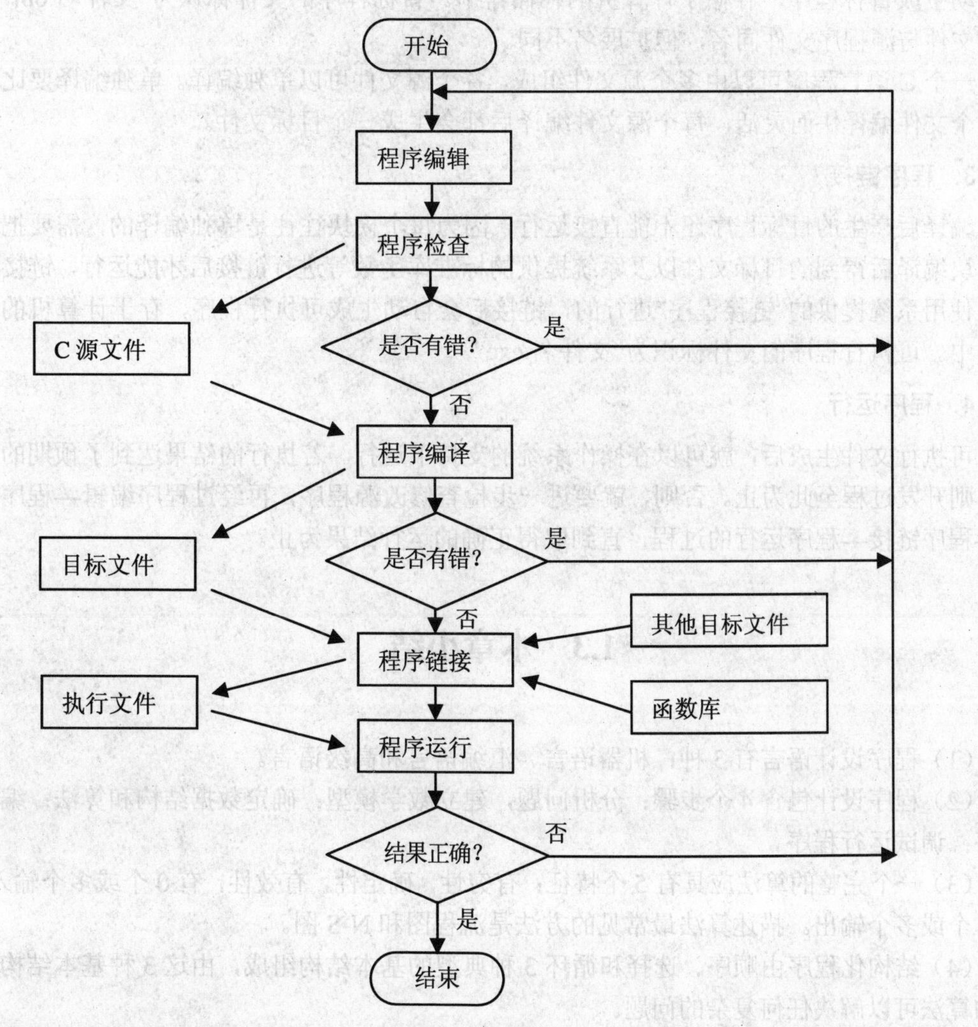

图 1-9　C 程序的开发流程

1. 程序编辑（源文件的编辑）

编辑就是用户把编写好的C语言源程序输入计算机，并以文本文件的形式存放在磁盘上。其源程序文件标识为“文件名.c”。其中文件名由用户自定，扩展名要求为“.c”，表示是C源程序。例如file.c、test.c、program.c等。

一个大的C语言程序往往可划分为若干模块，每个模块由不同的人或小组负责编写。对每个模块可建立一个源程序文件。因此，一个大的C程序可包含多个源文件。比如，一个大的C程序可以包含file1.c、file2.c、file3.c、…、filen.c等源文件。这些源文件都要在编辑器中建立好。

2. 程序编译

编译就是把C语言源程序翻译成二进制指令表示的目标文件。编译由系统提供的编译器完成。编译器在编译时对源文件进行语法和语义检查，并给出所发现的错误。用户可根据错误情况，使用编辑器进行修改，然后对修改后的源文件再度编译。源程序经过编译后会自动生成目标程序，存储于计算机的存储器中。目标程序的文件标识为“文件名.obj”。目标文件与源程序文件同名，但扩展名不同。

一个C语言程序可以由多个源文件组成，各个源文件可以单独编译。单独编译要比合在一个文件编译快而灵活，每个源文件编译后都会生成一个目标文件。

3. 程序链接

编译后产生的目标程序还不能直接运行，因为每个模块往往是单独编译的，需要把每个模块编译后得到的目标文件以及系统提供的标准库函数等进行链接后才能运行。链接过程是使用系统提供的“链接程序”进行的，链接后会自动生成可执行程序，存于计算机的存储器中。可执行程序的文件标识为“文件名.exe”。

4. 程序运行

可执行文件生成后，就可以在操作系统的支持下运行。若执行的结果达到了预期的目的，则开发过程至此为止。否则，就要进一步检查修改源程序，再经过程序编辑—程序编译—程序链接—程序运行的过程，直到取得正确的运行结果为止。

1.3 本章小结

（1）程序设计语言有3种：机器语言、汇编语言和高级语言。

（2）程序设计包含4个步骤：分析问题，建立数学模型；确定数据结构和算法；编写程序；调试运行程序。

（3）一个完整的算法应具有5个特征：有穷性，确定性，有效性，有0个或多个输入，有1个或多个输出。描述算法最常见的方法是流程图和N-S图。

（4）结构化程序由顺序、选择和循环3种典型的基本结构组成，由这3种基本结构组成的算法可以解决任何复杂的问题。

（5）C语言有自己独特的字符集和标识符，编制程序时，要遵照其规定的语法规则来进行。

（6）C 程序有自己的结构特点和书写特点，编制程序时，要注意遵照这些特点。

（7）C 语言程序的开发流程包括 4 个基本步骤：程序编辑—程序编译—程序链接—程序运行。

习 题

一、选择题

1．面向过程的程序设计语言是（ ）。

A．机器语言　　B．汇编语言

C．C 语言　　D．Java 语言

2．用 C 语言编写的源程序（ ）。

A．可立即执行　　B．扩展名为.c

C．经过编译即可执行　　D．扩展名为.obj

3．以下叙述不正确的是（ ）。

A．一个 C 源程序必须包含一个 main 函数

B．一个 C 源程序可由一个或多个函数构成

C．C 程序的基本组成单位是函数

D．在 C 程序中，main 函数必须位于程序的最前面

4．C 语言程序的注释是（ ）。

A．由“/*”开头，“*/”结尾　　B．由“/*”开头，“/*”结尾

C．由“/*”开头，“//”结尾　　D．由“//”开头，“*/”结尾

5．以下叙述中正确的是（ ）。

A．C 语言比其他语言高级

B．C 语言可以不用编译就能被计算机识别执行

C．C 语言以接近英语国家的自然语言和数学语言作为语言的表达形式

D．C 语言出现得最晚，具有其他语言的一切优点

6．下列可用于 C 语言用户标识符的一组是（ ）。

A．void, define, WORD　　B．a3_b3, _123,Car

C．For, -abc, IF Case　　D．2a, DO, sizeof

7．算法是指为解决某个特定问题而采取的确定且有限的步骤，下面不属于算法的 5 个特性的是（ ）。

A．有零个输入或多个输入　　B．高效性

C．有穷性　　D．确定性

8．下列关于 C 语言的说法不正确的是（ ）。

A．C 语言既具有高级语言的一切功能，也具有低级语言的一些功能

B．C 语言中的每一条执行语句都必须用分号结束，分号不是 C 语言的一部分，是语句之间的分隔符号

C．注释可以出现在程序中任意合适的地方

D．命令行后面不能加分号，命令行不是C语言的语句

9．以下说法错误的是（ ）。

A．高级语言都是用接近人们习惯的自然语言和数学语言作为语言的表达形式

B．计算机只能处理由0和1的代码构成的二进制指令或数据

C．C语言源程序经过C语言编译程序编译之后生成一个后缀为.EXE的二进制文件

D．每一种高级语言都有它对应的编译程序

10．以下说法正确的是（ ）。

A．C语言程序总是从第一个函数开始执行

B．在C语言程序中，要调用函数必须在main函数中定义

C．C语言程序总是从main函数开始执行

D．C语言程序中的main函数必须放在程序的开始部分

二、简答题

1．简述算法的特征。

2．简述结构化程序的3种基本结构。

3．简述C语言结构上的特点和书写C程序时应遵循的规则。

4．简述C程序的开发过程。

上机实训

1. 在Visual C++ 6.0中文版工作环境中编辑、编译、链接和运行C程序

【实训目的】

通过该实训了解C语言的运行环境Visual C++ 6.0，掌握在该环境中运行一个C程序的方法和步骤，了解C程序的基本构成和程序的书写格式。

【实训内容】

（1）进入Visual C++ 6.0工作环境，输入下面程序：

```
#include <stdio.h>
main()
  {
     printf("I   love   C   Program!\n");
  }
```

并对该程序进行编译、链接和运行。掌握所进入的工作环境是用什么命令对程序进行编译、链接和运行的。

（2）输入并运行下面的程序，并了解如何在程序运行时向程序中的变量输入数据。

```
#include <stdio.h> .
main()
{float a,b,c;
 printf("Please input two datas:\n");
```

```
    scanf("%f%f",&a,&b);
    c=a+b;
    printf("\n sum = %f\n",c);
  }
```

2. Visual C++ 6.0 工作环境介绍

用 Visual C++ 6.0 中文版运行 C 程序，一般要经过编辑、编译、链接、运行 4 个步骤，本书以实训内容（2）为例，详细介绍整个过程。

（1）打开“开始”菜单，选择“程序”命令，在子菜单中选择 Microsoft Visual Studio 6.0→Microsoft Visual C++ 6.0 命令，就可启动中文版 Visual C++ 6.0 的工作界面。如图 1-10 所示。

（2）从“文件”菜单中选择“新建”命令，出现如图 1-11 所示的“新建”对话框，打开“文件”选项卡，选择 C++ Source File 选项。

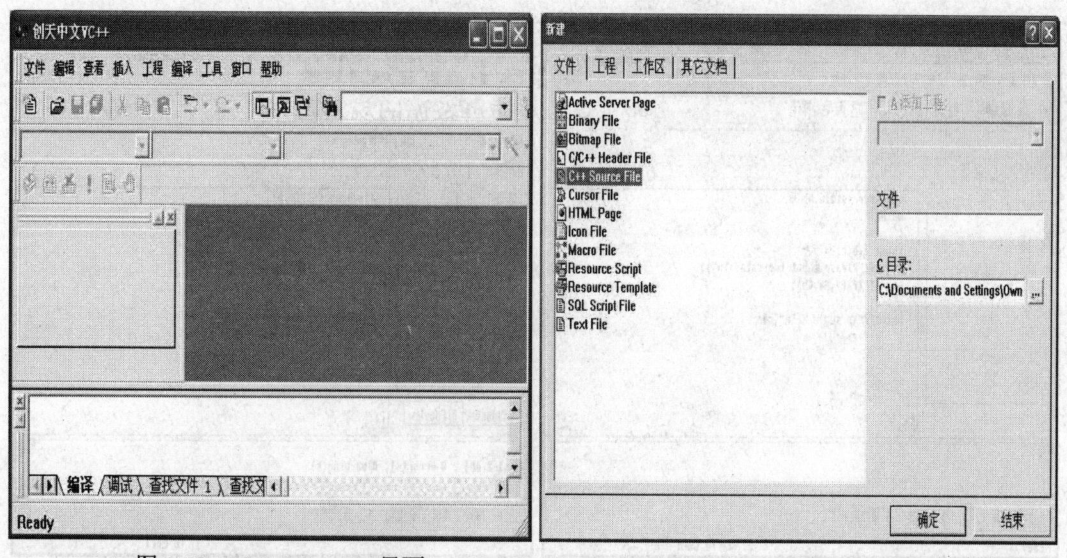

图 1-10　Visual C++ 6.0 界面　　　　图 1-11　“新建”对话框

（3）为了设置存放 C 源程序的文件夹，可单击图 1-11 右侧的“...”命令按钮。之后，出现如图 1-12 所示的 Choose Directory 对话框。选取一个合适的文件夹用于存放 C 源程序（例如 D:\C 语言源程序）。然后单击“确定”按钮返回。

（4）在图 1-11 的“文件”文本框中输入 sx1-2.c（表示以 sx1-2.c 为文件名存放当前程序），如图 1-13 所示，然后单击“确定”按钮。

（5）此时，屏幕弹出 sx1-2.c 的源程序编辑框，在框中输入源程序，如图 1-14 所示。注：在输入程序时，要注意随时保存，以免因意外情况而导致程序丢失。

（6）程序输入完毕后，选择“编译”菜单中的“编译 sx1-2.c”命令（或者按快捷键 Ctrl+F7），在弹出的对话框中单击“是”按钮。这时出现图 1-15 所示的编译情况。

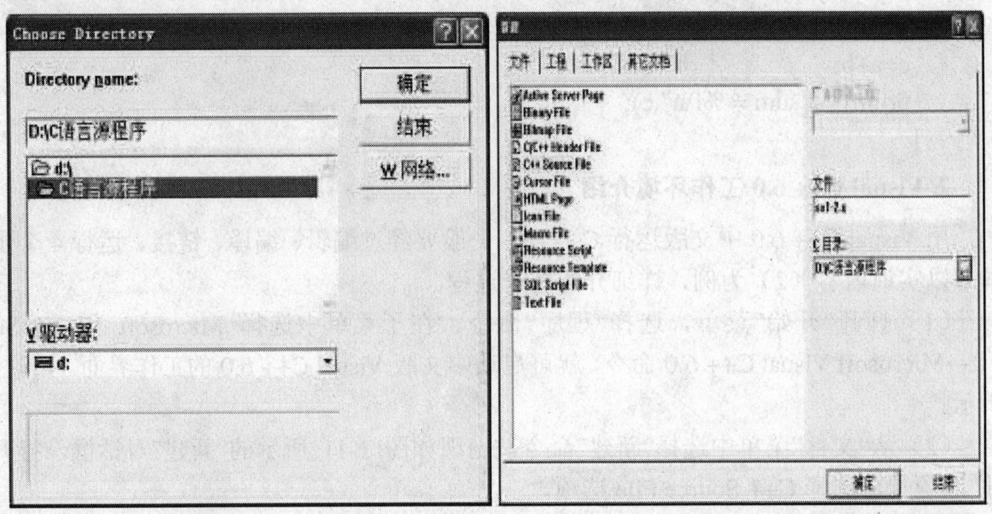

图 1-12　Choose Directory 对话框　　　　图 1-13　“sx1-2.C” 为名存放当前程序

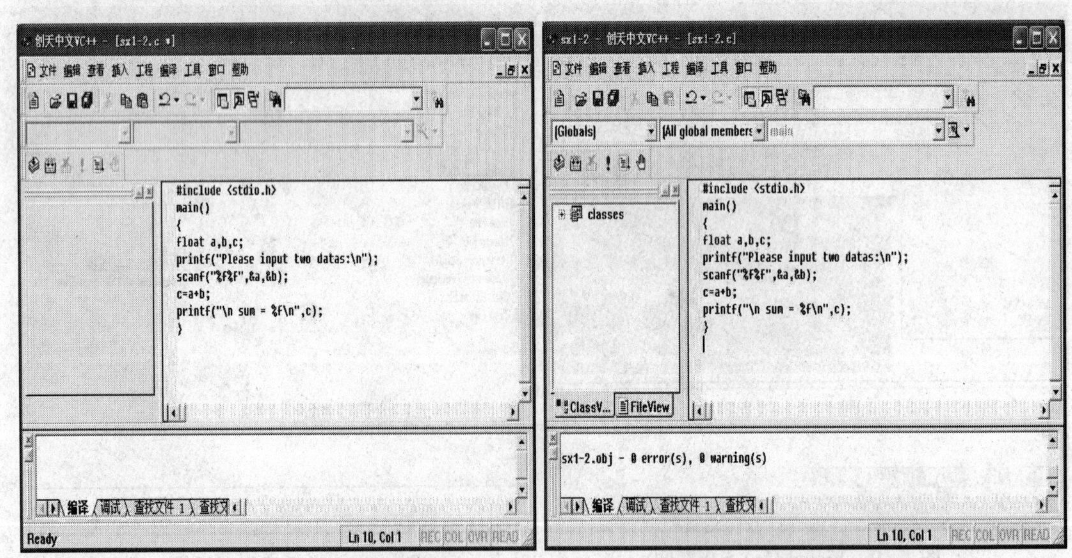

图 1-14　在“编辑”对话框输入源程序　　　　图 1-15　编译源程序对话框

注：从编译信息框（位于集成环境的下方）中可看出程序的编译情况。如果发现有 0 个错误信息，则程序编译成功（警告信息可不考虑）；如果发现有 1 个或 1 个以上的错误信息，则可向上拖动编译信息框右边的垂直滚动条，向上查找错误出现的位置和原因，然后改正错误，重新编译，直到错误个数为 0。

（7）选择“编译”菜单中的“构件 sx1-2.exe”命令（或者按快捷键 F7），进行链接。出现如图 1-16 所示的情况，利用编译信息框（位于集成环境的下方）可看出程序的链接情况。如果发现有 0 个错误信息，则程序链接成功，否则根据提示信息检查错误，修改后重新编译和链接。

（8）选择“编译”菜单中的“执行 sx1-2.exe”命令（或者按快捷键 Ctrl+F5），弹出程序运行窗口，如图 1-17 所示。在程序运行窗口中随机输入两个整数，例如：6　3 并按回车键，程序运行窗口显示如图 1-18 所示的运行结果。此时，用户可按任意键返回到 Visual C++ 6.0 环境中。

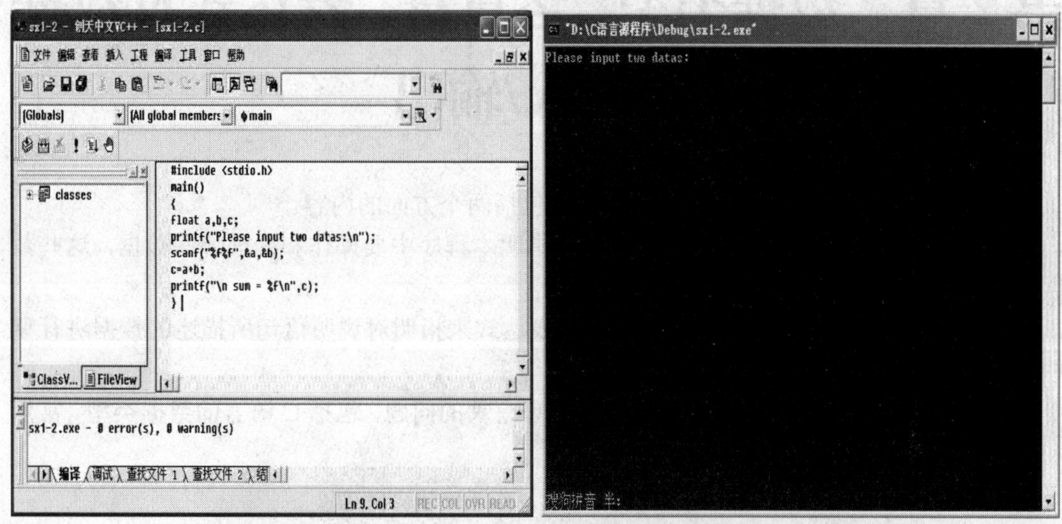

图 1-16　链接对话框　　图 1-17　程序执行窗口

图 1-18　程序执行结果

第2章　数据类型、运算符、表达式及数据的输入/输出

使用C语言编写程序，至少要在程序中包括两个方面的内容。

（1）描述数据。即用C语言的说明语句指明本程序中要操作和处理哪些数据，这些数据都是什么样的存储属性和数据类型。

（2）处理数据。即用各种运算符构成的表达式来指明对说明语句所描述的数据进行哪些加工和处理。

本章介绍C语言中与数据描述和数据处理有关的问题，包括C语言的数据类型、常量和变量、运算符、表达式及数据的输入/输出等。

【学习目标】

（1）掌握C语言的基本数据类型及其定义方法。

（2）掌握C语言运算符的种类、运算优先级和结合性。

（3）掌握C语言表达式类型和求值规则。

（4）了解不同类型数据间的转换与运算。

（5）掌握格式化输入、输出函数的使用。

2.1　C语言的数据类型

数据是程序操作、处理的对象，也是操作、处理的结果，因此数据是程序设计中所要涉及和描述的主要内容。把程序能够处理的数据划分成若干组，属于同一组的各个数据都具有同样的性质。例如，对它们能够做同样的操作，它们都采用同样的编码方式等，程序设计语言中具有这样性质的数据集合称为数据类型。C语言就是用数据类型来描述程序中所用数据的构造特点、数据的取值范围、数据在内存中的存储分配等数据特征的。

在C语言中，数据类型可分为：基本数据类型、构造数据类型、指针类型、空类型等4大类，如图2-1所示。

1．基本数据类型

基本数据类型最主要的特点是：不可以再分解为其他类型。

2．构造数据类型

构造数据类型是根据编程的实际需要，由编程人员用已定义的一个或多个数据类型构造而成的。也就是说，一个构造类型可以分解成若干个“成员”或“元素”。每个“成员”又都是一个基本数据类型或是一个构造类型。

在C语言中，构造类型有以下几种：

- 数组类型；

- 结构体类型；
- 共用体类型。

3．指针类型

指针是一种特殊的，同时又是具有重要作用的数据类型。其值用来表示某个量在内存储器中的地址。

4．空类型

在调用函数时，通常应向调用者返回一个函数值，这个返回的函数值具有一定的数据类型，应在函数定义及函数声明中予以定义或说明。但是，也有一类函数，调用后并不需要向调用者返回函数值，这种函数可以定义为“空类型”，其类型说明符为 void。

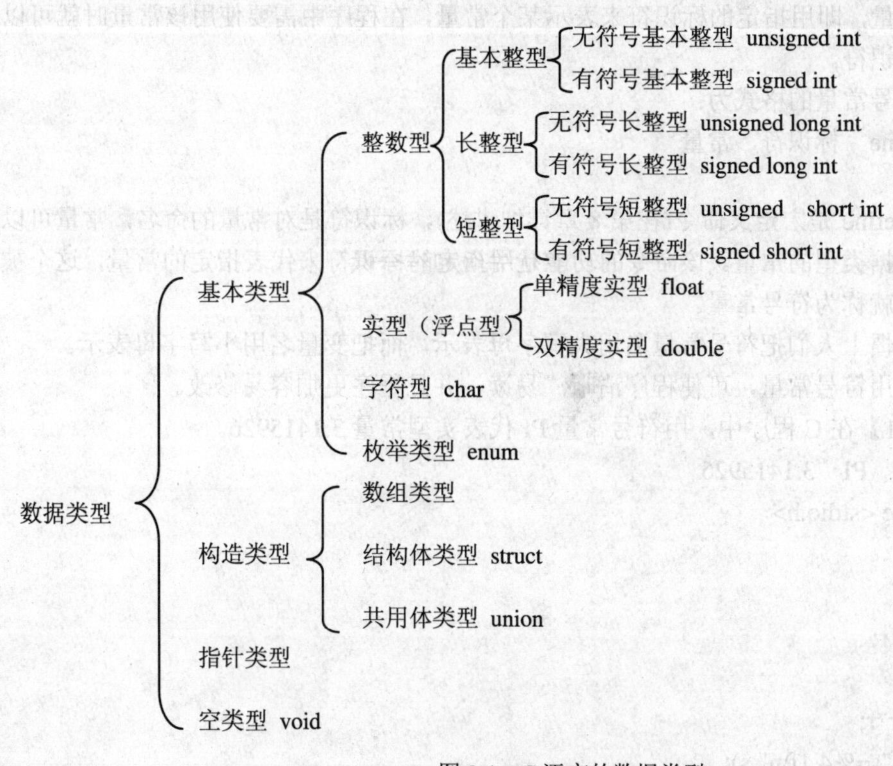

图 2-1　C 语言的数据类型

本章先介绍基本数据类型中的整型、实型和字符型。其余类型在以后各章中将陆续予以介绍。

2.2　常量与变量

对于各种数据类型，按其取值是否可以改变分为常量和变量两种。

2.2.1　常量

在程序执行过程中，其值不发生改变的量称为常量。常量可以分为直接常量和符号常量两种。

1．直接常量

根据数据类型的不同直接常量又可进一步细分，如整型常量、实型常量、字符型常量等。直接常量又叫字面常量，其数据类型可以从字面形式直接判断出来。

2．符号常量

在 C 程序设计中，经常碰到这样的问题：常量本身是一个较长的字符序列，并且在程序中反复使用。例如：圆周率的值为 3.1415926，如果在程序中多处使用，直接写成 3.1415926 的表示形式，势必会使编程输入工作显得烦琐，一旦需要把 3.1415926 的值修改为 3.14 时，就必须逐个查找并修改，这样，会降低程序的可修改性和灵活性。因此，C 语言中提供了一种符号常量，即用指定的标识符来表示某个常量，在程序中需要使用该常量时就可以直接引用该标识符。

定义符号常量的格式为：

#define　标识符　常量

说明：

（1）#define 是宏定义命令(在第 8 章详细讲述)，标识符是对常量的命名，常量可以是任何一种数据类型的常量。该命令的功能是用指定的标识符来代表指定的常量，这个被指定的标识符就称为符号常量。

（2）习惯上人们把符号常量名用大写字母表示，而把变量名用小写字母表示。

（3）使用符号常量，可使程序清晰、易读，并且程序更加容易修改。

【例 2-1】在 C 程序中，用符号常量 PI 代表实型常量 3.1415926。

```
#define   PI   3.1415926
#include <stdio.h>
main()
{
  float s,r;
  r=5;
  s=PI*r*r;
  printf("s=%4.1f\n",s);
}
```

运行结果如下：

s=78.5

注意：符号常量也是常量，在程序执行过程中，其值不能被改变。

2.2.2 变量

在程序执行过程中，其值可以改变的量称为变量。每个变量都有一个名字，在内存中占据一定的存储单元。变量名与变量所占据的内存单元相对应，变量的值就是其对应的内存单元中所存放的数据。对变量的操作和处理实质上是对其所占据的内存单元的操作和处理。

对变量的基本操作有以下两个。

（1）向变量中存入数据值，即把数据值存入变量所占据的内存单元中，这个操作被称作给变量“赋值”。

（2）取变量当前的值，即从变量所占据的内存单元中取得变量当前的值，以便在程序运行过程中使用，这个操作称为“取值”。

变量具有保持值的性质，也就是说：如果在某个时刻给某变量赋了一个值，此后使用这个变量时，每次得到的将总是这个值，直到再次给其赋值为止。

对变量进行“赋值”和“取值”操作，都是通过变量名来完成的。

C 语言规定，常量是可以不经定义而直接引用的，但变量则必须先定义后使用。

定义变量的语法格式为：

类型标识符　变量名表列 ;

说明：

（1）类型标识符是 C 语言中的数据类型，如整型类型标识符为 int，字符型类型标识符为 char 等。

（2）变量名表列的形式是：变量名 1，变量名 2，…，变量名 n，即用逗号分隔的同种类型的变量名的集合，最后用一个分号结束定义。

例如：

```
int a, b ,sum;
```

该语句的功能是：定义 3 个整型变量，名字分别为 a、b、sum，可以使用它们在程序运行中存放 3 个整型数据。

（3）变量名是变量的标识符，其命名规则必须符合 C 标识符的所有规定。

（4）规定变量必须先定义后使用的目的如下。

① 可以保证程序中变量使用的正确性。例如，已经定义了一个变量 sum，但在程序使用中却写成了 sun，在编译时先检查变量名的合法性，发现 sun 未被定义过，按出错处理，因而可以帮助人们查找拼写错误。

② 变量定义后，系统会根据变量的类型为变量在内存中开辟相应的存储单元。

③ 变量类型确定后，也就确定了变量的取值范围和可以对其进行的运算。

2.3　基本数据类型的常量与变量

2.3.1　基本数据类型的常量

1．整型常量

在 C 语言中，整型常量有 3 种形式：八进制常量、十六进制常量和十进制常量。

1）八进制整型常量

八进制整型常量必须以 0 开头，即以 0 作为八进制数的前缀。数码取值为 0～7。

例如：以下各数是合法的八进制整型常量。

015(十进制为 13)，0101(十进制为 65)，−012(十进制为−10)。

例如：以下各数不是合法的八进制整型常量。

256(无前缀 0)，03A2(包含了非八进制数码 A)。

2）十六进制整型常量

十六进制整型常量的前缀为 0X 或 0x。其数码取值为 0～9，A～F 或 a～f。

例如：以下各数是合法的十六进制整型常量。

00X2A(十进制为 42)，0XA0(十进制为 160)-0X12(十进制为-18)。

例如：以下各数不是合法的十六进制整型常量。

5A(无前缀 0X)，0X3H(含有非十六进制数码 H)。

3）十进制整型常量

十进制整型常量没有前缀。其数码为 0～9。

例如：以下各数是合法的十进制整型常量。

237，-568，65535，1627

例如：以下各数不是合法的十进制整型常量。

023(不能有前导 0)，23D(含有非十进制数码 D)。

在程序中是根据前缀来区分各种进制数的。因此在书写常量时注意不要把前缀弄错造成结果不正确。

2. 实型常量

实型常量又称实数或浮点数。在C语言中，实型常量只用十进制数表示，有两种书写格式：小数形式和指数形式。

（1）小数形式：由符号、整数部分、小数点及小数部分组成。

例如：以下都是合法的小数形式实型常量。

12.34，0.123，.123，123.，-12.0，-0.0345，0.0，0.

注意：可省略整数部分或小数部分，但不能两者都没有，小数点是必须有的。

例如：123.不能写成 123，因为 123 是整型常量，而 123.是实型常量。

（2）指数形式：由十进制小数形式加上指数部分组成，其形式如下。

十进制小数 e 指数　　或　　十进制小数 E 指数

格式中的 e（或 E）前面的十进制小数表示尾数，e（或 E）表示底数 10，而 e（或 E）后面的指数必须是整数，表示 10 的幂次。

例如：25.34e3 表示 $25.34\times10^3=25340$。

注意：用指数形式表示实数，字母 e 或 E 之前（即尾数部分）必须有数字，e 后的指数必须是不超过数据表示范围的正负整数。例如：e-5,7.2e2.5 都是不合法的实数。

在一个计算机系统中，实型常量分为单精度实型常量和双精度实型常量两种，一个单精度实型常量在内存中占 4 个字节，其取值的绝对值范围为 10^{-38}~10^{38}，最多可有 7 位有效数字；双精度实型常量占 8 个字节，其取值的绝对值范围为 10^{-308}~10^{308}，最多可有 15～16 位有效数字。如果要表示单精度实型常量和双精度实型常量，只要在上述书写形式后分别加上后缀 f(F)或 l(L)即可。

例如：2.3f，-0.123F，2e-3f，-1.5e4F 为合法的单精度实型常量。1256.34L，-0.123L，2e3L 为合法的双精度实型常量。

3. 字符型常量

C语言中的字符常量是括在单引号内的一个字符。例如：' '（表示空格字符）、'x'、'B'、'b'、'$'、'?'、'3'都是字符常量。字符型数据在计算机内存中存储时占用一个字节，其中存储的是字符的 ASCII 码（ASCII 码表见附录 I），实质上是一个整数值，因此'B'和'b'是不同的字符常量。'B'在内存中存储的是其 ASCII 码 66（十进制数），'b'在内存中存储的是其 ASCII 码 98（十进制数）。

除了以上形式的字符常量外，对于常用的却难以用一般形式表示的不可显示字符或键盘上没有的字符，C语言提供了一种特殊的字符常量，即用'\'开头的转义字符。常用的转义字符见表 2-1。

表 2-1　转义字符序列及其功能

转义字符	值	功　能
\0	0	字符串结束符
\b	8	退格
\t	9	水平跳格
\n	10	换行
\f	12	走纸换页
\r	13	回车
\"	34	双引号字符
\'	39	单引号字符
\\	92	反斜线字符
\ddd		1 ~ 3 位八进制数表示的 ASCII 字符
\xhh		1 ~ 2 位十六进制数表示的 ASCII 字符

转义字符是一种特殊形式的字符常量，其意思是将转义符“\”后的字符原来的含义进行转换，变成某种另外特殊约定的含义。

例如，转义字符“n”中的 n 已不代表字符常量“n”，由于 n 前面是转义符“\”，所以 n 就转义成换行。转义字符“\x1f”是“\xhh”形式的转义字符，其中“1f”是十六进制整数，它表示了 ASCII 码表中编码为十进制 31 的字符，也就是“▼”。

4. 字符串型常量

字符串常量是由一对双引号括起来的字符序列。例如：“ CHINA”，“ C program”，“ $12.5”等都是合法的字符串常量。

字符串常量和字符常量是不同的量。它们之间主要有以下区别。

（1）字符常量由单引号括起来，字符串常量由双引号括起来。

（2）字符常量只能是单个字符，字符串常量则可以含一个或多个字符。

（3）可以把一个字符常量赋予一个字符变量，但不能把一个字符串常量赋予一个字符变量。在C语言中没有相应的字符串变量，但是可以用一个字符数组来存放一个字符串常量（在第4章予以介绍）。

（4）字符常量占用一个字节的内存空间。字符串常量占用的内存字节数等于字符串中的字符数加1。增加的一个字节用于存放字符'\0' (ASCII码为0)。这是字符串结束的标志。例如，字符常量'a'和字符串常量"a"虽然都只有一个字符，但在内存中的情况是不同的。'a'在内存中占一个字节，可表示为：| a |，"a"在内存中占二个字节，可表示为：| a | \0 |。

2.3.2 基本数据类型的变量

1. 整型变量

在C语言中，整型变量有6种类型：整型(int)、短整型(short)、长整型(long)、无符号整型(unsigned int)、无符号短整型（unsigned short）和无符号长整型（unsigned long)。

前面已经讲过，一个C程序中用到的所有变量都必须在使用前进行定义。一是定义变量类型，二是定义变量名。对于程序中要定义为整型的变量，只需在变量的说明语句中指明整型数据类型和相应的变量名即可。

例如：
```
int a,b,c;     /* 定义 a,b,c 为整型变量，其作用同 signed int a,b,c;*/
long e,f;      /* 定义 e,f 为长整型变量 */
unsigned short gh;     /* 定义 gh 为无符号短整型变量 */
```

说明：C语言提供多种整数类型，是为了适应不同情况的需要。不同类型的差别在于其占用的存储空间不同，因此有不同的数据取值范围。ANSI C 标准本身没有具体规定各种类型数据所占的存储字节数，数据的取值范围受限于所使用计算机的不同，不同的计算机系统对数据的存储有具体的规定。表2-2列出了PC机及其兼容机上对C语言整型数的规定，表明各类型变量所占的位数及可表示的数的取值范围。

表2-2 整数基本类型表

类型	所占字节数	数值范围	说明
[signed] int	4字节	−2147483648～2147483647 即-2^{31}~$2^{31}-1$	整型
[signed] short [int]	2字节	−32768~32767 即-2^{15}~$2^{15}-1$	短整型
[signed] long [int]	4字节	−2147483648～2147483647 即-2^{31}~$2^{31}-1$	长整型
unsigned [int]	4字节	0～429467295 即 0~$2^{32}-1$	无符号整型
unsigned short [int]	2字节	0～65535 即 0~$2^{16}-1$	无符号短整型
unsigned long [int]	4字节	0～429467295 即 0~$2^{32}-1$	无符号长整型

注：表中[ ]中的关键字可省略。编写程序时，应根据所要处理的整型数据的取值范围来选择相应的整型变量存放该数据。

2. 实型变量

在C语言中，实型变量分为单精度(float)、双精度(double)两种类型。

实型变量的定义，只需在变量说明语句中指明实型数据类型和相应的变量名即可。

例如：
```
float a,b;      /* 定义变量 a,b 为单精度实型变量*/
double c,d;     /* 定义变量 c,d 为双精度实型变量*/
```

表2-3列出了实型数据的长度和表示范围。表中的有效位数是指数据在计算机中存储和输出时能够精确表示的数字位数。

表 2-3　实数基本类型表

类型	存储时所占字节数	数值范围	有效位数
float	4 字节	10^{-38} ～10^{38}	6 ～7
double	8 字节	10^{-308} ～ 10^{308}	15 ～16

说明：实型数据的有效位愈多，数的精确度就愈高。指数部分的位数愈多，数的表示范围就愈大。由于机器存储位数的限制，浮点数都是近似值。

编写程序时，应根据所要处理的实型数据的取值范围以及需保留的有效数据位数来选择相应的实型变量存放该数据。

3．字符型变量

定义字符型变量的关键字是 char。

例如：char s1, s2;

其功能是定义 s1，s2 为字符型变量。

字符型变量用于存放字符常量，即一个字符型变量可存放一个字符常量。在 C 语言中，字符型数据在计算机中存储的是字符的 ASCII 码，一个字符的存储占用内存的一个字节。因为 ASCII 码形式上就是 0~255 的整数，因此 C 语言中字符型数据和整型数据可以通用。

例如：字符'A'的 ASCII 码值用二进制数表示是 1000001，用十进制数表示是 65，在计算机中的存储示意图见图 2-2。由图可见，字符'A'的存储形式实际上就是一个整型数 65，所以它可以直接与整型数据进行算术运算，可以与整型变量相互赋值，也可以将字符型数据以字符形式或整数形式输出。以字符形式输出时，先将 ASCII 码值转换为相应的字符，然后再输出；以整数形式输出时，直接将 ASCII 码值作为整数输出。

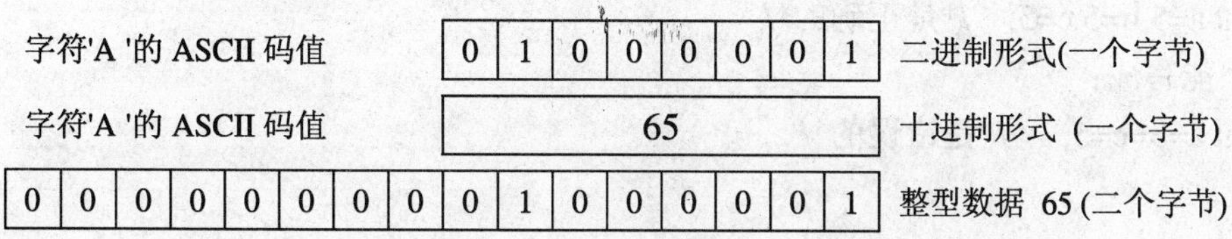

字符'A '的 ASCII 码值　| 0 | 1 | 0 | 0 | 0 | 0 | 0 | 1 |　二进制形式(一个字节)

字符'A '的 ASCII 码值　| 65 |　十进制形式 (一个字节)

| 0 | 0 | 0 | 0 | 0 | 0 | 0 | 0 | 0 | 1 | 0 | 0 | 0 | 0 | 0 | 1 |　整型数据 65 (二个字节)

图 2-2　字符型数据存储示意图

【例 2-2】指出程序的运行结果。

```
#include <stdio.h>
main()
{char c1,c2,c3,c4;        /*定义字符型变量 c1,c2,c3,c4*/
 c1='a';        /*为 c1 变量赋值'a'*/
 c2='B';        /*为 c2 变量赋值'B'*/
 c3=c1-32;     /*查 ASCII 码表可知，相应大、小写字母的 ASCII 码值相差为 32*/
 c4=c2+32;
 printf("%c%c%c%c\n",c1,c2,c3,c4);     /*输出 c1,c2,c3,c4 四个变量的值*/
}
```

运行结果如下：

aBAb

字符型数据也可以用整型形式输出，如将输出语句改为：

printf("%d%d%d%d",c1,c2,c3,c4);

则运行结果为：97 66 65 98

2.4 变量赋初值

定义变量的目的是为了存放数据，并在程序执行过程中对所存放的数据进行改变和处理。往变量中存放数据称为对变量赋值。

对变量赋值具有以下两种形式。

（1）先定义一个变量，然后再赋值。

例如：

```
int x,y;        /*定义 x 和 y 为整型变量，可以使用 x 和 y 存放整型数据*/
x=10;y=20;      /*在 x 变量中存放数据 10，在 y 变量中存放数据 20*/
```

（2）定义变量的同时对变量赋初值。

在C语言中，也可以在定义变量的同时对变量赋初值，即对变量进行初始化。

在变量定义中赋初值的一般形式为：

类型说明符 变量 1=值 1，变量 2=值 2，…；

上例可改为：int x=10,y=20;

说明：

如果对几个变量赋予同一初始值 5，应写成：

```
int a=5,b=5,c=5;   /*是正确的*/
```

而不能写成：

```
int a=b=c=5;     /*是错误的*/
```

2.5 运算符和表达式

在程序中定义了变量并给变量赋值之后，就可以对数据进行类似的加、减、乘、除等处理了。在C语言中，对数据的处理是由运算符和表达式来完成的。

2.5.1 运算符和表达式的概念

1．运算符的概念

运算符是C语言里用于描述对数据进行何种运算的特殊符号。C语言具有丰富的运算符，每个运算符都代表对运算对象的某种运算，并有自己特定的运算规则。

2．运算对象

运算对象可以为常量、变量、函数调用等。其中函数调用既可以调用系统定义的各类函数库中的函数，也可以调用自己编写的函数。

3．运算符要求的运算对象个数

不同运算符要求运算对象的数目不同，运算对象是一个的运算符被称为单目运算符，运算对象是两个的运算符被称为双目运算符，运算对象是 3 个的运算符被称为三目运算符。

4．表达式的概念

表达式就是用运算符将运算对象连接而成的符合 C 语言规则的式子，表示对哪些数据进行何种处理。表达式是程序和语句中最常用、最为活跃的成分，C 语言的多数执行语句中都包含有表达式。有些表达式在程序中加上分号就可以作为一个独立的语句，如赋值表达式、自增自减表达式、函数调用表达式等。

5．表达式的值

每个表达式都可以按照运算符的运算规则进行运算并最终获得一个确定的值，称之为表达式的值。

6．运算符的优先级

表达式中如果出现多个运算符，在计算表达式值时，就要考虑哪个运算符先计算，哪个运算符后计算的问题，在 C 语言中，这个问题被称为运算符的优先级问题。

计算表达式的值时，必须考虑运算符的优先级别，优先级高的先计算。编写程序解决实际问题时，优先级别低但需要先计算的运算要加括号“()”以提高其优先级别保证优先计算。

7．运算符的结合性

如果表达式中运算对象两侧出现相同优先级别的运算符，就要考虑先和左侧运算符运算还是先和右侧运算符运算的问题，在 C 语言中，这个问题被称为运算符的结合性问题。运算时先和左侧运算符运算，称为左结合；运算时先和右侧运算符运算，称为右结合。

对 C 语言运算符和表达式的理解和掌握，除了要严格遵循表达式构成的规则外，最重要的有两方面：一是掌握各种运算符运算规则及所需运算对象的个数；二是掌握运算符的优先级和结合性。在此基础上才能灵活地用表达式有效地对实际问题进行描述。

关于 C 语言运算符的种类、优先级、结合性参见附录Ⅲ。

2.5.2　算术运算符和算术表达式

1．算术运算符

C 语言允许的算术运算符及其有关的说明见表 2-4。

表 2-4　算术运算符

运算符	含　义	示　例	优先级	运算对象个数	结合方向
+	取正值运算	+5	2	单目	自右至左
−	取负值运算	−5	2	单目	自右至左
*	乘法运算	a*b	3	双目	自左至右
/	除法运算	a/b	3	双目	自左至右
%	模运算（求余运算）	5%7	3	双目	自左至右
+	加法运算	a+b	4	双目	自左至右
−	减法运算	a−b	4	双目	自左至右

说明：

（1）"＋"、"－"运算符既具有单目运算的取正值运算和取负值运算的功能，又具有双目运算功能。作为单目运算符使用时其优先级别高于双目运算符。

（2）除法运算符" / "在使用时要特别注意数据类型。

①两个整数相除，其结果是整型。如果不能整除时，只取结果的整数部分，小数部分全部舍去。

例如：1/3 值为 0，13/4 值为 3，只取结果的整数部分 0 和 3，而舍去了 0.333333 和 0.25 小数部分。

②两个实数相除，所得的商也为实数。

例如：1.0/3.0 值为 0.333333　 13.0/4.0 值为 3.250000，可见，整数相除时，如果不能整除，将造成很大误差，所以要尽量避免整数直接相除。

（3）模运算符"%"也称为求余运算符，要求其两个运算对象都为整型，其结果是两整数相除后的余数。

例如：5%10 值为 5，10%3 值为 1。

2．算术表达式

C 语言的算术表达式由算术运算符、常量、变量、函数和圆括号组成，其基本形式与数学上的算术表达式类似。

例如：3*5，12.34−23.65+2，5*(18%4+6)，x/(67-(12+y)*a)都是合法的算术表达式。

注意：

（1）双目运算符两侧运算对象的类型应一致，如果类型不一致，系统将自动按转换规律先对运算对象进行类型转换，然后再进行相应的运算。所得结果的类型与运算对象的类型一致。

（2）用括号"( )"可以改变表达式的运算顺序，运算时先计算内括号中表达式的值，再计算外括号中表达式的值。

例如：表达式 x/(67− (12+y)*a)的运算顺序如下。

```
x/(67−(12+y)*a)
      ──①──
      ────②──
   ──────③────
 ────────────
     ④
```

3．自增、自减运算

C 语言中有两种非常有用的运算符：自增"++"运算符、自减"--"运算符，其作用分别是使变量的值增 1 和减 1，且运算后的结果仍赋给该变量。自增、自减运算符和正、负号运算符一样都是单目运算符，优先级为 2 级，高于所有双目运算符，结合性是自右向左。自增、自减运算符的应用形式如下。

（1）++i；--i；运算符在变量前面，称为前缀形式，表示变量在使用前先加 1 或减1。

（2）i++；i--；运算符在变量后面，称为后缀形式，表示变量在使用后再加 1 或减1。

注意：

（1）++、--运算符只能作用于变量，不能用于表达式或常量。因为自增、自减运算是对变量进行加 1 或减 1 操作后再对变量赋新的值，而表达式或常量都不能进行赋值操作。所以下列语句形式都是不允许的。

```
x=(i+j)++; 9++; (3*6)++;        /*错误*/
```

（2）++、--运算的前缀形式和后缀形式的意义不同。前缀形式是在使用变量之前先将其值增 1 或减 1；后缀形式是先使用变量原来的值，使用完后再使其值增 1 或减 1。

例如，设 x=5，有如下几种情况。

① y=++x；等价于：先计算 x=x-1，再执行 y=x，结果：y=6，x=6。

② y=x++；等价于：先执行 y=x，再计算 x=x+1，结果：y=5，x=6。

③ y=x++*x++；本题中++为后缀形式，先取 x 的值进行"*"运算，再进行两次 x=x+1。结果：y=25，x=7。

④ y=++x*++x；本题中++为前缀形式，先进行两次 x=x+1，使 x 的值为 7，再进行相乘运算。结果：y=49，x=7。

（3）用于++、--运算的变量只能是整型、字符型和指针型变量。

2.5.3　赋值运算符和赋值表达式

1．赋值运算符

赋值运算符是双目运算符，用“=”表示，优先级很低，为 14 级优先级，仅高于逗号运算符，结合性为自右向左，其功能是计算赋值运算符“=”右边表达式的值，并将计算结果赋给赋值运算符“=”左边的变量。

例如：

```
a=12.3;        /* 直接将实数 12.3 赋给变量 a */
d=b*c;         /* 将变量 b 和 c 进行乘法运算，所得到的结果赋给变量 d */
```

注意：C 语言的赋值运算符“=”与数学中等号的意义完全不同。数学中的等号表示在该等号两边的值是相等的；而赋值运算符完成两步操作：一是计算，二是赋值。即先完成“=”右边表达式值的计算，然后将计算结果存放到“=”左边指定的内存变量中。

例如：k=k+1；在 C 语言中表示 k+1 的值赋给 k；而 k=k+1 在数学中是不成立的，k 的值不会与 k+1 的值相等。

又如：1=k；在数学中表示 1 与 k 的值相等；而在 C 语言中 1=k 是非法的，因为“=”左边的 1 不代表内存的存储单元，所以无法实现赋值。

2．赋值表达式

由赋值运算符将一个变量和一个表达式连接起来的式子称为赋值表达式。

它的一般格式为：

变量名=表达式

对赋值表达式的求解过程：计算赋值运算符右边表达式的值，并将计算结果赋值给赋值运算符左边的变量。整个赋值表达式的值就是赋值运算符左边变量的值。

例如：

i=5　　　　　　　　/*将常数 5 赋值给变量 i，赋值表达式“i=5”的值就是 5*/

x=(a+b+c)/12.4×8.5　　/*计算表达式(a+b+c)/12.4×8.5 的值并赋值给变量 x*/

3．复合赋值运算符和复合赋值表达式

C语言中除了提供基本的赋值运算符“=”之外，还提供了在赋值运算符“=”之前加上其他运算符构成的复合赋值运算符，共有 10 种。

可构成复合赋值运算的运算符有：+、−、*、/、%、<<、>>、|、&、^。所构成的复合赋值运算符有：+=、−=、*=、/=、%=、<<=、>>=、|=、&=、^=。复合赋值运算符所需操作数的个数、优先级和结合性同基本的赋值运算符。

由复合赋值运算符将一个变量和一个表达式连接起来的式子称为复合赋值表达式。

复合赋值表达式的一般形式为：

变量名 复合赋值运算符 表达式

复合赋值运算的作用等价于：

变量名=变量名 运算符 表达式

其功能是对“变量名”指定的变量和“表达式”进行复合赋值运算符所规定的运算，并将运算结果赋值给复合赋值运算符左边“变量名”指定的变量。

例如，设 a=5，b=6，则：

a*=3　　等价于 a=a*3，即 a 乘以 3 得到的值 15 再赋值给 a，a 最后的值是 15。

a*=b+5　等价于 a=a*(b+5)，即 b 加上 5 的和 11 再乘以 a，最后把得到的乘积 55 赋值给 a，a 最后的值是 55。

注意：a*=b+5 与 a=a*b+5 是不等价的。

C语言提供的赋值表达式，使得赋值操作不仅可以出现在赋值语句中，而且可以以表达式的形式出现在其他语句中。

例如：printf("i=%d,s=%f\n",i=3*45,s-=3.14*5*5);

该语句直接输出赋值表达式 i=3*45 和 s−=3.14*5*5 的值，也就是输出变量 i 和 s 的值，在一个语句中完成了赋值和输出的双重功能，体现了C语言使用的灵活性。

2.5.4 关系运算符与关系表达式

在程序中经常需要比较两个数据的大小，以决定程序下一步要做的工作。对两个数据进行比较的运算符称为关系运算符。

1. 关系运算符

C 语言提供了 6 种关系运算符，均为双目运算符，结合方向均为自左至右，优先级低于算术运算符，分为两级：<、<=、>、>=为 6 级优先级；==、!=为 7 级优先级。C 语言规定的关系运算符及其有关的说明见表 2-5。

表 2-5　关系运算符

运算符	含义	示　例	功　能
>	大于	a>b	a 大于 b 时运算结果为真，否则为假
>=	大于或等于	a>=b	a 大于或等于 b 时运算结果为真，否则为假
<	小于	a<b	a 小于 b 时运算结果为真，否则为假
<=	小于或等于	a<=b	a 小于或等于 b 时运算结果为真，否则为假
==	等于	a==b	a 等于 b 时运算结果为真，否则为假
!=	不等于	a!=b	a 不等于 b 时运算结果为真，否则为假

2. 关系表达式

用关系运算符将两个表达式连接起来的式子称为关系表达式。

关系表达式的一般格式为：

表达式 1 关系运算符 表达式 2

说明：

（1）表达式 1 和表达式 2 是关系运算的对象，它们可以是一个具体的值，还可以是 C 语言中任意合法的表达式，如算术表达式、关系表达式、逻辑表达式、赋值表达式等。

（2）进行关系运算时，先计算表达式的值，然后再进行关系比较运算。

（3）关系表达式描述的是一种逻辑判断，其结果只有两种可能：或者它所描述的关系成立，或者它所描述的关系不成立。若关系成立，说明关系表达式描述的关系是"真"的（即"对"的），称逻辑值为"真"，用 1 表示；若关系不成立，说明关系表达式描述的关系是"假"的（即"错"的），称逻辑值为"假"，用 0 表示。

注意：

（1）C 语言中没有提供逻辑型数据，而是使用整型量来存放关系运算的结果。在表达式求解时，以"1"代表"真"，以"0"代表"假"。当关系表达式成立时，表达式的值为 1，否则，表达式的值为 0。

例如：设 a=2，b=3，c=4，求下述关系表达式的值。

① a+b>3*c。 分析：因为算术运算符的优先级高于关系运算符，所以先计算 3*c 和 a+b 的值，结果分别为 12 和 5，再将 5 和 12 进行关系比较，实际上 5 小于 12，不满足 5 大于 12 的关系，即（5>12）关系不成立，因此表达式结果值为 0（假）。

② (a+=b)<(b*=10%c)。 分析： (a+=b)的值为 5，(b*=10%c)的值为 6，（5<6）关系成立，因此表达式结果值为 1（真）。

③ (a<=b)==(b>c)。 分析：(a<=b)的值为 1，(b>c)的值为 0，（1==0）关系不成立，因此表达式结果值为 0（假）。

④'A'!='a'。 分析：'A'的 ASCII 码为 65，'a'的 ASCII 码为 97，（65!=97）关系成立，因此表达式结果值为 1（真）。

（2）在表达式中连续使用关系运算符时，要注意正确表达含义，注意运算符的优先级和结合性。

例如，判断变量 x 的值是否在取值范围[0，20]之内时，不能写成 0<=x<=20。因为关系表达式 0<=x<=20 的运算过程是：按照结合性，先求出 0<=x 的结果，再将结果 1 或 0 作<=20 的判断，这样无论 x 取何值，最后表达式一定成立，结果一定为 1 。这显然违背了原来的含义。此时，就要运用下面介绍的逻辑运算符进行连接，即应写为：0<=x && x<=20。

（3）一般要求关系运算符连接的两个运算对象为同类型数据。当关系运算符两边的值类型不一致时，系统将自动进行类型转换，使之成为一致的类型，然后再进行比较。

2.5.5 逻辑运算符与逻辑表达式

1．逻辑运算符

C 语言提供了 3 种逻辑运算符，其有关的说明见表 2-6。

3 种逻辑运算符中&&和||为双目运算符，结合方向为自左至右，!为单目运算符，结合方向为自右至左，&&为 11 级优先级，||为 12 级优先级，!为 2 级优先级。

3 种运算符均要求运算对象为“真”（非 0）或“假”（0）。逻辑运算的值也为“真”和“假”两种，用 1 和 0 来表示。

表 2-6 逻辑运算符

运算符	含 义	示 例	功 能
&&	逻辑与	a&&b	当 a、b 都为真时，运算结果为真；否则结果为假
||	逻辑或	a||b	当 a、b 中有一个为真时，运算结果为真；否则结果为假
!	逻辑非	!a	当 a 为真时，运算结果为假；当 a 为假时，运算结果为真

2．逻辑表达式

由逻辑运算符和运算对象组成的式子称为逻辑表达式，其中，参与逻辑运算的对象可以是一个具体的值，也可以是C语言中的任意合法的表达式。逻辑表达式的运算结果为 1（真）或者为0（假）。

例如，某程序中有如下语句：int a=3；则!a 的值为 0，因为 a 的值为 5（是非 0 值），被认作为“真”，对它进行“非”运算后，结果为“假”，在 C 语言中用 0 表示。

掌握C 语言的关系运算符和逻辑运算符后，可以用一个逻辑表达式来表示一个复杂的条件。

例如：判断某一年是否闰年。其条件是符合下面两个条件之一。

① 能被 4 整除，但不能被 100 整除。

② 能被 4 整除，又能被 400 整除。

分析：因为能够被 400 整除一定能被 4 整除，所以第二个条件可以简化为能够被 400 整除。

判断闰年的条件可以用一个逻辑表达式表示：

(year%4= =0 && year%100!=0)||year%400==0

表达式为“真”时表示闰年条件成立，是闰年，否则不是闰年。

注意：

在 C 语言中，由&&或||组成的逻辑表达式，在某些特定的情况下会产生“短路”现象。例如：

①x&&y&&z。只有当 x 为真（非 0）时，才需要判别 y 的值；只有 x 和 y 都为真时，

才需要判别 z 的值；只要 x 为假就不必判别 y 和 z 的值，整个表达式的值为 0。

②x||y||z。只要 x 的值为真（非 0），就不必判别 y 和 z 的值，整个表达式的值为 1。只有 x 的值为假，才需要判别 y 的值；只有 x 和 y 都为假时，才需要判别 z 的值。

例如：

若有语句：int x=1,y=2,c=3,d=4,m=1，n=1；则执行表达式语句：（m=x>y）&&（n=c>d）后，m 的值为 0，n 的值为 1。这是由于 x>y 的值为 0，因此 m 被重新赋值 0，而不执行 n=c>d，所以 n 的值不是 0 而是原值 1。

2.5.6　位运算符和位运算表达式

C语言特别提供了直接对二进制数进行按位操作的功能，称之为位运算。与其他高级语言相比，位运算是 C 语言的特点之一。

C语言提供的位运算符有6种，如表2-7所示。

表 2-7　位运算符

运算符	含义	优先级	示例	运算功能
~	按位求反	2	~a	对 a 按位求逻辑反
&	按位与	8	a&b	对 a 和 b 两个运算量相应的位进行逻辑与
^	按位异或	9	a^b	对 a 和 b 两个运算量相应的位进行逻辑异或
|	按位或	10	a|b	对 a 和 b 两个运算量相应的位进行逻辑或
<<	按位左移	5	a<<2	对 a 按位左移 2 位
>>	按位右移	5	a>>2	对 a 按位右移 2 位

说明：

（1）位运算符除了“~”为单目运算符以外，均为双目运算符。除了“~”运算符结合方向为自右至左以外，其他运算符结合方向均为自左至右。

（2）位运算符的运算对象只能是整型(int)或字符型(char)的数据。

（3）位运算是对运算对象的每一个二进制位分别进行操作。因为一个二进制位只能取值为 0 或者 1，所以位运算就是从具有 0 或者 1 值的运算对象出发，计算出具有 0 或者 1 值的结果。

例如，设 a 为十六进制数 0x1111，b 为十六进制数 0x1234，a 和 b 都是无符号短整型变量，它们的值用二进制数表示（为了便于阅读，a 和 b 中每 4 位用一个逗号分开）：a 为 0001,0001,0001,0001；b 为 0001,0010,0011,0100。

1. 按位与运算(&)

按位与是对两个运算量相应的位进行逻辑与，其运算规则与逻辑与“&&”相同。则 c=a&b 执行后，c 的值为 0x1010，用二进制表示为 0001,0000,0001,0000。

```
   a: 0001,0001,0001,0001
 & b: 0001,0010,0011,0100
 ------------------------
   c: 0001,0000,0001,0000
```

2．按位或运算（|）

按位或是对两个运算量相应的位进行逻辑或操作，其运算规则与逻辑或“||”相同。则 c=a|b 执行后，c 的值为 0x1335，用二进制表示为 0001,0011,0011,0101。

```
  a: 0001,0001,0001,0001
| b: 0001,0010,0011,0100
------------------------
  c: 0001,0011,0011,0101
```

3．按位异或运算（^）

按位异或运算的规则是：两个运算量的相应位相同，则结果为 0，相异则结果为 1。即：0^0=0　0^1=1　1^0=1　1^1=0。则 c=a^b 执行后，c 的值为 0x0325，用二进制表示为 0000,0011,0010,0101。

```
  a: 0001,0001,0001,0001
^ b: 0001,0010,0011,0100
------------------------
  c:0000,0011,0010,0101
```

4．按位求反运算符（~）

按位求反运算的规则是将运算对象按位取反，即将 1 变为 0，将 0 变为 1。则 c=~a 执行后，c 的值为 0xffffeeee，用二进制表示为 1110,1110,1110,1110。

```
~ a: 0001,0001,0001,0001
------------------------
  c: 1110,1110,1110,1110
```

【例 2-3】分析程序输出结果。

```
#include <stdio.h>
main()
{int a=0x1111,b=0x1234;    /*a,b 定义成 int 型变量，占 4 个字节*/
 printf("a&b=0x%x\n",a&b);
 printf("a|b=0x%x\n",a|b);
 printf("a^b=0x%04x\n",a^b);
 printf("~a=0x%x\n",~a);
}
```

运行结果如下：

```
a&b=0x1010
a|b=0x1335
a^b=0x0325
~a=0xffffeeee
```

5．移位运算

C 语言提供了两个移位运算符：左移（<<）和右移（>>），其功能是把整数作为二进制位序列，求出把这个序列左移若干位或者右移若干位所得到的序列。左移和右移都是双目运算。

左移、右移运算表达式的一般格式为：

x << n 或 x >> n

其中 x 是要被左移或右移的数据；n 是指明要左移或右移的位数。

左移运算的规则是：将 x 的二进制位全部向左移动 n 位，将左边移出的高位舍弃，右边空出的位补 0。

右移运算的规则是：将 x 的各二进制位全部向右移动 n 位，将右边移出的低位舍弃，左边高位空出要根据原来符号位的情况进行补充，对无符号数则补 0；对有符号数，若为正数则补 0，若为负数则补 1。

例如有如下语句：int a=7,b,c; 则：

b=a<<2 等价于 b=0000,0111<<2。即 b 的值为 0001,1100，十进制形式为 28。

c=a>>2 等价于 c=0000,0111>>2。即 c 的值为 0000,0001，十进制形式为 1。

【例 2-4】分析程序输出结果。

```
#include <stdio.h>
main()
{int a=7,b,c;
 b=a<<2;
 c=a>>2;
 printf("b=%d,c=%d\n",b,c);
}
```

运行结果如下：

b=28,c=1

左移的一个特殊用途是将整数值乘以 2 的若干次幂，右移可以用于将整数值除以 2 的若干次幂。

6．位运算赋值运算符

位运算符与赋值运算符可以组合成以下 5 种位运算赋值运算符：

&=、|=、>>=、<<=、^=

由这些位运算赋值运算符可以构成位运算赋值表达式。例如：

x&=y 相当于：x=x&y

x<<=2 相当于：x=x<<2

x>>=3 相当于：x=x>>3

x^=5 相当于：x=x^5

2.5.7 其他运算符

1．逗号运算符和逗号表达式

在 C 语言中逗号“，”也是一种运算符，称为逗号运算符。其功能是把多个表达式连接起来组成一个表达式，称为逗号表达式。其一般格式为：

表达式 1，表达式 2，…，表达式 n

逗号运算符的优先级为 15 级，是所有运算符中级别最低的，其结合性是自左向右结合。对逗号表达式的求解过程是：对逗号表达式中各表达式按从左至右的顺序依次求值，并将最右面的表达式的值作为整个逗号表达式的值。

例如：y=(x=123,x++,x+=100-x);

括号内就是一个逗号表达式，它由三个表达式用逗号连接而成，执行情况是将123赋给x，然后执行x++后x的值为124，最后执行x+=100-x得100，这个100就是该逗号表达式的求解结果，将整个逗号表达式的值赋值给y，所以y的值是100。

说明：

（1）逗号表达式一般形式中的表达式1、表达式2、…. 、表达式n可以是各种类型的表达式，甚至也可以又是逗号表达式。

（2）程序中使用逗号表达式，通常目的是分别求逗号表达式内各表达式的值，并不一定需要求整个逗号表达式的值。

（3）并不是所有出现逗号的地方都会组成逗号表达式。如在变量定义中、函数参数表中的逗号只是用作各变量之间的分隔符。

2．“( )”和“[ ]”运算符

在C语言中，“( )”和“[ ]”也作为运算符使用。“( )”运算符常用于表达式中，其作用是改变表达式的运算次序；也可在强制类型转换运算或sizeof运算中使用。“( )”还可用于函数的参数表。

“[ ]”被称为下标运算符，用于数组的定义及数组元素的下标表示（见第4章）。

“( )”和“[ ]”运算符的优先级为1级，也就是说，在C语言的所有运算符中，“( )”和“[ ]”运算符的优先级别最高，其结合性是自左向右结合。

3．sizeof运算符

sizeof运算符是单目运算符，优先级为2级，其结合性是自右向左结合。其应用的一般形式为：

sizeof(运算对象)

其中运算对象可以是表达式或数据类型名，当运算对象是表达式时括号可省略。其运算的含义是：得到运算对象在计算机的内存中所占用的字节数。

例如：

sizeof(char) 表示求字符型数据在内存中所占用的字节数，结果为1 。

sizeof(int) 表示求整型数据在内存中所占用的字节数，结果为4。

【例2-5】输出各种类型数据在所使用的计算机内存中占用的字节数。

```
#include <stdio.h>
main()
{
 int a;long b;float f;double d;char c;
 printf("int:%d,long:%d,float:%d,double:%d,char:%d",sizeof(a),sizeof(b),sizeof(f),
        sizeof(d),sizeof(c));
}
```

运行结果如下：

```
int:4,long:4,float:4,double:8,char:1
```

说明：

各种数据类型在计算机的内存中所占用的字节数与所用机器的类型有关。

4．(type)运算符

(type)是强制类型转换运算符，是单目运算符，优先级为 2 级，其结合性是自右向左结合。其应用的一般格式为：

5．(type) 表达式

其中 type 是 C 语言的类型说明符，表达式是任何一种类型的表达式。其功能是把表达式的运算结果强制转换成类型说明符所表示的类型。这是一种数据类型的显式转换方式。

例如：

```
(double)n        /*将 n 强制转换成 double 型*/
(int)(a*b)       /*将 a*b 的结果强制转换成整型*/
(int)a*b         /*将 a 强制转换成整型后再与 b 相乘求出结果*/
```

注意：

(1) 类型说明符和表达式都必须加括号(单个变量构成的表达式可以不加括号)，如把(int)(x+y)写成(int)x+y，则成了把 x 转换成 int 型之后再与 y 相加了。

(2) 无论是强制转换还是自动转换，都只是为了本次运算的需要而对变量的数据长度进行临时性转换，并不改变数据定义时对该变量定义的类型。

除了上述介绍的几种运算符外，C 语言还提供了其他丰富多样的运算符，对它们的讨论和应用将在后续章节中介绍。

2.6　数据类型转换

前面介绍的强制类型转换运算符(type)提供了进行数据类型转换的手段，这种通过强制类型转换运算符实现的类型转换称为“显式的”类型转换。还有一种数据类型转换是由 C 语言的编译系统自动完成的，是一种“隐式的”类型转换，C 语言程序设计人员必须了解这种自动类型转换的规则及结果，否则容易引起对程序执行结果的误解。

2.6.1　混合运算

混合运算是指在一个表达式中参与运算的数据对象的数据类型不完全相同。

例如：3.6*a%5+b-'f';

如果 a 为 int 型变量，'f'为字符型常量，b 为 float 型变量，则以上表达式中涉及的数据类型有整型、实型、字符型，这种表达式称为混合类型表达式。对混合类型表达式的求解要进行混合运算，此时首要的问题是对参与运算的数据进行类型转换。

2.6.2　数据类型转换

1．算术运算中数据类型的转换

C 语言允许进行整型、实型、字符型数据的混合运算，但在实际运算时，要先将不同类型的数据转换成同一类型再进行运算。这种类型转换的一般规则如图 2-3 所示。

图 2-3 中横向向左的箭头，表示必须的转换。char 和 short 型必须转换成 int 型，float 型必须转换成 double 型。纵向向上的箭头，表示不同类型的转换方向。

例如：int型和double型数据进行混合运算，则先将int型转换成double型，然后在两

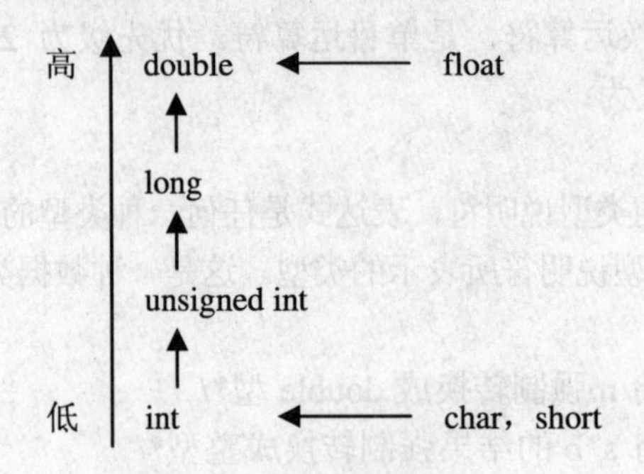

图 2-3 数据类型转换

个同类型的数据间进行运算，结果为double型。

注意：图2-3中箭头的方向只表示数据类型由低向高转换，不要理解为int型先转换为unsigend int型，再转换成long型，最后转换成double型。

2．赋值运算中数据类型的转换

在赋值过程中，赋值运算符左边变量的类型和赋值运算符右边值的类型不一致时，要进行类型转换。转换规则为：

赋值运算中最终结果的类型以赋值运算符左边变量的类型为准，即赋值运算符右边表达式值的类型向左边变量的类型看齐，并进行相应的转换。

例如，设有如下变量定义：

```
int a, j, y;
float b;
long d;
double c;
```

则对赋值语句：

```
y=j+'a'+a*b-c/d;
```

其运算次序和隐含的类型转换如下。

（1）计算a*b，由于变量b为float型，所以运算时先由系统自动转换为double型，变量a为int型，两个运算对象要保持类型一致，变量a也要转换为double，运算结果为double型。

（2）由于c为double型，将d转换成double型，再计算c/d，结果为double型。

（3）计算j+'a'，先将'a'(char型)转换成int型再与j相加，结果为int型。

（4）将第3步的结果和第1步的结果相加，先将第3步的结果（int型）转换成double型再进行运算，结果为double型。

（5）用第4步的结果减第2步的结果，结果为double型。

（6）给y赋值，先将第5步的结果double型转换为int型（因为赋值运算左边变量y为int型），即将double型数据的小数部分被截掉，转换成int型，然后进行赋值。

以上步骤中的类型转换都是C语言编译系统自动完成的，是“隐式的”类型转换。

【例2-6】分析程序运行结果。

```
#include <stdio.h>
```

```
main()
{int i=5;     /* 定义整型变量 i 并初始化为 5 */
 float a=31.5,a1;     /* 定义实型变量 a 和 a1，并初始化 a */
 double b=123456789.123456789;     /* 定义双精度型变量 b 并初始化 */
 char c='A';    /* 定义字符变量 c 并初始化为'A' */
 printf("i=%d,a=%f,b=%lf,c=%c\n",i,a,b,c);    /* 输出 i,a,b,c 的初始值 */
 a1=i;       /* 整型变量 i 的值赋值给实型变量 a1 */
 i=a;        /* 实型变量 a 的值赋给整型变量 i */
 a=b;       /*双精度型变量 b 的值赋值给实型变量 a */
 c=i;        /*整型变量 i 的值赋值给字符变量 c */
 printf("i=%d,a=%f,a1=%f,c=%c\n",i,a,a1,c);     /*输出 i,a,a1,c 赋值以后的值 */
}
```

程序运行结果为：

i=5，a=31.500000，b=123456789.123457，c=A

i=31，a=123456792.000000，a1=5.000000，c=▼

由上述例题，可看出常用转换规则如下。

（1）int 型数据赋给 float 型变量时，先将 int 型数据转换为 float 型数据，并以浮点数的形式存储到变量中，其值不变。例如，"a1=i;",执行后的结果是：整型数据 i 的值 5 先转换为 5.000000，赋值给实型变量 a1。

（2）将 float 型数据赋值给 int 型变量时，先将 float 型数据舍去其小数部分，然后再赋值给 int 型变量。例如，"i=a;",执行后的结果是：int 型变量 i 只取实型数据 a 的值 31.5 的整数部分 31；

（3）double 型实数赋给 float 型变量时，先截取 double 型实数的前 7 位有效数字，然后再赋值给 float 型变量。例如，"a=b;"的结果是：截取 double 型实数 123456789.123457 的前 7 位有效数字 1234567 赋值给 float 型变量。上述输出结果中 a=123456792.000000 的第 8 位以后就是近似数据了。所以一般不使用这种把有效数字多的数据赋值给有效数字少的变量。

（4）int 型数据赋值给 char 型变量时，由于 int 型数据用两个字节表示，而 char 型数据只用一个字节表示，所以先截取 int 型数据的低 8 位，然后赋值给 char 型变量。例如上述程序中执行"i=a;"后 int 型变量 i 的结果是 31，而"c=i;"的结果是：截取 i 的低 8 位（二进制数 00011111）赋值给 char 型变量，将其 ASCII 码对应的字符输出为▼。

2.7　数据的输入与输出

C 语言程序通常由 3 部分构成：输入原始数据部分、计算处理部分和输出结果数据部分。

输入原始数据：将数据通过计算机外部设备（如：键盘、磁盘等）送到计算机内部，赋值给相应的变量，以便程序进行计算和处理。

输出结果数据：将程序计算处理后的结果数据从计算机内部送到计算机的外部设备上（如：屏幕、打印机、磁盘等）。

C 语言没有提供输入/输出语句，它的输入/输出是通过调用库函数来实现的。在 C 的标准函数库中提供了一些输入/输出函数，例如在前面程序中使用过的 scanf 和 printf 函数是针对标准输入、输出设备（键盘和显示器）进行格式化输入、输出的函数。在使用 C 语言库函数时，要用编译预处理命令"#include"将有关的"头文件"（在"头文件"中包含了与用到的函数有关的信息）包含到源程序文件中。

在使用标准输入/输出库函数时，源程序文件中要包含以下编译预处理命令：

```
#include    <stdio.h>
```

本节中将介绍几个最基本的输入/输出库函数。

2.7.1 格式化输出函数 printf 函数

1. printf 函数的一般调用格式

printf 函数的一般调用格式如下：

printf（格式控制字符串，输出项表）;

功能：按格式控制字符串中指定的格式，依次在标准输出设备（常指终端显示器）上输出输出项表中指定的数据。

例如： printf（"a=%d,b=%d,sum=%d\n",a,b,a+b ）;

格式控制字符串　　输出项表

说明：

（1）输出项表中列出了要输出的数据项，可以是一个或若干个，输出项可以是合法的常量、变量或表达式，各项间以逗号分隔。

（2）格式控制字符串是用双引号括起的一串字符，主要用来说明输出项表中各输出项的输出格式。

2. 格式控制字符串

格式控制字符串中通常包括两部分：普通字符和格式说明符。

普通字符即需要原样输出的字符，在输出时照原样输出。

格式说明符由%和格式字符组成（中间可加附加格式说明符），其作用是把要输出的数据转换为指定的格式并进行输出。

其一般格式为：

%[附加格式说明符]格式字符

例如：printf("r=%d，s=%f\n",2,3.14*2*2);

用格式字符%d 输出整数 2，用格式字符%f 输出 3.14*2*2 的值 12.56，%f 格式要求输出 6 位小数，故在 12.56 后面补 4 个 0。"r="、","和"s="是普通字符，按原样输出。因此输出结果为：r=2，s=12.560000。

常用的格式符见表 2-8，常用的附加格式说明符见表 2-9。

表 2-8　格式符

格式符	功　能
d	输出带符号 10 进制整数
o	输出无符号 8 进制整数（无前缀 0）
X 或 x	输出无符号 16 进制整数(无前缀 0x)
u	输出无符号整数
c	输出单个字符
s	输出一串字符
f	输出实数（6 位小数）
E 或 e	以指数形式输出实数（尾数含 1 位整数，6 位小数，指数至多 3 位）
G 或 g	选用 f 与 e 格式中输出宽度较小的格式，且不输出无意义 0
%	输出%（即要输出%，则用两个连续的%%）

表 2-9　附加格式说明符

附加格式说明符	功　能
-	有-时数据左对齐输出，无-时默认右对齐输出
m（m 为正整数）	数据输出宽度为 m
.n(n 为正整数)	对实数，n 是输出的小数位数，对字符串，n 表示输出前 n 个字符
l	ld、lx、lo、lu 输出 long 型数据，lf、le 输出 double 型数据
h	hd、hx、ho、hu 输出 short 型数据
0（输出数据前加前导 0）	有此项，则输出数字前的空位以 0 填补，无此项，则空位用空格填补

说明：

（1）m：域宽，即输出时数据所占的宽度，若 m 小于数据的实际宽度（整数的位数或小数形式时小数点前的整数部分位数加上小数位数再加 1），则 m 不起作用，按实际宽度输出；否则，左补空格（以下例题程序中输出的 1 个空格用□表示）。

例如：int i=123;float a=123.46;

printf("%5d%2d%4.2f%8.2f\n",i,i,a,a);

实际输出结果为：□□123123123.46□□123.46

（2）n：指明输出时实型数据的小数位数（默认为 6），若 n 小于小数的实际位数，则截去右边多余的小数，并对截去的第一位小数作四舍五入处理；否则，在小数的最右边添 0。若 n 为 0，则不输出小数点和小数。

例如：float a=123. 46;

printf("%8.1f%8.4f%f%8.0f\n"a,a,a,a);

输出结果为：□□□123.5123.4600123.459999□□□□□123

（3）n 的其他作用如下。

①对于 g 或 G：指定输出的有效数字。

②对于整数：指定必须输出的字符个数。如：printf("%.5d\n",i);输出结果为：00123

③对于字符串：指定输出前 n 个字符。

注意：输出数据的实际精度取决于数据在机器内的存储精度（float：7 位，double：15

位或 16 位），不取决于域宽和小数位宽。

【例 2-7】分析程序的执行结果。

```
#include <stdio.h>
main()
{int i=123;float a=123.45;
 printf("%5d%2d%4.2f%8.2f\n",i,i,a,a);
 printf("%8.1f%8.4f%f%8.0f\n",a,a,a,a);
}
```

运行结果如下：

□□123123123.45□□123.45

□□□123.4123.4500123.449997□□□□□123

说明：

输出 123.449997 是因为实数在内存中为浮点形式存储，存储的是近似值。

3．使用 printf 函数时的注意事项

（1）格式符应与输出项的类型相匹配（相一致），否则，可能输出不正确。即：输出 long 型数据用 ld、lx、lo、lu 格式符；输出 double 型数据用 lf、le 格式符；输出 short 型数据用 hd、hx、ho、hu 格式符。

（2）格式符的个数应与输出项的个数相同。若格式符的个数少，则多余的输出项不予输出；若格式符的个数多，则多余的格式符将输出不定值（或 0 值）。

（3）除 X、E、G 外，格式符必须用小写字母，否则无效。例如：

printf("%D，%D"，10，12)；输出%D，%D，而不是 10，12。

（4）若输出项表不出现，且格式字符串中不含格式信息，则输出的只是格式字符串本身。

例如：printf（"How are you\n"）；输出： How are you 并换行。'\n'表示换行。

（5）使用 printf 函数时需要在源程序中加#include <stdio.h>命令。

2.7.2　格式化输入函数 scanf 函数

1．scanf 函数的一般调用形式

scanf 函数的一般调用形式为：

scanf("格式控制字符串"，输入项地址表)；

功能：按格式控制字符串中指定的格式要求，从标准输入设备（常指键盘）上输入数据，送到输入项地址表所指定的内存空间中。

说明：

（1）格式控制字符串的作用与 printf 函数基本相同，但最好是不出现非格式字符串，也就是不使用普通字符。

（2）在输入项地址表中给出了要赋值的各变量的地址。地址是由地址运算符“&”后跟变量名组成的。

例如：scanf("%d,%f",&a,&b);

其中&是取地址运算符（优先级、结合性、所需操作数的个数与++相同），&a、&b 分别表示变量 a、b 的地址，这个地址是编译系统在内存中给 a,b 变量分配的内存空间的地址。若在键盘上输入 2，1.23，则 2 赋给 a，1.23 赋给 b。

注意：

应该把变量的值和变量的地址这两个不同的概念区别开来。变量的地址是 C 编译系统分配的，用户不必关心具体的地址是多少。在赋值表达式中给变量赋值，如：a=567，赋值号左边是变量名，不能写地址，而 scanf 函数在本质上也是给变量赋值，但要求写变量的地址，如&a。&是一个取地址运算符，&a 是一个表达式，其功能是求变量的地址。

2．格式字符串

scanf 函数中格式字符串的构成与 printf 函数基本相同，但使用时有如下不同点。

（1）附加格式说明符 m 可以指定数据宽度，但不允许用附加格式说明符.n。

例如，scanf（"%10.2f，%10f，%f"，&a，&b，&c）；其中%10.2f 是错误的。

（2）输入 long 型数据必须用%ld，输入 double 数据必须用%lf 或%le。在 printf 函数中输出 double 型数据可以用%f 或%e。

（3）附加格式说明符“*”允许对应的输入数据不赋给相应变量。

例如，执行如下语句：

double a；int b；float c;

scanf（"%f，%2d，%*d，%5f"，&a，&b，&c）；

在键盘上输入：5.3，12，456，1.23456↙（↙表示回车键）

输入后，a 的值为 0，b 的值为 12，c 的值为 1.234。a 的值不正确，原因是格式符用错了。a 是 double 型，所以给 a 输入数据要用%lf 或%le，用%f 是错误的；%*d 对应的数据是 456，因此 456 实际未赋给 c 变量，把 1.23456 按%5f 格式截取 1.234 赋给 c。

3．使用 scanf 函数时的注意事项

（1）在 Microsoft Visual c++ 6.0 下运行程序调用到 scanf 函数时，将退出 Microsoft Visual C++ 6.0 屏幕进入到用户屏幕等待用户输入。

（2）格式符的类型应与输入项的类型相匹配，否则，不能得到正确的数据。

（3）格式符的个数应与输入项的个数相同。若格式符的个数少，则多余的输入项未得到（新的）数据；若格式符的个数多，则多余的格式符不起作用（所读入的数据没有变量接收）。

例如：scanf("%d",&i,&j);

若输入：12　34　　则：12 赋值给 i 变量，j 为原值（或随机值）。

又如：scanf("%d%d",&i);

若输入：12　34　　则：12 赋值给 i 变量，34 无变量接收（无用）。

（4）格式控制字符串中的普通字符必须按原样输入。

例如：scanf("%d,%d",&a,&b);

若输入为：12,13↙　　则：12 赋值给 a 变量，　13 赋值给 b 变量。

若输入为：12□13↙（□表示空格）　则：12 赋值给 a 变量，而 b 的值不确定。这是因为格式串中的逗号是普通字符，要照原样输入。

（5）可以按格式截取输入数据。

例如：scanf（"%d,%4d",&a,&b）；

若输入序列为：123,12345↙ 则 a 的值为 123，b 的值为 1234。虽然输入的是 12345，但%4d 宽度为 4 位，截取前 4 位，即 1234。

（6）输入数据的结束。

输入数据时，表示数据输入结束有下列 3 种情况。

①从第一非空字符开始，遇空格、跳格（Tab 键）或回车。

②遇非法输入。

③遇宽度结束。

例如：int a,b,d;char c;

scanf("%d%d%c%3d",&a,&b,&c,&d);

输入序列为：10・11A12345↙则 a=10，b=11，c='A'，d=123。

10 后的空格(・表示空格)表示数据 10 的结束；11 后遇字符'A'，对数值变量 b 而言是非法的，故数字 11 到此结束；而'A'对应 c；最后一个数据对应的宽度为 3，故截取 12345 前三位 123。注意，输入数据 11 后不能用空格结束，这是因为下一个数据为一字符，而空格也是字符，将被变量 c 接收，此时 c 的值不是'A'而是空格。

2.7.3 字符数据的输入/输出

1. 字符输出函数 putchar 函数

putchar 函数是字符输出函数，其功能是在显示器上输出单个字符。

putchar 函数的一般格式为：

putchar(字符型数据)

例如：

```
putchar('A');    /*输出大写字母 A*/
putchar(x);      /*输出字符变量 x 的值*/
putchar('\n');   /*功能为换行，对控制字符则执行控制功能，不在屏幕上显示*/
```

注意：使用 putchar 函数需在源程序中加#include <stdio.h>命令。

【例 2-8】分析程序的执行结果

```
#include <stdio.h>
main()
{char a='B',b='o',c='k';
 putchar(a);putchar(b);putchar(b);putchar(c);putchar('\t');
 putchar(a);putchar(b);
 putchar('\n');
 putchar(b);putchar(c); putchar('\n');
}
```

运行结果如下：

```
Book    Bo
ok
```

2．字符输入函数 getchar 函数

getchar 函数是字符输入函数，其功能是从键盘上输入一个字符。

getchar 函数的一般格式为：

```
getchar( )
```

通常把输入的字符赋值给一个字符变量，构成赋值语句，如：

```
char c;
c=getchar();
```

注意：

（1）getchar 函数只能接收单个字符，输入数字也按字符处理。输入多于一个字符时，只接收第一个字符。

（2）使用 getchar 函数需在源程序中加#include<stdio.h>命令。

（3）在 Microsoft Visual C++ 6.0 下运行程序调用到 getchar 函数时，将退出 Microsoft Visual C++ 6.0 屏幕进入用户屏幕等待用户输入。

【例 2-9】输入一个小写字母，输出其 ASCII 码和对应的大写字母。

```
#include <stdio.h>
main()
{char a;
 printf("please input a character:\n");
 a=getchar( );
 printf("%c 的 ASCII 码为%d\n 对应的大写字母为%c \n",a,a,a-32);
}
```

程序运行结果为：

```
please input a character:
b↙
b 的 ASCII 码为 98
对应的大写字母为 B
```

2.8　本章小结

本章介绍了 C 语言中与数据描述和数据处理有关的问题，包括 C 语言的数据类型、常量和变量、运算符、表达式、数据的输入/输出等，主要是一些基本概念和规则，没有多少灵活性，所以需要在理解的基础上记忆和熟练。

（1）关于数据描述的主要内容有：各种数据类型及其类型说明；常量与变量；各种类型数据的表示方法、数据的取值范围和有效位。

（2）关于数据处理的主要内容有：运算符与运算对象、表达式及其表示、运算的优先级及结合性；算术运算（包括自加、自减运算）；赋值运算；复合赋值运算；关系运算；逻辑运算；位运算；混合运算过程中的类型转换等。

（3）C 语言中没有提供专门的输入/输出语句，所有的输入/输出都是调用标准库函数中的输入/输出函数来实现的，其中：

scanf 是格式输入函数，可按指定的格式输入任意类型数据。

getchar 是字符输入函数，只能接收单个字符。

printf 是格式输出函数，可按指定的格式显示任意类型的数据。

putchar 是字符输出函数，只能显示单个字符。

习　题

一、选择题

1．下面四个选项中，均是不正确的 8 进制数或 16 进制数的选项是（　）。

A．016　0x8f　018　　　　B．0abc　017　0xa

C．010　-0x11　0x16　　　　D．0a12　7ff　-123

2．下列数据中，不合法的 C 语言实型数据的是（　）。

A．0.123　　　　B．123e3

C．2.1e3.5　　　　D．789.0

3．若有说明语句：char c='\72'；则变量 c（　）。

A．包含 1 个字符　　　　B．包含 2 个字符

C．包含 3 个字符　　　　D．说明不合法，c 的值不确定

4．C 语言中运算对象必须是整型的运算符是（　）。

A．%=　　　　B．/

C．=　　　　D．<=

5．已知 int i,a;执行语句 i=（a=3,a++,--a,a+4,a+5,++a）;后，变量 i 的值为（　）。

A．2　　　　B．3

C．4　　　　D．5

6．设变量 a 是 int 型，f 是 float 型，i 是 double 型，则表达式 10+'a'+i*f 值的数据类型为（　）。

A．int　　　　B．float

C．double　　　　D．不确定

7．若变量已正确定义并赋值，以下符合 C 语言语法的表达式是（　）。

A．a:=b+1　　　　B．a=b=c+2

C．int 18.5%3　　　　D．a=a+7=c+b

8．以下不正确的叙述是（　）。

A．在 C 程序中，逗号运算符的优先级最低

B．在 C 程序中，APH 和 aph 是两个不同的变量

C．若 a 和 b 类型相同，在计算了赋值表达式 a=b 后 b 中的值将放入 a 中，而 b 中的值不变

D．当从键盘输入数据时，对于整型变量只能输入整型数值，对于实型变量只能输入实型数值

9．若有定义：int a=7;float x=2.5,y=4.7;则表达式 x+a%3*（int）（x+y）%2/4 的值是

（　）。

A．2.500000　　B．2.750000

C．3.500000　　D．0.000000

10．若有运算符<<,sizeof,^,&=,则它们按优先级由高至低的正确排列次序是（　）。

A．sizeof,&=,<<,^　　B．sizeof,<<,^,&=

C．^,<<,sizeof,&=　　D．<<,^,&=,sizeof

11．在 C 语言中，char 型数据在内存中的存储形式是（　）。

A．补码　　B．反码

C．原码　　D．ASCII 码

12．下列关于复合语句和空语句的说法错误的是（　）。

A．复合语句是由“{”开头，由“}”结尾的

B．复合语句在语法上视为一条语句

C．复合语句内，可以有执行语句，不可以有定义语句部分

D．C 程序中的所有语句都必须由一个分号作为结束

13．设有 int x=11；则表达式（x++*1/3）的值是（　）。

A．3　　B．4

C．11　　D．12

14．假设整型变量 a,b,c 的值均为 5，则表达式 a+++b+++c++的值为（　）。

A．17　　B．16

C．15　　D．14

15．在位运算中，操作数左移一位，其结果相当于（　）。

A．操作数乘以 2　　B．操作数除以 2

C．操作数除以 4　　D．操作数乘以 4

16．若变量已正确说明为 float 型，要通过语句:scanf（ " %f%f%f " , &a,&b,&c）;给 a 赋予 10.0，b 赋予 22.0，c 赋予 33.0，下列不正确的输入形式是（　）。

A．10<回车>22<回车>33<回车>　　B．10.0,22.0,33.0<回车>

C．10.0<回车>22.0 33.0<回车>　　D．10 22<回车>33<回车>

17．调用 getchar 和 putchar 函数时，必须包含的头文件是（　）。

A．stdio.h　　B．stdlib.h

C．define　　D．以上都不对

18．已知 int x=6,y=2,z;则执行表达式 z=x=x>y 后，变量 z 的值为（　）。

A．0　　B．1

C．4　　D．5

19．若变量 c 为 char 类型，能正确判断出 c 为小写字母的表达式是（　）。

A．'a'<=c<='z'　　B．（c>='a'）||（c<='z'）

C．（'a'<=c）and（'z'>=c）　　D．（c>='a'）&&（c<='z'）

20．设 int x=1,y=1;表达式（!x||y−−）的值是（　）。

A．0　　B．1

C．2　　D．−1

二、填空题

1．在计算机中，字符的比较是对它们的【 】进行比较。

2．在内存中，存储字符'x'要占用 1 个字节，存储字符串"X"要占用【 】个字节。

3．以下程序段的输出结果是【 】。

```
int x=17,y=26;
printf("%d",y/=(x%=6));
```

4.有以下程序段

```
int m=0,n=0;
char c='a';
scanf("%d%c%d",&m,&c,&n);
printf("%d,%c,%d\n",m,c,n);
```

若从键盘上输入：10A10<回车>，则输出结果是【 】。

5．设 i 是 int 型变量,f 是 float 型变量,用下面的语句给这两个变量输入值。

```
scanf("i=%d,f=%f",&i,&f);
```

为了把 100 和 765.12 分别赋给 i 和 f,则正确的输入为【 】

三、阅读程序，分析程序的输出结果

程序 1：

```
#include<stdio.h>
main()
{int a=2,b=3,c=4;
 a*=16+(b++)-(++c);
 printf("%d",a);
}
```

程序 2：

```
#include<stdio.h>
main()
{ int a=21,b=16;
 printf("%d\n",--a+b);
}
```

程序 3：

```
#include <stdio.h>
main()
{int k=2,i=2,m;
 m=(k+=i*=k);
 printf("%d,%d,%d\n",m,i,k);
}
```

四、编程题

1．编写程序完成如下功能：输入一个小于 255 的正整数，输出与该 ASCII 码值对应的字符。

2．编写程序完成如下功能：输入一个整数，直接使用 printf 函数的格式符输出其对应的八进制数和十六进制数。

上机实训

【实训目的】

（1）掌握 C 语言数据类型，熟悉如何定义一个整型、字符型和实型变量，以及对它们赋值的方法。

（2）学会使用 C 语言的有关运算符，以及包含这些运算符的表达式。

（3）掌握不同类型数据之间的数据类型转换及赋值的规律。

（4）学习 C 语言基本输入/输出函数的使用，掌握各种类型数据的输入/输出方法，能正确使用各种格式说明符。

（5）进一步熟悉 C 程序的编辑、编译、链接和运行的过程。

【实训内容】

（1）编辑、编译、链接和运行以下程序，测试各种类型数据在你使用的计算机系统内存中所占用的字节数。

```
#include <stdio.h>
main()
{
 int a; long b;short e; float f; double d; char c;
 printf("int:%d,long:%d\n ",sizeof(a),sizeof(b));
 printf("float:%d,double:%d\n", sizeof(f), sizeof(d));
 printf( "char:%d,short:%d\n",sizeof(c) ,sizeof(e));
}
```

（2）输入并运行以下程序，分析程序运行结果，体会 C 语言中各种运算符及表达式的使用规则。

```
#include <stdio.h>
main()
{
 int i=10,j=1;
 printf("%d,%d\n",i--,++j);
 printf("%d,%d\n",i,j);
}
```

将 printf("%d,%d\n",i--,++j);语句改为 printf("%d,%d\n",--i,j++);运行程序，分析程序运行结果。

（3）输入并运行以下程序，分析程序运行结果，体会并掌握 printf 函数的正确使用方法。

```
#include <stdio.h>
main()
{
```

```
 int i=-200,j=25;
 printf("%d,%d",i,j);
 printf("i=%d,j=%d\n",i,j);
 printf("i=%d\nj=%d\n",i,j);
}
```

（4）输入并运行以下程序，体会并掌握 scanf 函数的正确使用方法。

```
#include <stdio.h>
main()
{
 int a,b,c;
 printf("input a,b,c:");
 scanf("%d%d%d",&a,&b,&c);
 printf("a=%d,b=%d,c=%d\n",a,b,c);
}
```

运行以上程序时，要想得到 a=1,b=2,c=3，正确的输入形式可以是哪些？

（5）将本章习题“四、编程题”中的两个程序进行编写后运行调试。

第3章　程序的控制结构

在第1章中讲述了结构化程序的基本概念和基本结构，从程序流程的角度来看，程序可以分为3种基本结构，即顺序结构、选择结构（又称分支结构）、循环结构。这三种基本结构可以组成所有的各种复杂程序。

C语言提供了多种语句来实现程序的3种基本结构，本章介绍这些基本语句及其应用，为后面各章的学习打下基础。

【学习目标】

（1）掌握用表达式语句、空语句、复合语句实现顺序结构的程序设计。

（2）掌握用if语句实现分支结构；用switch语句实现多分支结构的程序设计。

（3）掌握用while语句、do…while和for语句实现循环结构的程序设计。

（4）了解continue语句、break语句的用法。

（5）理解各种语句的嵌套。

3.1　C语句概述

语句是构成程序的基本单位，程序的功能就是通过一条条语句的执行而得以实现的。学习C语言，首先要学习它的数据描述方法（第2章讲述），把要处理的数据表示出来，其次要了解它的语句功能和使用，从而对这些数据进行所需的处理。

C语言的语句根据其在程序中所起的作用可分为说明语句和可执行语句两大类。

说明语句用于对程序中所使用的变量及其属性进行定义（或说明）。

例如：int a, b;　/*说明语句*/

可执行语句是用于完成程序功能的语句。根据可执行语句的表现形式及功能的不同，可以把C语言的可执行语句划分为表达式语句、函数调用语句、复合语句、空语句和流程控制语句5大类，这5大类语句是编写C程序的基本语句。

下面对C语言中的5类基本语句作一简要说明。

1．表达式语句

由运算符、常量、变量等可以组成表达式，而表达式后加分号就构成表达式语句。

其一般格式为：

　表达式;

执行表达式语句就是计算表达式的值。

例如：

```
a=3;    /*这是C语言中最常用的赋值语句，由赋值表达式a=3加一个分号构成*/
y+z;    /*加法运算语句，其计算结果不能保留，无实际意义，但它是合法语句*/
```

i++;　　/*自增 1 语句，i 值增 1*/

2．函数调用语句

由函数名、实际参数加上分号"；"组成。

其一般格式为：

函数名(实际参数表);

执行函数调用语句就是把实际参数赋值给函数定义中的形式参数，然后执行被调函数体中的语句，实现函数功能。例如：

```
printf("%d",a)    /*是函数调用表达式*/
printf("%d",a);   /*是函数调用语句，功能是调用库函数 printf 输出变量 a 的值。*/
```

3．复合语句

用一对大括号{}括起来的一条或多条语句，称为复合语句。例如：

```
{x=y+z;
 a=b+c;
 printf("%d%d", x, a);
}
```

复合语句在语法上是一个整体，相当于一个语句。凡是能使用简单语句的地方，都可以使用复合语句。一个复合语句中又可以包含另一个或多个复合语句。在复合语句中也可以定义变量。下面将要介绍的分支结构、循环结构中经常使用到复合语句。

注意：复合语句内的各语句都必须以分号";"结尾，在大括号"}"外不能再加分号。

4．空语句

只有一个分号";"组成的语句称为空语句，它表示什么操作也不做。从语法上讲，它的确是一条语句。在程序设计中，若某处从语法上需要一条语句，而实际上不需要执行任何操作时就可以使用它。在设计循环结构时，有时会用到空语句。

例如：

```
while(getchar()!='\n');
```

本语句的功能是：只要从键盘输入的字符不是回车则重新输入。这里的循环体为空语句。

5．流程控制语句

流程控制语句用来对程序的执行方向起控制作用。通常程序的执行不可能都是按顺序执行的，往往需要根据不同的条件执行不同的程序段，这时就要借助流程控制语句来实现。C 语言有 9 种流程控制语句，分成以下 3 类。

（1）条件判断语句。包括：if 语句，switch 语句。

（2）循环执行语句。包括：do…while 语句，while 语句，for 语句。

（3）转向语句。包括：break 语句，goto 语句，continue 语句，return 语句。

3.2　赋值语句

赋值语句是由赋值表达式再加上分号构成的表达式语句。赋值语句的功能和特点都与赋值表达式相同，是程序设计中使用频率最高也是最基本的语句。其一般格式为：

变量=表达式;

例如：i=a+b;

功能：首先计算"="右边表达式的值，将值类型转换成"="左边变量的数据类型后，赋给该变量（即把表达式的值存入该变量所占用的存储单元中）。

赋值语句中，赋值运算符"="左边是以变量名标识的内存中的存储单元。在程序中定义变量，编译程序将为该变量分配存储单元，以变量名代表该存储单元。所以出现在"="左边的必须是变量名。

说明：

（1）由于在赋值符"="右边的表达式也可以又是一个赋值表达式，因此下述形式是成立的，从而形成嵌套的情形。

变量=(变量=表达式);

例如：a=b=c=d=e=5; 即赋值语句允许连续赋值。

注意：在变量定义中，不允许连续给多个变量赋初值。

例如下述定义是错误的：int a=b=c=5;

应写为 int a=5,b=5,c=5;

（2）赋值表达式和赋值语句有区别。赋值表达式是一种表达式，它可以出现在任何允许表达式出现的地方，而赋值语句则不能。

下述语句是合法的：

if((x=y+5)>0) z=x;　　/*语句的功能是，若表达式 x=y+5 大于 0 则 z=x。*/

下述语句是非法的：

if((x=y+5;)>0) z=x;　/*因为 x=y+5;是语句，不能出现在表达式中。*/

3.3　顺序结构程序设计

顺序结构程序是在程序执行时，根据程序中语句的书写顺序依次执行的语句序列。通常由赋值语句和输入输出语句组成。例如下面求圆面积的程序就是一个顺序结构的程序。

【例 3-1】求圆的面积程序。

```
#include <stdio.h>
main()
{
 float s,r;
 printf("请输入圆的半径：\n");
 scanf("%f",&r);
 s=3.14*r*r;
 printf("圆的面积为：%f\n",s);
}
```

运行结果如下：

请输入圆的半径：

2↙
圆的面积为：12.560000

3.4 分支结构程序设计

C 语言用于实现分支结构的语句主要有两种：if 语句和 switch 语句。

3.4.1 if 语句

if 语句是最常用的条件选择语句，它通过对给定条件的判断，来决定下一步所要执行的操作。

1. if 语句的两种形式

C 语言提供了如下两种形式的 if 语句。

1）简单 if 语句

一般格式为：

if（表达式） 语句

功能：计算表达式的值，若为“真”，则执行语句；否则将跳过语句，执行 if 语句后的下一条语句。如图 3-1 所示。

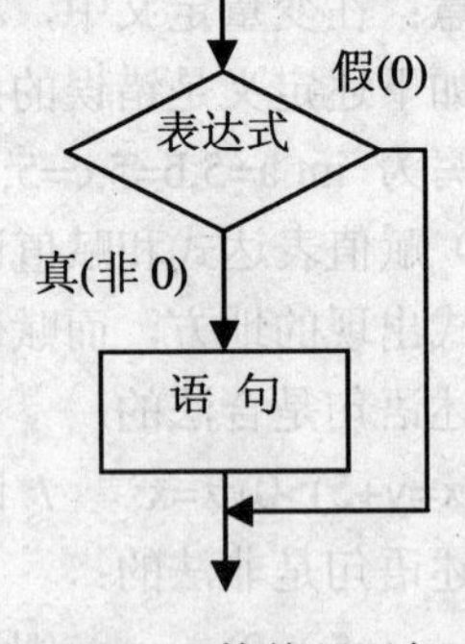

图 3-1 简单 if 语句

例如：if(x>0)

printf("x 大于 0\n");

2）if…else 语句

简单 if 语句只指出条件为“真”时做什么，而条件为“假”时什么也不做。if…else 语句则指出了作为控制条件的表达式为“真”时做什么，为“假”时做什么。

if…else 语句的一般格式为：

if（表达式） 语句 1
else 语句 2

功能：计算表达式的值，若表达式的值为“真”，执行语句 1，并跳过语句 2，继续执行 if…else 语句后的下一条语句；若表达式的值为“假”，跳过语句 1，执行语句 2，然后继续执行 if…else 语句后的下一条语句。如图 3-2 所示。

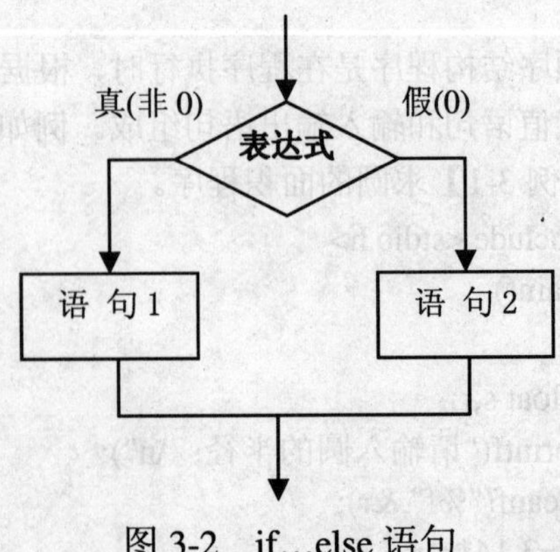

图 3-2 if…else 语句

例如：

```
if(x>y)   printf("x 大于 y\n");
else      printf("x 小于 y\n");
```

说明：

(1) 在两种形式的 if 语句中，if 关键字之后括号中的表达式是程序执行方向的控制条件，通常用逻辑表达式或关系表达式构造。由于控制条件的“真”“假”用非 0 和 0 表示，因此也可以用其他表达式构造控制条件，如赋值表达式等，甚至也可以是一个变量或常量。例如：

if(a=5) 语句；

if(b) 语句；

都是允许的。只要表达式的值为非 0（“真”）或 0（“假”）即可。只是 if(a=5) 语句；中表达式的值永远为非 0，所以其后的语句总是要执行的，当然这种情况在程序中不一定会出现，但在语法上是合法的。

又如，有以下程序段：

```
if(a=b) printf("%d",a);
else    printf("a=0");
```

本语句的功能是把 b 值赋予 a，如为非 0 则输出该值，否则输出“a=0”字符串。这种用法在程序中是经常出现的。

常见的控制条件有如下几种形式：

```
if (a= =0) k=1;            /*控制条件为关系表达式，a 的值为 0 时，执行 k=1;*/
if (a=0) k=1;              /*控制条件为赋值表达式, 给 a 赋 0 值，不执行 k=1;*/
if (a>b && c>d) k=1; /*控制条件为逻辑表达式，a>b && c>d 为“真”时，执行 k=1; */
if (a!=0) k=1;             /*控制条件为关系表达式，a 不等于 0 时，执行 k=1; */
if (a) k=1;                /*控制条件为算术表达式，a 不等于 0 时，执行 k=1; */
if (1) k=1;                /*控制条件为算术表达式，1 为“真”，执行 k=1; */
```

（2）在 if 语句中，条件判断表达式必须用括号括起来，在语句之后必须加分号。

（3）在 if 语句的两种形式中，所有的语句应为单个语句，如果要想在满足条件时执行一组(多个)语句，则必须把这一组语句用{ }括起来组成一个复合语句。但要注意的是在“}”之后不能再加分号。例如：

```
if(a>b){a++;b++;}
else{ a=0;b=10;}
```

【例 3-2】求两个数中的最大值。

```
#include <stdio.h>
main ( )
{
 float x, y;
 scanf ("%f, %f", &x, &y);
 if (x>y)     printf ("max=%f\n", x);
 else     printf ("max=%f\n", y);
}
```

运行结果如下：

1.2,2.3↙

max=2.300000

执行程序输入数据后，x 的值为 1.2，y 的值为 2.3，不满足 x>y，条件表达式的值为假，执行 else 后的输出函数，输出 y 的值。

【例 3-3】判断一个数是奇数还是偶数。

分析：判断一个数 a 是奇数还是偶数的方法为：若 a%2= =0 为"真"，则 a 是偶数，否则 a 是奇数。

```
#include <stdio.h>
main ( )
{int a;
 scanf ("%d", &a);
 if(a%2==0)     printf ("%d 是偶数\n", a);
 else     printf ("%d 是奇数\n", a);
}
```

运行结果如下：

12↙

12 是偶数

2．嵌套的 if 语句

在简单 if 语句和 if~else 语句形式中，语句 1 或语句 2 可以是任意合法语句。若它们也是 if 语句，就构成嵌套的 if 语句。嵌套的 if 语句根据实际编程需要可以有很多格式，常用的格式包括以下 5 种。

1）嵌套形式 1

```
if（表达式 1）
   if(表达式 2) 语句 1
   else 语句 2
else 语句 3
```

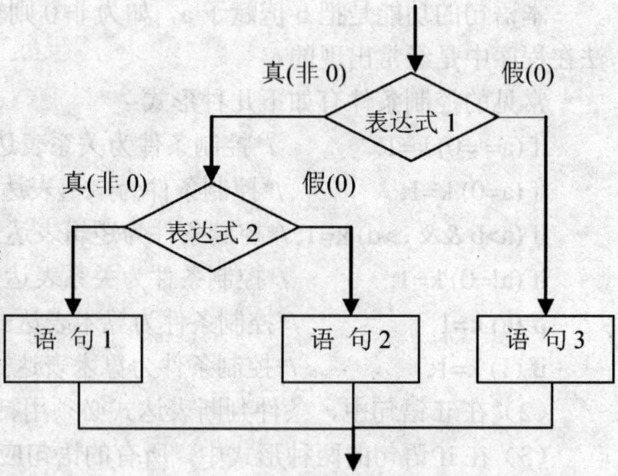

执行流程如图 3-3 所示，第一个 else 与第二个 if 结合，而最后一个 else 与第一个 if 结合。

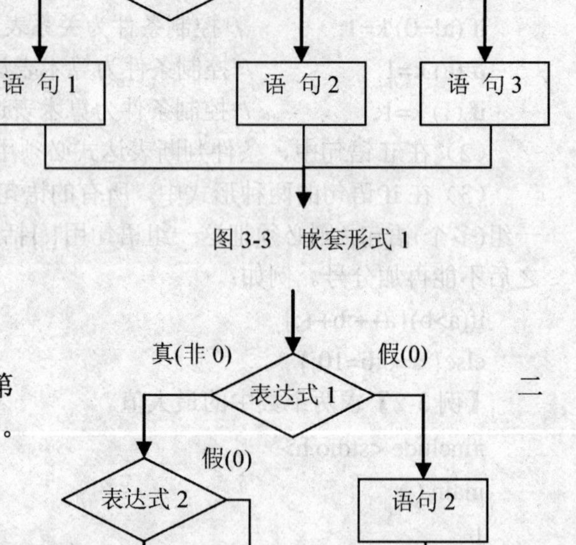

图 3-3 嵌套形式 1

图 3-4 嵌套形式 2

例如：

```
if (x>=0)
    if (x>0)   y=2*x+1;
    else    y=x;
else    y=x-1;
```

2）嵌套形式 2

```
if（表达式 1）
   {if（表达式 2）语句 1}
else 语句 2
```

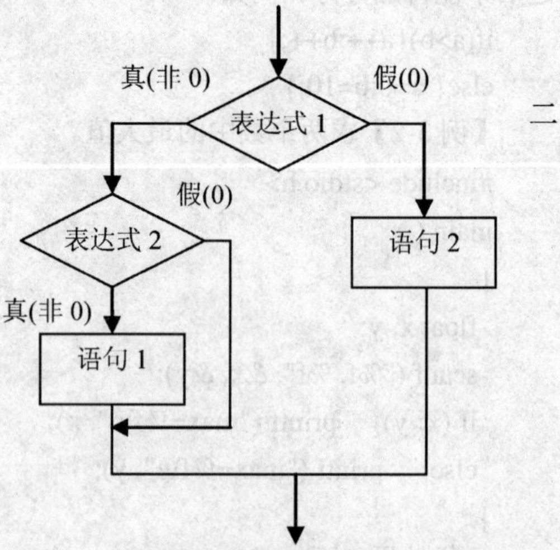

执行流程如图 3-4 所示，else 与第一个 if 结合。因为第二个 if 在复合语句中，复合语句是一条语句，不能与复合语句外的 else 结合。如果把{ }去掉，则 else 与第二个 if 结合，这时第一个 if 是简单的 if 语句形式（即不带 else 的 if 语句）。

例如：

```
 y=x;
 if (x>=0)   /* if 嵌套形式 2 */
      { if (x>0) y=2*x+1;}
 else y=x-1;
```

3）嵌套形式 3

```
  if（表达式 1）
     语句 1
  else
     if（表达式 2） 语句 2
     else  语句 3
```

执行流程如图 3-5 所示，第一个 else 与第一个 if 结合，而第二个 else 与第二个 if 结合。

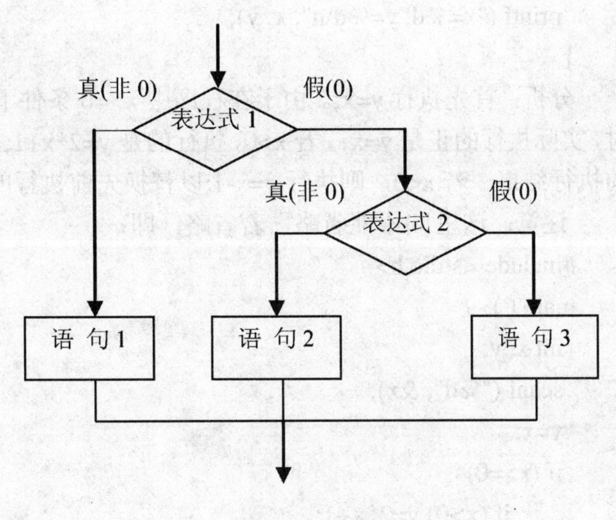

图 3-5 嵌套形式 3

例如：

```
 if (x>0)
    y=2*x+1;
 else
    if (x==0) y=x;
    else y=x-1;
```

说明：

C 语言规定：else 总是与它前面最近的同一复合语句内的不带 else 的 if 结合。在 if 语句嵌套形式 2 中可以看到，else 与 if 在同一复合语句内才能结合。

【例 3-4】有如下分段函数，给出分段函数的自变量 x，求相应的函数值。

$$y=\begin{cases}2x+1 & (x>0)\\ x & (x=0)\\ x-1 & (x<0)\end{cases}$$

（1）程序采用 if 语句嵌套形式 1 实现。

```
#include <stdio.h>
main ( )
{int x, y;
 scanf ("%d", &x);
 if (x>=0)       /* if 嵌套形式 1 */
       if (x>0)   y=2*x+1;
        else   y=x;
 else   y=x-1;
 printf ("x=%d, y=%d\n", x, y);
}
```

（2）程序采用 if 语句嵌套形式 2 实现。

```
#include <stdio.h>
main ( )
{int x, y;
```

```
 scanf ("%d", &x);
 y=x;
 if (x>=0)     /* if 嵌套形式 2 */
     { if (x>0) y=2*x+1;}
 else y=x-1;
 printf ("x=%d, y=%d\n", x, y);
}
```

分析：首先执行 y=x;。由于在程序中 x>=0 条件下只有 x>0 时的计算语句，所以 x==0 时，实际执行的正是 y=x;，若 x>0，执行的是 y=2*x+1;，因此 y=x;的结果被替换成 y=2*x+1;的执行结果。若 x<0，则执行 y=x-1;以替换先前执行的 y=x;的结果。

注意：这里{ }不能省略，若省略，即：

```
#include <stdio.h>
main ( )
{int x, y;
 scanf ("%d", &x);
 y=x;
 if (x>=0)
     if (x>0) y=2*x+1;
 else y=x-1;
 printf ("x=%d, y=%d\n", x, y);
}
```

则 else 与第二个 if 结合，结果就完全不一样了：x>0 时，执行 y=2*x+1; 而 x==0 时却执行 y=x-1; 若 x<0，则执行 y=x;。

（3）程序采用 if 语句嵌套形式 3 实现。

```
#include <stdio.h>
main ( )
{int x, y;
 scanf ("%d", &x);
 if (x>0)     /* if 嵌套形式 3 */
     y=2*x+1;
 else
     if (x= =0) y=x;
     else y=x-1;
 printf ("x=%d, y=%d\n", x, y);
}
```

分析：若 x>0，执行 y=2*x+1；否则（x<=0），若 x= =0，则执行 y=x；否则（x<0），执行 y=x-1；程序采用缩格书写形式，层次分明，else 与 if 的结合一目了然。

注意：缩格形式仅是一种写法而已，目的是增加可读性。if 与 else 的配对关系于缩格书写与否无关。

4）嵌套形式 4

```
if（表达式 1）
    if(表达式 2) 语句 1
    else 语句 2
else
    if(表达式 3) 语句 3
    else 语句 4
```

执行流程如图 3-6 所示。

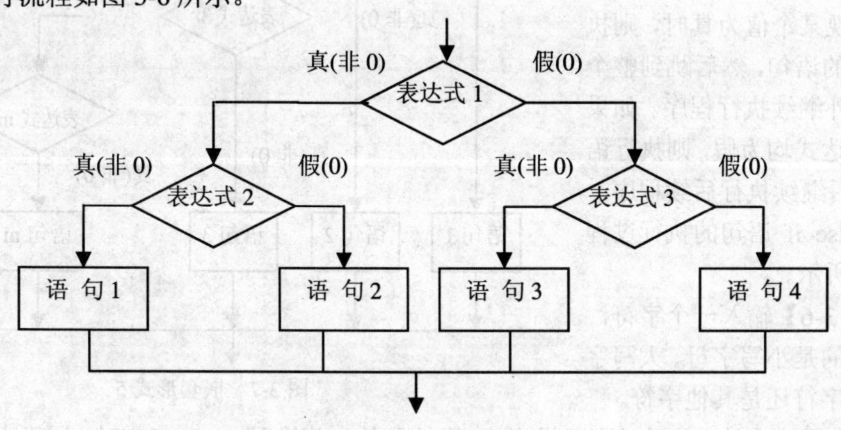

图 3-6　嵌套形式 4

【例 3-5】从键盘上输入一个点的坐标，判断该点在第几象限。（假设输入的点不在坐标轴上）

```
#include <stdio.h>
main ( )
{
 int x, y;
 scanf ("%d,%d", &x, &y);
 if (x>0)              /* if 嵌套形式 4 */
     if (y>0) printf ("点(%d,%d)在第一象限\n", x, y);
     else   printf ("点(%d,%d)在第四象限\n", x, y);
 else
     if (y>0) printf ("点(%d,%d)在第二象限\n", x, y);
     else   printf ("点(%d,%d)在第三象限\n", x, y);
}
```

运行结果如下：

12,3↙

点(12,3)在第一象限

5）嵌套形式 5

当有更多个分支选择时，可采用 if…else if 语句，其一般格式为：

```
if(表达式 1)语句 1;
else if(表达式 2)语句 2;
else if(表达式 3)语句 3;
⋮
else if(表达式 m)语句 m;
else   语句 n;
```

功能：依次判断表达式的值，当出现某个值为真时，则执行其对应的语句，然后跳到整个if语句之外继续执行程序。如果所有的表达式均为假，则执行语句n，然后继续执行后续程序。

if…else if 语句的执行过程如图 3-7 所示。

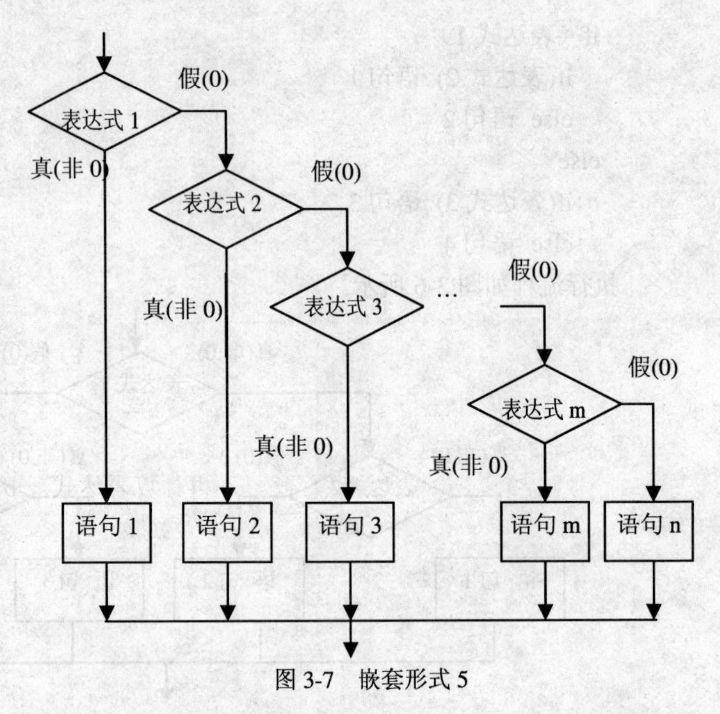

图 3-7 嵌套形式 5

【例 3-6】输入一个字符，判断输入的是小写字母、大写字母、数字字符还是其他字符。

分析：首先应输入一个字符，设为 x，当输入的 x 值满足'A'≤x≤'Z'时，属于大写字母；当输入的 x 值满足'a'≤x≤'z'时，属于小写字母；当输入的 x 值满足'0'≤x≤'9'时，属于数字字符；否则，属于其他字符。本例可用嵌套 if 语句处理此 4 个分支的情况。

```
#include <stdio.h>
main( )
{
 char   x ;
 printf("请输入一个字符：\n");
 scanf("%c",&x);
 if (x>='A'&&x<='Z')   printf("%c 是大写字母\n",x);
 else if (x>='a'&&x<='z')   printf("%c 是小写字母\n",x);
 else if (x>='0'&&x<='9')   printf("%c 是数字字符\n",x);
 else printf("%c 是其他字符\n",x);
}
```

运行结果如下：

请输入一个字符：

D↙

D 是大写字母

3．条件运算符与条件表达式

条件运算符是 C 语言中唯一一个三目运算符，即它有 3 个运算对象。条件运算符的形式是“？ :”，由它构成的表达式称为条件表达式。

条件表达式的一般格式为：

表达式 1？表达式 2：表达式 3

功能：先计算表达式 1 的值，若值为非 0，则计算表达式 2 的值，并将表达式 2 的值作为整个条件表达式的结果；若表达式 1 的值为 0，则计算表达式 3 的值，并将表达式 3 的值作为整个条件表达式的结果。执行过程见图 3-8。

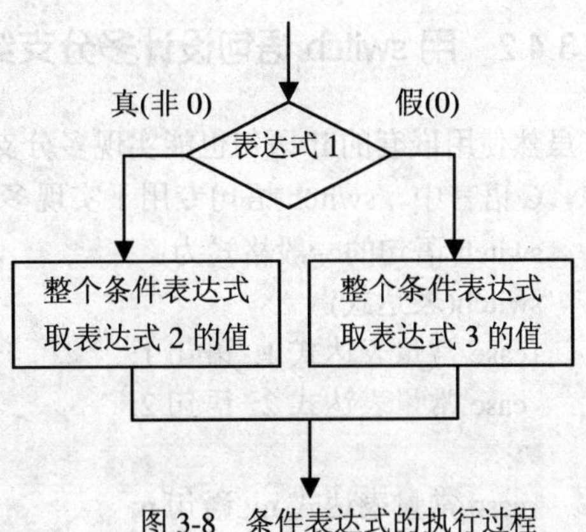

图 3-8　条件表达式的执行过程

例如：有以下条件表达式：

(a>b)?a+b:a-b

当 a=8,b=4 时，求解条件表达式的过程如下。先计算关系表达式 a>b，结果为 1，其值为真，则计算 a+b 的结果为 12，这个 12 就是整个条件表达式的结果。注意，此时不再计算表达式 a−b。如果关系表达式 a>b 的结果为 0，就只是计算 a−b 而不再计算表达式 a+b。

条件表达式通常用于赋值语句中。例如，以下 if 语句：

```
if(x>y) max=x;
else max=y;
```

可用条件表达式写为：

```
max=(x>y)?x:y;
```

执行该语句的语义是：如 x>y 为真，则把 x 赋值给 max，否则把 y 赋值给 max。

注意：

（1）条件运算符的运算优先级低于关系运算符和算术运算符，但高于赋值运算符。因此 max=(x>y)?x:y;可以去掉括号而写为 max=x>y?x:y;。

（2）条件运算符?和：是一对运算符，不能分开单独使用。

（3）条件运算符的结合方向是自右至左。

例如：在条件表达式“a>0 ? a/b:a<0 ? a+b:a-b”中，出现了两个条件表达式的嵌套，求解这个表达式时应先计算后面一个条件表达式“a<0 ? a+b:a-b”的值，然后再与前面的“a>0 ? a/b:”组合。

【例 3-7】用条件表达式求两个数中的大数。

```
#include <stdio.h>
main()
{int a,b;
 printf("input two numbers: \n ");
 scanf("%d,%d",&a,&b);
 printf("max=%d\n",a>b?a:b);
}
```

程序运行结果为：

```
input two numbers:
8,9↙
max=9
```

3.4.2 用 switch 语句设计多分支结构程序

虽然使用嵌套的 if 语句也能实现多分支结构程序，但分支较多时显得很繁琐，可读性较差。C 语言中，switch 语句专用于实现多分支结构程序，其特点是各分支清晰而直观。

switch 语句的一般格式为：

```
switch(表达式)
{case 常量表达式 1: 语句 1;
 case 常量表达式 2: 语句 2;
 ⋮
 case 常量表达式 n: 语句 n;
 default : 语句 n+1;
}
```

功能：首先计算表达式的值，然后依次逐个与其后的常量表达式 i（i=1,2,⋯,n）的值相比较，当表达式的值与某个常量表达式 i 的值相等时，则从常量表达式 i 处（执行入口）开始执行其后的语句，然后不再进行判断，继续执行后面所有 case 后的语句，直到 switch 语句结束。如果表达式的值与所有 case 后的常量表达式的值均不相同时，则从 default 处开始执行 default 后的语句。

说明：

（1）switch 后面括号中可以是任何表达式，取其整数部分与各常量表达式进行比较。

（2）常量表达式中不能出现变量，且类型必须是整型、字符型，各常量表达式的值不能相同，否则会出现错误。

（3）语句 i 可以是一条或多条语句，多条语句时不必用{ }将它们括起来。语句 i 处也可以没有语句，程序执行到此会自动向下顺序执行。

（4）default 子句的先后顺序可以变动，而不会影响程序执行结果。default 语句也可以缺省。

【例 3-8】输入某学生的成绩(要求在 0~100 范围)，输出该学生的成绩和等级。(A 级：90~100，B 级：80~89，C 级：60~79，D 级：0~59)。

分析：为了区分各分数段，可以将[0，100]每 10 分划为一段，则 x/10 的可能取值为 10，9，⋯，1，0，它们表示 11 段：0~9 为 0 段，10~19 为 1 段，⋯，90~99 为 9 段，100 为 10 段，用 case 后的常量表达式表示段号。例如，设 x=76，则 x/10 的值为 7，所以 x 在 7 段，即 70≤x<79，属于 C 级。

```
#include "stdio.h"
main( )
{int x ;
 printf("Please input x:\n");
 scanf("%d", &x);
 if(x>100||x<0)
      printf ("x=%d data error!\n", x);
 else
 switch( x/10 )
```

```
  {case 10: printf ("x=%d  对应的等级为 A\n", x);
   case 9: printf ("x=%d  对应的等级为 A\n", x);
   case 8: printf ("x=%d  对应的等级为 B\n", x);
   case 7: printf ("x=%d  对应的等级为 C\n", x);
   case 6: printf ("x=%d  对应的等级为 C\n", x);
   default: printf ("x=%d  对应的等级为 D\n", x);
  }
}
```

运行结果如下：

```
Please input x:
85↙
x=85  对应的等级为 B
x=85  对应的等级为 C
x=85  对应的等级为 C
x=85  对应的等级为 D
```

第一行输出正确，但后 3 行输出是多余的。这是因为：x/10 的值为 8，从 case 8 处开始执行，输出 x=85 对应的等级为 B，若就此结束 switch 语句的执行，则结果正确。但是，根据 switch 语句的执行流程，x/10 的值与 case 8 匹配后，case 8 处是执行的入口，以后将顺序执行 case 7，case 6，…后面的语句（除非遇到终止执行的指令）。因此在输出正确结果后，应立即终止 switch 语句的执行才能达到目的。

C 语言提供了一种 break 语句，专门用于跳出 switch 语句，break 语句只有关键字 break，没有参数。在后面还将详细介绍。修改上述的程序，在每一个 case 语句之后增加 break 语句，使每一次执行之后均可跳出 switch 语句，从而避免不正确输出结果。

```
#include "stdio.h"
main( )
{int x ;
 printf("Please input x:\n");
 scanf("%d", &x);
 if(x>100||x<0)
        printf ("x=%d data error!\n", x);
 else
 switch( x/10 )
 {case 10: printf ("x=%d  对应的等级为 A\n", x); break;
  case 9: printf ("x=%d  对应的等级为 A\n", x); break;
  case 8: printf ("x=%d  对应的等级为 B\n", x); break;
  case 7: printf ("x=%d  对应的等级为 C\n", x); break;
  case 6: printf ("x=%d  对应的等级为 C\n", x); break;
  default: printf ("x=%d  对应的等级为 D\n", x);
 }
}
```

程序运行结果为：

Please input x:

85↙

x=85 对应的等级为 B

经过修改后，程序输出结果是正确的。

通过观察程序可知，x/10=10, 9 时执行的程序代码相同，因此该程序还可以再改进，只要在 case 9:处写这段程序代码，case 10 可空白。这样，当 x/10= 10，其后无语句，程序会自动顺序向下执行，即执行 case 9 处的程序段。同样 case 7 与 case 6 也可以依此处理，从而大大减少了程序冗余。

```
#include "stdio.h"
main( )
{int x ;
 printf("Please input x:\n");
 scanf("%d", &x);
 if(x>100||x<0)
      printf ("x=%d data error!\n", x);
 else
 switch( x/10 )
  {case 10:
   case 9: printf ("x=%d  对应的等级为 A\n", x); break;
   case 8: printf ("x=%d  对应的等级为 B\n", x); break;
   case 7:
   case 6: printf ("x=%d  对应的等级为 C\n", x); break;
   default: printf ("x=%d  对应的等级为 D\n", x);
  }
 }
```

通过上例可以看到，switch 语句与 break 语句相结合，才能设计出正确的多分支结构程序。

3.4.3　分支结构程序举例

【例 3-9】求一元二次方程 $ax^2+bx+c=0$ 的根。

一元二次方程的根有以下几种情况：

- a=0 时，不是二次方程；
- $a\neq 0,b^2-4ac=0$ 时,有两个相等的实根；
- $a\neq 0,b^2-4ac>0$ 时,有两个不等的实根；
- $a\neq 0,b^2-4ac<0$ 时,有两个共轭复数根。

可用 if 结构编写程序如下。

```
#include <stdio.h>
#include <math.h>
```

```
#define    FLOATZERO    1e-6
main( )
{float a,b,c,deita,x1,x2,realpart,imagpart;
 printf("please input a,b,c:\n");
 scanf("%f,%f,%f",&a,&b,&c);         /*输入方程的三个系数*/
 printf("The equation ");
 if(fabs(a)<=FLOATZERO)                 /* a=0 */
    printf("is not a quadratic");
 else
   {deita=b*b-4*a*c;                    /*  计算 deita */
    if(fabs(deita)<=FLOATZERO)             /* deiat=0 */
       printf("has two equal root:%f\n",-b/(2*a));
    else if(deita> FLOATZERO)              /* deiat>0 */
       {x1=(-b+sqrt(deita))/(2*a);
        x2=(-b-sqrt(deita))/(2*a);
        printf("has distinct real roots:%f,%f\n",x1,x2);
       }
        else                               /* deita<0 */
        {realpart=-b/(2*a);
         imagpart=sqrt(-deita)/(2*a);
         printf("has complex roots:\n");
         printf("%f+%fi\n",realpart,imagpart);
         printf("%f-%fi\n",realpart,imagpart);
        }
   }
}
```

运行结果如下：

```
please input a,b,c:
1,2,1↙
The equation has two equal root:−1.000000
```

说明：

（1）由于程序中使用了数学函数 fabs（求绝对值）和 sqrt（求平方根），所以在程序中要包含#include <math.h>命令。

（2）程序中用 deita 变量存放 b^2-4ac 的值，先计算 deita 的值，可以避免以后的重复计算。

（3）判断系数 a 及 deita 是否为 0，不能直接用 a==0 来判断。因为 a 是实数，实数在计算机中的存储和计算有微小的误差。“==”（等于比较运算符）是精确按位比较。如果使用 a==0 进行比较，可能会使本身为 0 的量由于误差而被判别为不等于 0，从而导致程序错误。可以通过判断 a 的绝对值是否小于一个很小的实数来判断，小于此数则可以认为等于 0。

同理，如果需要判断两个浮点数是否相等也不能使用“==”运算符，而应该判断这两个数之差的绝对值是否小于一个很小的数。

【例 3-10】编写一个简单计算器程序，输入格式为：data1 op data2。其中 data1 和 data2 是参加运算的两个数，op 为运算符，它的取值只能是+、−、*、/。

程序代码如下。

```
#include <stdio.h>
main()
{float data1, data2;                /* 定义两个操作数变量 */
 char op;                           /* 操作符 */
 printf("Enter your expression:\n");
 scanf("%f%c%f", &data1, &op, &data2);        /* 输入表达式 */
 switch(op)                   /* 根据操作符分别进行处理 */
 {case '+' :                        /* 处理加法 */
  printf("%.2f+%.2f=%.2f\n", data1, data2, data1+data2); break;
  case '-' :                        /* 处理减法 */
  printf("%.2f-%.2f=%.2f\n", data1, data2, data1-data2); break;
  case '*' :                        /* 处理乘法 */
  printf("%.2f*%.2f=%.2f\n", data1, data2, data1*data2); break;
  case '/' :                        /* 处理除法 */
     if( data2==0 )                      /* 若除数为 0 */
        printf("Division by zero.\n");
     else
        printf("%.2f/%.2f=%.2f\n", data1, data2, data1/data2);
     break;
  default: printf("Unknown operater.\n");
 }
}
```

运行结果如下：

```
Enter your expression:
3+8↙
3.00+8.00=11.00
```

3.5 循环结构程序设计

循环结构是程序中一种很重要的结构。其特点是：在给定条件成立时，反复执行某一程序段，直到条件不成立为止。给定的条件称为循环条件，反复执行的程序段称为循环体。C 语言提供了多种循环语句，可以组成各种不同形式的循环结构。

3.5.1 用 while 语句设计循环结构程序

while 语句的一般格式为：

```
  while(表达式)
    语句;
```

功能：首先计算表达式的值，若为“真”，则执行循环体语句，执行完毕后，再计算表达式的值，若仍为“真”，则重复执行循环体语句。直到表达式的值为“假”时，结束 while 语句的执行，然后执行 while 语句后面的语句。while 语句构成的循环属于“当型”循环。如图 3-9 所示。

说明：

（1）表达式是控制循环继续执行与否的条件，通常是关系表达式或逻辑表达式，但它可以是任何类型的表达式，只要表达式的值为真（非 0）即可继续循环。

（2）语句为循环体，语法上为一条语句，若循环体含有多条语句，则必须用大括号把它们括起来，成为复合语句。

（3）while 语句的特点是：先判断，后执行。若表达式一开始就为“假”，则循环体一次也不执行。

【例 3-11】用 while 语句计算 1+2+3+…+99+100。

表达式
假(0)
真(非 0)
循环体

图 3-9 While 语句

```
#include <stdio.h>
main( )
{int s,i;
 s=0;i=1;
 while(i<=100)
 {s+=i;
  i++;
 }
 printf("1+2+3+…+100=%d\n",s);
}
```

运行结果如下：

1+2+3+…+100=5050

注意：

（1）while 语句的循环体中必须出现使循环趋于结束的语句，否则，会出现“死循环”的现象（即循环永远不会结束）。

例如，将本例中的“i++”;语句删除，则 i 的值永远为 1。或将“i++”;语句改为“i--”; ，则 i 的值越来越小，即循环控制条件 i<=100 永远满足，循环将永远不会结束。由于 i 的值实际上决定了循环是否继续进行，所以把这类变量称为“循环控制变量”或“循环变量”。

（2）若循环体含有多条语句，则必须用大括号把它们括起来，成为复合语句，否则，将只把其中第一条语句当做循环体语句执行。

例如，将本例中的{s+=i；i++;}大括号去掉，则执行的循环体语句只有 s+=i；于是，i 的值保持不变，导致“死循环”。

（3）循环体中语句顺序也很重要。例如，本例中若把循环体中的两条语句的位置颠倒：

```
i++;
s+=i;
```

则最后输出：1+2+3+…+100=5150，显然是错误的结果。

这是因为 i 的初值为 1，循环体中先执行 i++;，后执行 s+=i;，所以第一次累加的是 2，而不是 1。执行最后一次循环（i=100）时，先执行 i++;，则 i=101，再执行 s+=i;，所以最后一次累加的是 101。即实际计算的是：2+3+…+100+101=5150。

3.5.2 用 do…while 语句设计循环结构程序

do…while 语句的一般形式为：

```
do
  语句;
while(表达式);
```

功能：首先执行循环体语句，然后检测表达式的值，若为“真”，则重复执行循环体语句，否则退出循环。如图 3-10 所示。

说明：

（1）do…while 语句的表达式通常是关系表达式或逻辑表达式，但也可以是任意表达式，表示控制循环的条件。

（2）do…while 语句的特点：先执行后判断。因此，循环体至少执行一次。

（3）do…while 语句重复执行循环体，直到表达式为“假”才退出循环。

（4）do…while 语句和 while 语句的区别在于 do…while 是先执行后判断，因此 do…while 至少要执行一次循环体。而 while 是先判断后执行，如果条件不满足，循环体语句一次也不执行。while 语句和 do…while 语句一般都可以相互改写。

【例 3-12】用 while 语句计算 1+2+3+…+99+100。

```
#include <stdio.h>
main( )
{int sum,i;
 sum=0;i=1;
 do
 {sum+=i;
  i++;
 }while (i<=100);
 printf("1+2+3+…+100=%d\n", sum);
}
```

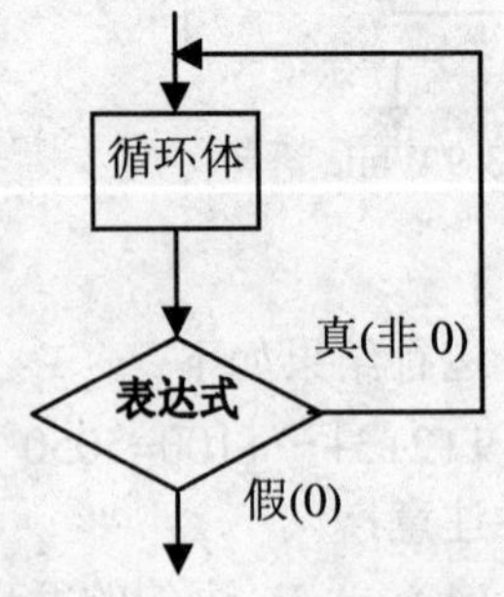

图 3-10 do…While 语句

运行结果如下：

```
1+2+3+…+100=5050
```

注意：

（1）在 if 语句、while 语句中，条件表达式后面都不能加分号，而在 do…while 语句的条件表达式后面则必须加分号。

（2）在 do 和 while 之间的循环体由多个语句组成时，也必须用{}括起来组成一个复合语句。

3.5.3　用 for 语句设计循环结构程序

for 语句是 C 语言所提供的使用最灵活、功能最强的循环语句。

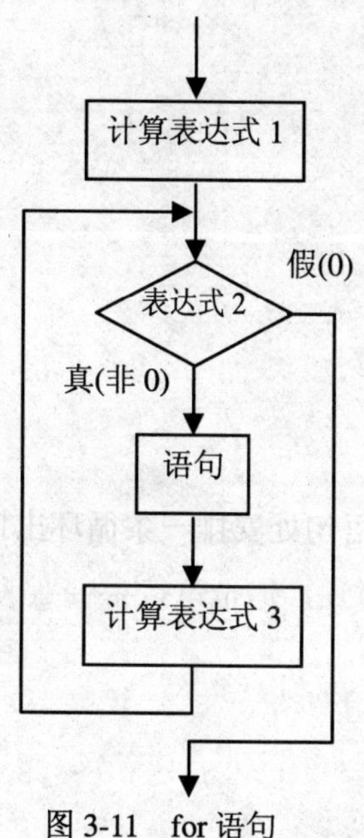

图 3-11　for 语句

for 语句的一般格式为：

for(表达式 1;表达式 2;表达 3)

语句;

其功能如下。

（1）首先计算表达式 1 的值。

（2）再计算表达式 2 的值，若表达式 2 的值为“真”(非 0)则执行循环体语句一次，若为“假”（0），则终止循环。

（3）执行完循环体语句后再计算表达式 3 的值，然后转回第 2 步重复执行。

在整个 for 循环过程中，表达式 1 只计算一次；表达式 2 和表达式 3 则可能计算多次；循环体语句可能多次执行，也可能一次都不执行。for 语句的执行过程如图 3-11 所示。

说明：

（1）表达式 1 通常用来给循环控制变量赋初值，一般是赋值表达式。也允许在 for 语句外给循环控制变量赋初值，此时可以省略表达式 1。

（2）表达式 2 通常是循环条件，是控制循环是否进行下去的表达式，一般为关系表达式或逻辑表达式。

（3）表达式 3 通常可以用来修改循环控制变量的值，一般是赋值语句。

（4）这 3 个表达式都可以是逗号表达式，即每个表达式都可由多个表达式组成。

【例 3-13】用 for 语句计算 s=1+2+3+…+99+100。

```
#include <stdio.h>
main()
{int n,s=0;
 for(n=1;n<=100;n++)
   s=s+n;
 printf("1+2+3+…+100=%d\n",s);
}
```

运行结果如下：

1+2+3+…+100=5050

注意：

for 语句中三个表达式可以是任意合法的 C 表达式，而且可以部分省略或全部省略，但其中的两个分号不能省略。例如：for(;表达式;表达式)省去了表达式 1，for(表达式;；表达式)省去了表达式 2，for(表达式；表达式；)省去了表达式 3，for(;；)省去了全部表达式。

例如，对下列程序段进行分析。

```
for(n=1;n<=100;n++)
   s=s+n;
```

（1）省略表达式 1（n=1）可写成如下形式。

```
n=1;            /* 循环变量赋初值 */
for(;n<=100;n++)
   s=s+n;
```

省略 n=1 后，n 的初值放在循环前确定。

（2）省略表达式 2（n<=100）可写成如下形式。

```
for (n=1; ; n++)
  {if (n>100) break;      /* 循环出口 */
   s=s+n;
  }
```

省略 n<=100 后，循环无法终止，因此在循环体的第一条语句处安排一条循环出口语句（if (n>100) break;），以便适时退出循环。

（3）省略表达式 3（n++）可写成如下形式。

```
for(n=1;n<=100; )
  {s=s+n;
   n++;     /* 修改循环变量的值 */
  }
```

省略 n++后，n 变量的值保持不变，循环无法终止。因为表达式 3 是在循环体之后被执行的，因此在循环体最后增加 n++;。

（4）3 个表达式全部省略可写成如下形式。

```
n=1;     /* 循环变量赋初值 */
for(; ; )
{if(n>100) break;      /* 循环出口 */
 s=s+n;;
 n++;                  /* 修改循环变量的值 */
}
```

（5）循环体放入表达式 3 可写成如下形式。

```
for (n=1;n<=100; s=s+n,n++ ) ;
```

由于循环体在表达式 2 之后、表达式 3 之前执行，所以把循环体语句放在表达式 3 的开头，循环体语句与原来的 n++构成逗号表达式，作为循环语句的新的表达式 3，此时循环体语句可以省略。但从语法上讲，循环结构必须有循环体语句，否则出现语法错误。因此，用空语句作为循环体语句，既满足了语法要求，又符合了实际上不再做任何操作的需要。

注意：用空语句作为循环体语句时，空语句后的分号不可少，如缺少此分号，则把后面的语句当成循环体来执行。反过来说，如循环体不为空语句时，决不能在表达式的括号后加分号，这样又会认为循环体是空语句而不能反复执行真正的循环体。这些都是编程中常见的错误，要十分注意。

从以上讨论可知，for 语句的书写形式十分灵活，在 for 的一对括号中，允许出现各种表达式，有的甚至与循环控制毫无关系，这在语法上是合法的。但初学者一般不要这样做，因为它容易使程序杂乱无章，降低可读性。

3.5.4　break 语句与 continue 语句

循环体中常使用 break 语句或 continue 语句来改变循环的执行流程。

1．break 语句

break 语句可以用在 switch 语句或循环语句中，其作用是跳出它所在的 switch 语句或跳出本层循环，转去执行后面的程序。

break 语句的一般形式为：

```
break;
```

上面例题中分别在 switch 语句和 for 语句中使用了 break 语句作为跳转。在循环语句中，break 常常和 if 语句一起使用，表示当条件满足时，立即终止循环。

说明：break 不是跳出 if 语句，而是跳出循环结构。当有循环嵌套时，break 语句只能跳出本层循环，并不能使多重循环全部结束。使用 break 语句可以使循环语句有多个出口，在一些场合下使编程更加灵活、方便。

2．continue 语句

continue 语句只能用在循环语句的循环体中。

continue 语句的一般形式为：

```
continue;
```

功能：结束本次循环（不是结束整个循环），即跳过循环体中 continue 语句后面的语句，开始下一次循环。

说明：

若 continue 语句出现在 while 或 do…while 语句中，则执行 continue 语句就是跳过循环体中 continue 语句后面的语句，直接转去判断下次循环控制条件是否满足；若 continue 语句出现在 for 语句中，则执行 continue 语句就是跳过循环体中 continue 语句后面的语句，转去执行 for 语句的表达式 3。

3．continue 语句和 break 语句的区别

（1）continue 语句只能出现在循环语句的循环体中；而 break 语句既可以出现在循环语句中，也可以出现在 switch 语句中。

（2）continue 语句只是结束本次循环，并开始下一次循环，而不是终止它所在的整个循环语句的执行；break 语句则是终止它所在的整个循环语句的执行，转到循环语句后下一条语句去执行。

例如，以下两个循环结构：

```
while(表达式 1)
{
 ⋮
 if(表达式 2)break;
 ⋮
}
```

```
while(表达式 1)
{
 ⋮
 if(表达式 2)continue;
 ⋮
}
```

它们的执行过程如图 3-12 和图 3-13 所示。

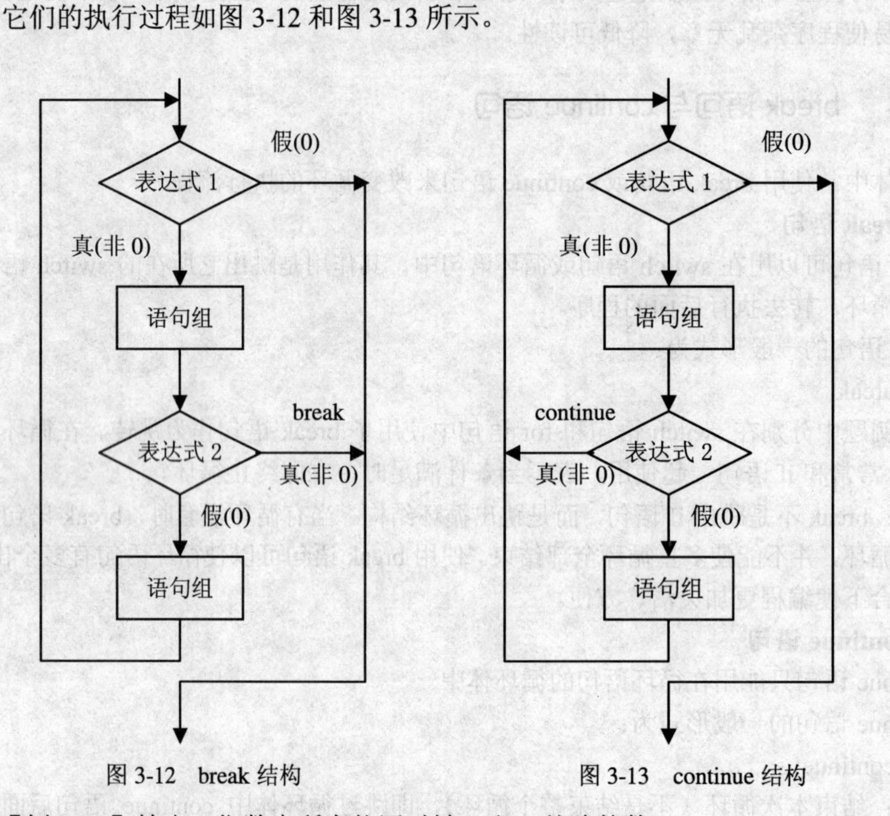

图 3-12 break 结构　　　图 3-13 continue 结构

【例 3-14】输出 2 位数中所有能同时被 3 和 5 整除的数。

分析：2 位数的范围是[10，99]，能同时被 3 和 5 整除的数 n 应满足条件：n%3==0&&n%5==0；不能同时被 3 和 5 整除的数 n 应满足条件：n%3!=0||n%5!=0。

```
#include <stdio.h>
main( )
{int n;
 for(n=10;n<100;n++)
 {if(n%3!=0 || n%5!=0) continue ;     /* 不能同时被 3 和 5 整除，结束本次循环*/
  printf ("%5d", n);
 }
}
```

运行结果如下：

```
15    30    45    60    75    90
```

对 2 位数循环，即 n=10，11，…，99。若 n 不能同时被 3 和 5 整除，应跳过输出语句转而考察下一个 n。所以用 continue 语句结束本次循环。若 n 能同时被 3 和 5 整除，则输出 n。

若把程序中 continue 语句换成 break 语句，则执行程序将无任何输出。因为 n=10 时，即满足条件 n%3!=0 || n%5!=0，所以执行 break 语句，终止循环。

3.5.5　无条件转向语句

C 语言中的 goto 语句可以转向同一函数内任意指定的位置执行，称为无条件转向语句。goto 语句一般格式为：

```
goto 语句标号;
  ⋮
语句标号: 语句
```

功能：改变程序执行的方向，使程序流程无条件地转去执行语句标号所标识的语句。

说明：

（1）语句标号用标识符后跟冒号表示，放在某一语句行的前面，语句标号起标识语句的作用，与 goto 语句配合使用。如 loop：i++;

（2）goto 语句通常与条件语句配合使用。可用来实现条件转移、构成循环、跳出循环体等功能。

【例 3-15】用 goto 语句计算 s=1+2+3+…+99+100。

```
#include <stdio.h>
main()
{int n,s=0;
 n=1;
 loop: s=s+n;
 n++;
 if(n<=100) goto loop;
 printf("1+2+3+…+100=%d\n",s);
}
```

运行结果如下：

1+2+3+…+100=5050

注意：

（1）goto 语句与相应的语句标号必须处在同一个函数中，不允许跨两个函数。

（2）由于 goto 语句转移的任意性，使得程序流程毫无规律，可读性较差，不符合结构化程序设计的操作完整性要求。在结构化程序设计中一般不主张使用 goto 语句，以免造成程序流程的混乱，使理解和调试程序都产生困难。但在某种场合下，使用 goto 语句可以提高效率。例如，在嵌套 switch 语句的内层 switch 语句中，利用 break 语句只能一层一层地退出，若采用 goto 语句，可以一次退出多层 switch 语句。

3.5.6 几种循环语句的比较分析

1．循环结构的基本组成

由前面介绍的循环结构的格式和例子，我们可以看出几种循环结构均由以下 4 部分组成。

（1）循环变量、循环条件的初始化。

（2）循环变量、循环条件的检查，以确认是否进行循环。

（3）循环体的执行。

（4）循环变量、循环条件的修改，以使循环趋于结束。

编写具有循环结构的程序时，要从以上 4 个角度全面考虑。

2．几种循环的比较

C 语言中可构成循环结构的有 while 语句、do…while 语句和 for 语句，也可以通过 if 语句和 goto 语句的结合构造循环结构。从结构化程序设计的角度考虑，不提倡使用 if 和 goto 语句构造循环。下面对它们进行比较。

（1）3 种循环结构都可以用来处理同一个问题，但在具体使用时存在一些细微的差别。如果不考虑可读性，一般情况下它们可以相互替代。

【例 3-16】编写程序求 10 个数中的最大值。

分析：从键盘上输入第一个数，并假定它是最大值存放在变量 max 中，以后每输入一个数便与 max 进行比较，若输入的数较大，则最大值是新输入的数，把它存放到 max。当全部 10 个数输入完毕，最大值也确定了，即 max 中的值。

```
/*用 while 语句实现*/
  #include "stdio.h"
  main( )
  {int i, k, max;
   scanf("%d",&max);
   i=2;
   while(i<11)
      {scanf("%d",&k);
       if(max<k) max=k;
       i++;}
  printf("max=%d\n",max);
  }
```

```
/*用 do…while 语句实现*/
  #include "stdio.h"
  main( )
  {int i, k, max;
   scanf ("%d",&max);
   i=2;
   do{scanf("%d",&k);
      if(max<k) max=k;
      i++;
     }while(i<11);
   printf("max=%d\n",max);
  }
```

```
/*用 for 语句实现*/
  #include "stdio.h"
  main( )
  {int i, k, max;
   scanf ("%d",&max );
   for( i=2; i<11; i++ )
      {scanf ("%d",&k);
       if ( max<k ) max=k;
      }
   printf("max=%d\n",max );
  }
```

从循环控制变量初始化的角度看：对于 while 和 do…while 循环，循环变量的初始化应该在 while 和 do…while 语句之前完成；而对于 for 循环，循环变量的初始化可以在表达式 1 中完成。

从循环条件角度看：while 和 do…while 循环只在 while 后面指定循环条件；而 for 循环可以在表达式 2 中指定。

从修改循环控制变量使循环趋向结束的角度看：while 和 do…while 循环要在循环体内包含使循环趋于结束的操作；for 循环可以在表达式 3 中完成。

（2）for 语句和 while 语句先判断循环控制条件，后执行循环体；而 do…while 语句是先执行循环体，后进行循环控制条件的判断。for 语句和 while 语句可能一次也不执行循环体；而 do…while 语句至少执行一次循环体。do…while 语句更适合于第一次循环肯定执行的场合。for 和 while 循环属于“当型”循环；而 do…while 循环属于“直到型”循环。

（3）do…while 语句和 while 语句多用于循环次数不定的情况，对于循环次数确定的情况，使用 for 语句更方便。

（4）do…while 语句和 while 语句只有一个表达式，用于控制循环是否进行。for 语句有 3 个表达式，不仅可以控制循环是否进行，而且能为循环变量赋初值及不断修改循环变量的值。for 循环可以省略循环体，将部分操作放到表达式 2、表达式 3 中，for 语句比 while 和 do…while 语句功能更强，更灵活。

总之，3 种基本循环结构一般可以相互替代，很难说哪种更加优越。具体使用哪一种结构依赖于程序的可读性和程序设计者个人的程序设计风格。

3.5.7 循环的嵌套

循环结构的循环体语句可以是任意合法的 C 语句。若一个循环结构的循环体中包含了另一个完整的循环结构，则构成了循环的嵌套。前面介绍的 3 种类型的循环都可以相互嵌套。循环的嵌套可以为多层，但要保证每一层循环在逻辑上都是完整的。

【例 3-17】输出如下九九乘法表。

```
1*1=1
1*2=2    2*2=4
1*3=3    2*3=6    3*3=9
:
1*9=9    2*9=18   3*9=27…9*9=81
```

分析：分行与列考虑，共 9 行 9 列，应使用双重循环。变量 i 控制行，为外循环控制变量；变量 j 控制列，为内循环控制变量。程序代码如下。

```
#include "stdio.h"
main()
{int i,j;
 for(i=1;i<10;i++)
 {for(j=1;j<=i;j++)
   printf("%d*%d=%-3d",j,i,i*j);      /*-3d 表示左对齐，占 3 位域宽*/
```

```
    printf("\n");      /*每输出一行后换行*/
  }
}
```

3.6 综合应用程序举例

【例 3-18】输入一行字符，分别统计出其中英文字母、空格、数字和其他字符的个数。

分析：可以利用 while 语句逐个输入字符，循环结束条件为输入的字符为'\n'（一个输入行的结束）。在循环体内可以利用 if 结构逐个判断输入的字符属于哪种字符。

```
#include "stdio.h"
main()
{char c;
 int letters=0,space=0,digit=0,others=0;
 printf("please input some characters:\n");
 while((c=getchar())!='\n')
 {if(c>='a'&&c<='z'||c>='A'&&c<='Z')   letters++;
  else if(c==' ')   space++;
  else if(c>='0'&&c<='9') digit++;
  else others++;
 }
 printf("char=%d   space=%d   digit=%d   others=%d\n",letters,space,digit,others);
}
```

运行结果如下：

```
please input some characters:
Beijing 2008！↙
char=7   space=1   digit=4   others=1
```

【例 3-19】百马百担问题：一匹大马可以驮 3 担货，一匹中马可以驮 2 担货，两匹小马驮 1 担货。要想 100 匹马驮 100 担货，试编写程序计算大、中、小马的数目。

分析：可用代数法求解，设大马、中马和小马的匹数各为 x、y 和 z 匹。由题意可知，x 的取值范围是 1~33 匹，因为总共只有一百担货，全部用大马驮也不过 33 匹。同理，y 的取值范围应是 1~50。在 x、y 各取定一个值后，z 的个数就可以由 100-x-y 来限定。这些马总共驮一百担货，因此可有不定方程：3*x+2*y+z/2==100。

由 x、y 和 z 的每一种取值组合来判断不定方程是否满足，如条件满足则输出这一组 x、y、z，然后再去测试其他的可能组合，直到把所有的可能性都测试一遍为止。编写程序时，可采用循环的方法，把各种可能的取值都试探一下。

```
#include <stdio.h>
main()
{int x,y,z,j=0;      /*用 j 表示有几种方法*/
```

```
  for(x=0; x<=33; x++)
   for(y=0; y<=50; y++)
   {z=100-x-y;
    if( z%2==0 && 3*x+2*y+z/2==100)
      printf("%2d:大马=%2d 中马=%2d 小马=%2d\n",++j,x,y,z);
   }
}
```

运行结果如下：

```
1:大马= 2  中马=30  小马=68
2:大马= 5  中马=25  小马=70
3:大马= 8  中马=20  小马=72
4:大马=11  中马=15  小马=74
5:大马=14  中马=10  小马=76
6:大马=17  中马= 5   小马=78
7:大马=20  中马= 0   小马=80
```

3.7　本章小结

（1）从程序执行的流程来看，程序可分为 3 种最基本的结构：顺序结构，分支结构以及循环结构。

（2）程序中执行部分最基本的单位是语句。C 语言的语句可分为以下 5 类。

①表达式语句：任何表达式末尾加上分号即可构成表达式语句，常用的表达式语句为赋值语句。

②函数调用语句：由函数调用表达式加上分号即组成函数调用语句。

③控制语句：用于控制程序流程，主要有条件判断语句，循环执行语句，转向语句等。

④复合语句：由{ }把多个语句括起来组成的语句。复合语句被认为是单条语句，它可以出现在所有允许出现语句的地方，如循环体等。

⑤空语句：仅由分号组成，不执行任何操作。

（3）C 语言提供了多种形式的条件语句以构成分支结构程序。

①(1)if 语句主要用于单向选择。

②if…else 语句主要用于双向选择。

③嵌套的 if 语句和 switch 语句用于多向选择。

在嵌套的 if 语句中，一定要搞清楚 else 与哪个 if 结合的问题。C 语言规定，else 与其前面最近的同一复合语句内不带 else 的 if 结合。书写嵌套 if 语句往往采用缩进的阶梯式写法，目的是便于看清 else 与 if 结合的逻辑关系，但这种写法并不能改变 if 语句的逻辑关系。

虽然用嵌套 if 语句也能实现多分支结构程序，但用 switch 和 break 语句实现的多分支结构程序更简洁明了。switch 语句只有与 break 语句相结合，才能设计出正确的多分支结构程序。

（4）C语言提供了3种循环语句：while语句、do_while语句和for语句。

①一般来说用某种循环语句编写的程序段，也能用另外两种循环语句实现。

②while语句和for语句属于“当型”循环，即“先判断，后执行”；而do…while语句属于“直到型”循环，即“先执行，后判断”。

③在实际应用中，for语句多用于循环次数明确的问题，而无法确定循环次数的问题采用while语句或do…while语句。

④出现在循环体中的break语句和continue语句能改变循环的执行流程。它们的区别在于：break语句能终止整个循环语句的执行；而continue语句只能结束本次循环，并开始下次循环。break语句还能出现在switch语句中；而continue语句只能出现在循环语句中。

⑤if语句和goto语句虽然可以构成循环，但结构化程序设计不主张使用goto语句，因为它会搅乱程序流程，降低程序的可读性。

⑥3种循环语句可以相互嵌套组成多重循环。

⑦在循环程序中应避免出现死循环，即应保证循环变量的值在程序执行过程中可以得到修改，并使循环条件逐步变为假，从而结束循环。

习 题

一、选择题

1．若已定义：int a=25,b=14,c=19;以下三目运算符（？：）所构成语句的执行后，程序输出的结果是（ ）。

a<=25&&b--<=2&&c?printf（"***a=%d,b=%d,c=%d \ n",a,b,c）:printf（"### a=%d, b=%d,c=%d \ n"，a,b,c)；

A．***a=25,b=13,c=19　　B．***a=26,b=14,c=19

C．### a=25,b=13,c=19　　D．### a=26,b=14,c=19

2．下列程序的输出结果是（ ）。

```
main()
{double d=3.2;
 int x,y;
 x=1.2;
 y=(x+3.8)/5.0;
 printf("%d\n", y);
 printf("%d\n", d*y);
}
```

A．3　　B．3.2

C．0　　D．3.07

3．以下程序的输出结果是（ ）。

```
main()
{int a=4,b=5,c=0,d;
```

```
 d=!a&&!b||!c;
 printf("%d\n",d);
}
```

A．1　　　　B．0

C．非 0 的数　　　　D．−1

4．已知 char ch='C'；则以下表达式的值是（　）。

ch=（ch>='A' && ch<='Z'）?（ch+32）:ch;

A．A　　　　B．a

C．Z　　　　D．c

5．有以下程序

```
main()
{int i=1,j=1,k=2;
 if((j++||k++)&&i++)
 printf("%d,%d,%d\n",i,j,k);
}
```

执行后输出结果是（　）。

A．1,1,2　　　　B．2,2,1

C．2,2,2　　　　D．2,2,3

6．请阅读以下程序：

```
main()
{int a=5,b=0,c=0;
 if(a=b+c) printf("***\n");
 else printf("$$$\n");
}
```

以上程序（　）。

A．有语法错不能通过编译　　　　B．可以通过编译但不能通过连接

C．输出***　　　　D．输出$$$

7．有如下程序

```
main()
{float x=2.0,y;
 if(x<0.0)y=0.0;
 else if(x<10.0)y=1.0/x;
 else y=1.0;
 printf("%f\n",y);
}
```

该程序的输出结果是（　）。

A．0.000000　　　　B．0.250000

C．0.500000　　　　D．1.000000

8．阅读如下程序段

```
#include<stdio.h>
```

```
main()
{ int a=45,b=40,c=50,d;
  d=a>30?b:c;
  switch(d)
   {case 30 : printf("%d,",a);
    case 40 : printf("%d,",b);
    case 50 : printf("%d,",c);
    default : printf("#");
   }
}
```

则输出的结果是（ ）。

A．40,50,　　　B．50,#

C．40,#　　　D．40,50,#

9．对表达式 for（表达式 1; ;表达式 3）可理解为（ ）。

A．for（表达式 1;0;表达式 3）

B．for（表达式 1;1;表达式 3）

C．for（表达式 1;表达式 1;表达式 3）

D．for（表达式 1;表达式 3;表达式 3）

10．下面有关 for 循环的正确描述是（ ）。

A．for 循环只能用于循环次数已经确定的情况

B．for 循环是先执行循环体语句，后判断表达式

C．在 for 循环中，不能用 break 语句跳出循环体

D．for 循环的循环体语句中，可以包含多条语句，但必须用花括号括起来

11．若 int i,j;，则 for（i=j=0;i<10&&j<8;i++,j+=3）控制的循环体执行的次数是（ ）。

A．9　　　B．8

C．3　　　D．2

12．阅读下列程序，则程序的输出结果是（ ）。

```
#include "stdio.h"
main()
{int a=10,b=10,k;
 for(k=0;a>8;b=++k)
 printf("%d,%d,",a--,--b);
 printf("\n");
}
```

A．10,10,10,0,　　　B．10,9,9,0,

C．10,10,9,1,　　　D．9,9,9,1,

13．下列程序的输出结果是（ ）。

```
#include<stdio.h>
main()
{int i,a=0,b=0;
```

```
  for(i=1;i<10;i++)
    {if(i%2==0)
     {a++; continue;}
     b++;
    }
  printf("a=%d,b=%d",a,b);
}
```

A．a=4,b=4　　B．a=4,b=5

C．a=5,b=4　　D．a=5,b=5

14．设有以下程序段

```
int x=0,s=0;
while（!x!=0）
  s+=++x;
printf（"%d",s）；
```

则（　）。

A．运行程序段后输出 0　　B．运行程序段后输出 1

C．程序段中的控制表达式是非法的　　D．程序段执行无限次

15．下列程序的输出结果是（　）。

```
#include<stdio.h>
main()
{int i=6;
 while(i--)
   printf("%d",--i);
 printf("\n");
}
```

A．531　　B．420

C．654321　　D．死循环

16．若有如下语句

```
int x=3;
do
 { printf（"%d\n",x-=2）;}
while（!（--x））；
```

则上面程序段（　）。

A．输出的是 1　　B．输出的是 1 和-2

C．输出的是 3 和 0　　D．是死循环

17．C 语言中 while 和 do…while 循环的主要区别是（　）。

A．do…while 的循环体至少无条件执行一次

B．while 的循环控制条件比 do…while 的循环控制条件更严格

C．do…while 允许从外部转到循环体内

D．do…while 的循环体不能是复合语句

18．下列说法中错误的是（　）。

A．只能在循环体内使用 break 语句

B．在循环体内使用 break 语句可以使流程跳出本层循环体，从而提前结束本层循环

C．在 while 和 do…while 循环中，continue 语句并没有使整个循环终止

D．continue 的作用是结束本次循环，即跳过本次循环体中余下尚未执行的语句，接着再一次进行循环判断

二、程序填空题

程序 1：计算 1~10 的奇数之和与偶数之和。

```
#include <stdio.h>
main()
{int a, b, c, i;
 a=c=0;
 for(i=0;i<=10;i+=2)
 {a+=i;
  【        】;
  c+=b;
 }
 printf("偶数之和=%d\n",a);
 printf("奇数之和=%d\n",c-11);
}
```

程序 2：输出 100 以内能被 3 整除且个位数为 6 的所有整数。

```
#include <stdio.h>
main()
{int i, j;
 for(i=0; 【      】; i++)
 {j=i*10+6;
  if( 【        】 )continue;
  printf("%d\t",j);
 }
}
```

程序 3：计算 1-3+5-7+ …+-99+101 的值。

```
#include <stdio.h>
main()
{int i,t=1,s=0;
 for(i=1;i<=101;i+=2)
 {t= 【      】;
  s=s+t;


  t= 【      】;
 }
 printf("%d\n",s);
```

```
}
```

三、阅读程序，分析程序的输出结果

程序 1：

```
#include <stdio.h>
main()
{int a=5,b=4,c=3,d=2;
 if(a>b>c)   printf("%d\n",d);
 else if((c-1>=d)= =1)   printf("%d\n",d+1);
 else   printf("%d\n",d+2);
}
```

程序 2：

```
#include <stdio.h>
main( )
{int a=2,b=-1,c=2;
 if(a<b)
 if(b<0) c=0;
 else c++;
 printf("%d\n",c);
}
```

程序 3：

```
#include <stdio.h>
main()
{int i;
 for(i=0;i<3;i++)
 switch(i)
 {case 1: printf("%d",i);
  case 2: printf("%d", i);
  default: printf("%d",i);
  }
}
```

程序 4：#include <stdio.h>

```
main( )
{int n=9;
 while(n>6)
   {n--; printf("%d",n);}
}
```

程序 5：

```
#include "stdio.h"
main()
{int a=-1,b=1,k;
 if((++a<0)&&!(b--<=0))
 printf("%d,%d\n",a,b);
```

```
 else printf("%d,%d\n",b,a);
}
```

程序 6：

```
#include "stdio.h"
main()
{int y=9;
 for(; y>0; y--)
 if (y%3==0)
   {printf("%d", --y); continue; }
}
```

四、编程题

1．输入年份 year 和月份 month，求该月有多少天。注意：2 月份要考虑润年。

2．假设银行整存整取存款不同期限的利率分别为：期限一年年息利率为 2.25%；期限二年年息利率为 2.7% ；期限三年年息利率为 3.24%；期限五年年息利率为 3.6%；其他情况年息利率为 5%。

要求输入存钱的本金和期限，求到期时能从银行得到的利息与本金的合计（分别用 if 嵌套结构和 swich 结构两种方式实现）。

提示：设期限用整型数据 year 表示，存入本金用实型数据 money 表示，年利率用实型数据 rate 表示，则到期时能从银行得到的利息与本金的合计用 total 表示，total 的计算公式为 total=money + money * rate * year/100。

3．在 1～500 中，找出能同时满足用 3 除余 2，用 5 除余 3，用 7 除余 4 的所有整数。

4．编程计算 1*2*3+3*4*5+5*6*7+…+99*100*101 的值。

上机实训

【实训目的】

（1）学会正确使用逻辑运算符和逻辑表达式。

（2）熟练掌握 if 语句和 switch 语句。

（3）学习循环语句 for、while 和 do…while 的使用方法。

【实训内容】

（1）输入以下程序，分析程序运行结果。

程序 1：

```
#include <stdio.h>
main()
{int x=4;
 if(x++>5)
    printf("%d\n",x);
 else
```

```
    printf("%d\n",x--);
  printf("%d\n",x);
 }
```

程序 2：

```
#include "stdio.h"
main()
{int a=0,b=0;
 while(a<15) a++;
 while(b++<15);
 printf("%d,%d\n",a,b);
}
```

程序 3：

```
#include "stdio.h"
main()
{int x=100, a=10, b=20, ok1=5, ok2=0;
 if(a)
   if(ok2) x=10;
   else x=-1;
 printf("%d\n", x);
}
```

程序 4：分析输出结果中‘#’号的个数。

```
#include<stdio.h>
main()
{int i,j;
 for(i=1;i<5;i++)
 for(j=2;j<=i;j++)putchar('#');
}
```

（2）将本章习题“四、编程题”中的 4 个程序进行编写后运行调试。

第4章　数　组

前面各章所使用的数据（整型、实型、字符型）都属于基本数据类型，C语言除了提供基本数据类型外，还提供了构造类型。在程序设计中，为了处理方便，对于大规模的数据，尤其是相互间有一定联系的数据，可以把这些数据按一定规则组成构造类型数据。C语言中的构造类型有：数组、结构体、共用体。本章仅涉及其中的数组。其余的构造类型将在第7章予以介绍。

本章主要介绍一维、二维的数值数组和字符数组在C语言中是如何定义和使用的。

【学习目标】

（1）掌握一维数组和二维数组的定义、初始化和引用方法。

（2）掌握如何使用字符数组处理字符串。

4.1　数组概述

在程序设计中，常需要处理大量相同类型的变量来保存数据，若采用简单变量的定义方式，则需要大量不同的标识符作为变量名，并且这些变量在内存中的存放是随机的。随着这种变量的增多，组织和管理好这些变量会使程序变得复杂。对于这种情况，为了处理方便，可以把相同类型的若干变量按有序方式组织起来，这些按序排列的同类数据的集合称为数组。

下面介绍与数组有关的几个概念。

（1）数组：就是相同类型若干数据的有序集合。

（2）数组元素：数组中的每一个数据称之为数组元素，用一个统一的数组名和不同的下标来唯一的确定。数组元素可以作为单个变量使用，所以也称为下标变量。定义一个数组后，编译系统会在内存中开辟一片连续的存储空间依次存放数组中的各个元素。

（3）数组的下标：是数组元素在数组中位置的一个索引。数组下标从0开始。

（4）数组的维数：数组元素下标的个数。根据数组的维数可以将数组分为一维、二维、三维、多维数组。

在C语言中，数组具有以下特点。

（1）数组元素的个数必须在定义时确定，在程序中不可改变。

（2）在同一数组中的数组元素的类型是相同的。

（3）数组元素的作用相当于变量。

（4）同一数组中的数组元素在内存中占据的地址空间是连续的。

4.2 一维数组的定义和引用

只有一个下标的数组称为一维数组，可以用来存放一组同种类型的数据。

4.2.1 一维数组的定义

在C语言中使用数组之前必须先定义数组。

定义一维数组的一般格式为：

类型说明符 数组名 [整型常量表达式];

说明：

（1）类型说明符可以是任一种基本数据类型或构造数据类型。数组的类型实际上是指数组元素的取值类型。对于同一个数组，其所有元素的数据类型都是相同的。一维数组可以存放一个数列或向量。

（2）数组名是用户定义的数组标识符，遵循标识符命名规则。数组名不能与其他变量名相同。

（3）方括号“ [ ] ”中的常量表达式表示数组元素的个数，也称为数组的长度。常量表达式在说明数组元素个数的同时也确定了数组元素下标的范围，即 0～整型常量表达式-1（注意不是 1～整型常量表达式）。

（4）编译程序为数组在内存开辟连续的存储单元，用来顺序存放数组中各元素。用数组名表示该数组所占内存存储区的首地址。

例如：int a[10];

表示定义整型数组 a，有 10 个元素。这 10 个元素在内存中按顺序存放（见图 4-1），分别为：a[0]、a[1]、a[2]、a[3]、a[4]、a[5]、a[6]、a[7]、a[8]、a[9]。

a[0]	a[1]	a[2]	a[3]	a[4	a[5]	a[6]	a[7]	a[8]	a[9]

图 4-1 一维数组的存储

（5）允许在同一个类型说明中，说明多个数组和多个变量。

例如：int a,b,c,d,k1[10],k2[20];

注意：定义数组时，不能在方括号中用变量来表示元素的个数，但是可以是符号常量或常量表达式。例如：

```
#define   FD   5
main()
{int a[3+2],b[7+FD];   /* 是合法的*/
 int n=5;
 int a[n];        /*是错误的*/
 ⋮
}
```

4.2.2 一维数组元素的引用

数组元素是组成数组的基本单元。数组元素也是一种变量，其标识方法为数组名后跟一个下标。下标表示数组元素在数组中的顺序号。

一维数组元素的表示形式为：

数组名[下标]

说明：

（1）下标只能为整型常量或整型表达式，如为小数时，C编译系统将自动取整。下标值应在已定义的数组大小的范围内。

（2）数组元素可以被赋值，可以输出，任何可以出现变量的地方都可以使用同类型的数组元素。

例如：若有数组定义 int a[5]，i=1，j=2，k=4；则 a[k]，a[j-1]，a[j+i]都是对 a 数组元素的合法引用。

a[k]=a[i-1]+a[j]; 表示 a[0]的值与 a[2]的值求和并赋给 a[4]。

for(i=0;i<5;i++) scanf("%d",&a[i]); 表示依次为 a 数组的 5 个元素输入数据。

注意：在C语言中只能逐个地使用下标变量，而不能一次引用整个数组。

例如：输出有 10 个元素的数组只能使用如下循环语句逐个输出各下标变量。

```
for(i=0; i<10; i++)   printf("%d",a[i]);
```

而不能用一个语句输出整个数组，下面的写法是错误的。

```
printf("%d",a);
```

4.2.3 一维数组的初始化

给数组赋值的方法除了用赋值语句对数组元素逐个赋值外，还可以采用初始化赋值的方法。

初始化赋值是指在定义数组时给数组元素赋予初值。数组的初始化是在编译阶段进行的，这样将减少程序运行时间，提高效率。

初始化赋值的一般形式为：

类型说明符 数组名[整型常量表达式]={值，值，…，值};

例如：

```
int a[10]={ 0,1,2,3,4,5,6,7,8,9 };
```

说明：

（1）要赋的初值放在一对花括号中，初值的类型必须与所定义数组的类型一致。

（2）要赋的初值之间用逗号间隔，系统将按这些初值的排列顺序，从 a[0]元素开始依次给 a 数组中的元素赋初值。相当于 a[0]=0；a[1]=1；… a[9]=9；

注意：

（1）可以只给部分数组元素赋初值。当{ }中值的个数少于数组元素个数时，只给前面部分数组元素赋初值。

例如：int a[10]={0,1,2,3,4};

表示只给 a[0]～a[4]5 个元素赋初值，而后面的 5 个数组元素自动赋 0 值。

（2）只能给元素逐个赋初值，不能给数组整体赋值。

例如：给 10 个元素全部赋值 1，只能写为：int a[10]={1,1,1,1,1,1,1,1,1,1};

而不能写为：int a[10]=1;

（3）若给全部数组元素赋初值，则在定义数组时，可以不给出数组元素的个数。

例如：　int a[5]={1,2,3,4,5};

可写为：int a[]={1,2,3,4,5}; 即可以通过初值的个数来决定数组的大小。

4.2.4　一维数组应用举例

在程序设计中常使用数组，很多算法也是建立在数组和循环结构基础上的。

【例 4-1】求 10 个整数的最大值。

分析：定义一个一维整型数组 a[10]，存放 10 个整型数据，则它们可以用 a[i](i=0，1，…，9)表示。通过数组元素的下标变化就能区分不同的数。把数组元素的下标作为循环控制变量，则可以在程序执行过程中，利用循环语句配合 scanf 函数逐个对数组元素作动态赋值。

```
#define N 10
#include <stdio.h>
void main()
{int i,max,a[N];
 printf("input 10 numbers:\n");
 for(i=0;i<N;i++)
  scanf("%d",&a[i]);          /*利用循环为十个数组元素赋值*/
 max=a[0];
 for(i=1;i<N;i++)
  if(a[i]>max) max=a[i];          /*利用循环求十个数组元素中的最大值*/
 printf("maxnum=%d\n",max);
}
```

运行结果如下：

```
input 10 numbers:
0  9  8  6  4  3  2  1  5  7
maxnum=9
```

本程序的关键是数组元素的下标可以随循环而有规律地变化，第一个 for 循环输入 10 个数到数组 a 中。然后把 a[0]送入 max 中。在第二个 for 循环中，从 a[1]到 a[9]逐个与 max 中的内容比较，若比 max 的值大，则把该下标变量送入 max 中，因此 max 中存放的值总是已比较过的下标变量中的最大者。比较结束，输出 max 的值。

要计算 100 个数的最大值，只需将符号常量 N 改为代表 100 即可。

【例 4-2】用气泡法为 n 个数排序（从小到大）。

气泡法排序思路如下。

S0（第 0 步）：对 n 个数，从前向后，依次将相邻两个数进行比较（共比较 n-1 次），将小数交换到前面，大数交换到后面，直到将最大的数移到最后。此时最大的数在最后，固定下来（目前固定 1 个大数）。

S1（第 1 步）：对前面 n-1 个数，从前向后，依次将相邻两个数进行比较（共比较(n-1)-1=n-2 次），将小数交换到前面，将大数交换到后面，直到将次大的数移到倒数第二个位置。此时次大的数在倒数第二个位置，同样也固定下来（目前固定 2 个大数）。

S2（第 2 步）：将前面 n-2 个数，从前向后，将相邻两个数进行比较(共比较(n-2)-1=n-3 次)，将小数交换到前面，将大数交换到后面，直到将第三大数移到倒数第三个位置。此时第三大数在倒数第 3 个的位置，同样也固定下来（目前固定了 3 个大数）。

⋮

依照上面的规律：

Si（第 i 步）：将前面 n-i 个数，从前向后，将相邻两个数进行比较(共比较(n-i)-1=n-i-1 次)，将小数交换到前面，将大数交换到后面，逐次比较，直到将第 i+1 大数移到倒数第 i+1 个位置。

⋮

Sn-2（第 n-2 步）：将最后 2 个数，进行比较（比较 1 次），交换。此时，所有的整数已经按照从小到大的顺序排列。

分析：

（1）从上述步骤可以看出，排序的过程就是大数沉底的过程（或小数上浮的过程），总共进行了 n-1 步，整个过程中的每个步骤都基本相同，可以考虑用循环实现（外层循环）。

（2）从每一个步骤（例如第 i 步）看，相邻两个数的比较、交换过程是从前向后进行的，也是基本相同的，共进行了 n-i-1 次，所以也考虑用循环完成（内层循环）。

（3）为了便于算法的实现，考虑使用一个一维数组存放这 10 个整型数据，排序的过程中数据始终保存在这个数组中，排序结束后，结果也在此数组中。

下面是一个具体例子。

设 n=4，4 个数是 9，3，2，0。按从小到大的顺序排序。

9，3，2，0 (9 和 3 比较)　　S0：n-1=3 次比较，　n-1=3 次交换
3，9，2，0 (9 和 2 比较)
3，2，9，0 (0 和 9 比较)
3，2，0，9 (3 和 2 比较)　　S1：n-2=2 次比较，　n-2=2 次交换
2，3，0，9 (3 和 0 比较)
2，0，3，9 (2 和 0 比较)　　S2：n-3=1 次比较，　n-3=1 次交换
0，2，3，9

规律：n 个数排序，共 n-1 步排序处理，第 i 步进行 n-i-1 次比较和至多 n-i-1 次交换。

从以上排序过程可以看出，较小的数像气泡一样向上冒，而较大的数则往下沉。故称为气泡法，又称为冒泡法。

```
#define N 4
#include <stdio.h>
main()                          /* 气泡法排序*/
{int a[10],i,j,t;
 printf("please input %d numbers:\n",N);
```

```
 for(i=0;i<N;i++)
   scanf("%d",&a[i]);
 for(i=0;i<N-1;i++)                    /* N-1 轮排序处理*/
   for(j=0;j<N-i-1;j++)                /* N-i-1 次两个相邻数组元素的比较*/
     if(a[j]>a[j+1])                   /* 顺序不符合要求时交换位置*/
       {t=a[j];a[j]=a[j+1];a[j+1]=t;}
 for(i=0;i<N;i++)
   printf("%3d",a[i]);
}
```

运行结果如下：

```
please input 4 numbers:
9 3 2 0  ↙
  0  2  3  9
```

说明：

（1）若要对 10 个数进行排序，则将#define N 4 改为#define N 10 即可。

（2）若进行从大到小的排序，则程序中 if(a[j]>a[j+1])改为 if(a[j]<a[j+1])即可。

4.3 二维数组的定义和引用

有两个下标的数组称为二维数组，利用二维数组可以存放排列为行列形式的数据（矩阵、表格）。

4.3.1 二维数组的定义

定义二维数组的一般格式为：

类型说明符　数组名[整型常量表达式 1][整型常量表达式 2];

说明：同一维数组相类似，类型说明符是全体数组元素的数据类型；数组名用标识符表示；两个整型常量表达式分别代表数组具有的行数和列数。二维数组可以看做一个矩阵。第一个下标表示行位置，第二个下标表示列位置。数组元素的下标一律从 0 开始。

例如：

int a[2][3];

其功能如下。

（1）定义了整型二维数组 a，其数组元素的类型是 int。

（2）a 数组有 2 行 3 列，共 2*3=6 个数组元素。

（3）a 数组行下标为 0，1，列下标为 0，1，2。a 数组的数组元素是：a[0][0]，a[0][1]，a[0][2]，a[1][0]，a[1][1]，a[1][2]。

（4）编译程序将为 a 数组在内存中开辟 2*3=6 个连续的存储单元，用来存放 a 数组的 6 个数组元素。C 语言存储数组的方式为按行存放。即先依次存放 0 行的 3 个数组元素：a[0][0]，a[0][1]，a[0][2]，然后再接着存放 1 行的 3 个数组元素：a[1][0]，a[1][1]，a[1][2]。

如图 4-2 所示。

a[0][0]	a[0][1]	a[0][2]	a[1][0]	a[1][1]	a[1][2]

图 4-2 二维数组的存储

（5）在 C 语言中，二维数组 a 的每一行都可以看做一个一维数组，用 a[i]表示第 i 行构成的一维数组的数组名。二维数组 a 有两个数组元素 a[0]、a[1]，而 a[0]、a[1]均是包含 3 个元素的一维数组。

a[0]数组中的元素：a[0][0]，a[0][1]，a[0][2]。

a[1]数组中的元素：a[1][0]，a[1][1]，a[1][2]。

4.3.2 二维数组元素的引用

二维数组元素的表示形式为：

数组名[行下标表达式][列下标表达式]

说明：同一维数组一样，下标只能为整型常量或整型表达式，如为小数时，C 编译系统将自动取整，下标值应在已定义的数组大小的范围内。数组元素可以被赋值，可以输出，任何可以出现变量的地方都可以使用同类型的数组元素。

例如，若有数组定义：int a[2][3]，i=1，j=2，k=0;

则 a[0][1]表示 a 数组中第 0 行第 1 列位置上的元素。a[i][k]，a[j−1][i]，a[1][j+k]都是对 a 数组元素的合法引用。a[i][k]=a[i−1][j]+a[1][j]；表示 a[0][2]的值与 a[1][2]的值求和并赋给 a[1][0]。

而以下都是错误的引用。

a[2][3]　/*a 数组行下标为 0，1，列下标为 0，1，2。所以 a[2][3]下标越界。*/

a[i+j][2]　/*即 a[3][2]，行下标越界。*/

a[1,0]　/*行列下标应分别放在各自的方括号里，即 a[1][0]。*/

a(1)(2)　/*下标应放在方括号里，而不是圆括号中。*/

如果希望从键盘依次为数组元素输入数据，可以采用如下循环嵌套语句。

```
for(i=0;i<2;i++)
  for(j=0;j<3;j++)
    scanf("%d",&a[i][j]);
```

4.3.3 二维数组的初始化

二维数组初始化的格式为：

类型说明符 数组名[整型常量表达式 1][整型常量表达式 2]={初始化数据};

功能：定义数组的同时，在{ }中给出各数组元素的初值，并把{ }中的初值依次赋给对应的各数组元素。

二维数组的初始化有如下几种常见形式。

1．分行进行初始化

```
int a[2][3]={{1,2,3},{4,5,6}};
```

在{ }内部再用{ }把各行的初值分开，第一对{ }中的值 1，2，3 赋给第 0 行的 3 个元素作初值。第二对{ }中的值 4，5，6 赋给第 1 行的 3 个元素作初值。相当于执行如下语句：

```
int a[2][3]；
a[0][0]=1；a[0][1]=2；a[0][2]=3；a[1][0]=4；a[1][1]=5；a[1][2]=6；
```

2．不分行的初始化

```
int a[2][3]={1,2,3,4,5,6};
```

将所有初值放在{ }内，把{ }中的数据按数组在内存中的存放次序，依次赋给 a 数组各元素。即 a[0][0]=1;a[0][1]=2;a[0][2]=3;a[1][0]=4;a[1][1]=5;a[1][2]=6;

3．为部分数组元素初始化

```
int a[2][3]={{1,2},{4}};
```

第一行只有 2 个初值，按顺序分别赋给 a[0][0]和 a[0][1]；第二行的初值 4 赋给 a[1][0]。其他数组元素的初值为 0。

4．第一维大小的确定

第一维大小的确定需分两种情况。

（1）分行初始化时，第一维的大小由花括号的个数来决定。

例如：int a[ ][3]={{1,2},{4}};　等价于　int a[2][3]={{1,2},{4}};

（2）不分行初始化时，系统会根据提供的初值个数和第 2 维的长度确定第一维的长度。第一维的大小按如下规则确定：初值个数能被第二维整除，所得的商就是第一维的大小；若不能整除，则第一维的大小为商再加 1。

例如：int a[ ][3]={1,2,3,4}; 等价于：int a[2][3]={1,2,3,4};

注：可以省略第一维的定义，但第二维的定义不能省略。

4.3.4　二维数组应用举例

【例 4-3】输入 5 个学生的学号和 3 门课的成绩，求每个学生的平均成绩。输出所有学生的学号、3 门课的成绩和平均成绩。

分析：建立一个 5 行 5 列的实型二维数组，其中，0 列存放学号，1，2，3 列存放 3 门课的成绩，4 列存放平均成绩。首先依次输入 5 个学生的学号和 3 门课的成绩，存放到数组的 0，1，2，3 列，其次计算 3 门课的平均成绩，并存放到 4 列。对每个学生重复以上操作，最后依次输出所有学生的学号，3 门课的成绩和平均成绩。

```
#define N 5
#include <stdio.h>
main( )
{int i,j;
 float a[N][5];
 printf("请输入%d 个学生的%d 门课程成绩:\n",N,3);
 for(i=0;i<N;i++)          /* 输入 N 个学生的数据 */
  for(j=0;j<4;j++)
```

```
  scanf("%f",&a[i][j]);
 for(i=0;i<N;i++)         /*求 N 个学生的平均成绩*/
 {a[i][4]=0;
  for(j=1;j<4;j++)
   a[i][4]+=a[i][j];      /* 求第 i 个学生的 3 门课程成绩和*/
  a[i][4]/=3;             /* 求第 i 个学生的平均成绩 */
 }
 for(i=0;i<N;i++)
 {printf("%-4.0f",a[i][0]);    /* 输出第 i 个学生的学号 */
  for(j=1;j<5;j++)
   printf("%-6.1f",a[i][j]);   /* 输出第 i 个学生的 3 门课成绩和平均成绩*/
  printf("\n");                /*每输出完一个学生的数据，立即换行*/
 }
}
```

运行结果如下：

请输入 5 个学生的 3 门课程成绩：

1 90 77 56↙

2 70 80 90↙

3 86 69 87↙

4 55 85 96↙

5 43 85 79↙

输出：

```
1   90.0  77.0  56.0  74.3
2   70.0  80.0  90.0  80.0
3   86.o  69.0  87.0  80.7
4   55.0  85.0  96.0  78.7
5   43.0  85.0  79.0  69.0
```

4.4 字符数组

存放字符型数据的数组称为字符数组，其中每个数组元素存放的值都是单个字符。C 语言中常用字符数组存放字符串，各数组元素依次存放字符串中的各字符。

4.4.1 字符数组的定义

字符数组也是数组，只是数组元素的类型为字符型，所以字符数组的定义与一般的数组类似，只是定义字符数组时类型说明符为 char。

例如：

```
char a[6];    /*定义具有 6 个数组元素的字符数组 a，可以存放 6 个字符型数据。*/
```

char a[2][5]; /*定义 2 行 5 列的二维字符数组 a，每一行可存放 5 个字符型数据。*/

4.4.2　字符数组的初始化

可使用字符常量或相应的 ASCII 码值对字符数组进行初始化。

例如：char c[6]={ 'h', 'e', 'l', 'l', 'o', '!'};

功能是把 6 个字符逐个赋给数组中各元素。初始化后数组的状态如图 4-3 所示。

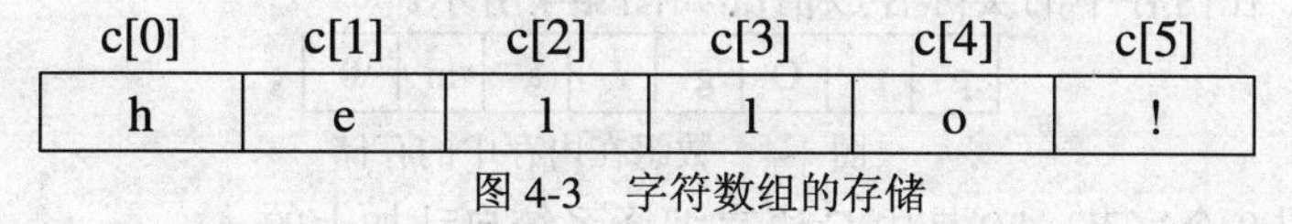

c[0]	c[1]	c[2]	c[3]	c[4]	c[5]
h	e	l	l	o	!

图 4-3　字符数组的存储

说明：

（1）如果花括号中提供的初值个数（即字符个数）小于数组长度，则只将这些初值赋给数组中前面的相应元素，其余的元素自动赋值为空字符（'\0'）。

（2）如果提供的初值个数与要定义的数组长度相同，在定义时可以省略数组长度，系统会自动根据初值个数确定数组长度。如：

char c[]={'r','e','d'};数组 c 的长度自动定义为 3。

4.4.3　字符数组的引用

引用字符数组中的一个元素，可以得到一个字符。凡是可以使用字符数据的地方均可以引用字符数组的元素。

【例 4-4】输出字符数组中的字符。

```
#include <stdio.h>
void main()
{char a[6]={ 'H', 'e', 'l', 'l', 'o', '!'};
 int i;
 for(i=0;i<6;i++)
  printf("%c",a[i]);     /*  对数组元素 a[i]的引用，输出 a[i]中存放的一个字符。*/
 printf("\n");
}
```

运行结果如下：

Hello!

4.4.4　字符数组与字符串

C 语言没有提供存放字符串的变量，通常用一个字符数组来存放一个字符串。在第 2 章介绍字符串常量时，已说明字符串总是以'\0'作为串的结束符。因此当把一个字符串存入一个数组时，也要把结束符'\0'存入数组，并以此作为该字符串是否结束的标志。有了'\0'标志后，字符数组的长度就显得不那么重要了，在程序中往往依靠检测'\0'的位置来判断字符串是否结束，而不是根据数组的长度来决定字符串的长度。

C语言允许用字符串的方式对字符数组作初始化赋值。

例如：char c[]={'p','r','o','g','r','a','m', '\0'};

可写为：char c[]={"program"};

或去掉{}写为：char c[]="program";

说明：

（1）用字符串方式赋值比用字符逐个赋值要多占一个字节，用于存放字符串结束标志'\0'，此时数组c在内存中的实际存放情况如图4-4所示。

p	r	O	g	r	a	m	\0

图4-4 数组在内存中的存储

数组c占用8个字节。'\0'是由C语言编译系统自动加上的。

（2）以字符常量的形式对字符数组初始化，给各个元素赋初值时，系统不会自动在最后一个字符后加'\0'。

例如：char str1[]={'C', 'H', 'I', 'N', 'A'}; 或 char str1[5]={ 'C', 'H', 'I', 'N', 'A'}; 没有结束标志。如果要加结束标志，必须明确指定。

例如：char str1[]={'C', 'H', 'I', 'N', 'A', '\0'};

（3）若要定义的字符数组是用来存放有k个字符的字符串，则定义时字符数组的长度至少为k+1，一定要留一个数组元素存放字符串结束符'\0'。否则，字符串没有结束标志，处理字符串时可能会出现错误。

4.4.5 字符数组的输入/输出

字符数组的输入/输出可以有3种方法。

1．使用scanf函数和printf函数逐个字符输入/输出

用格式符“%c”输入或输出一个字符，如例4-4，用字符常量的形式对字符数组元素赋值的数组只能用此方法。

2．使用scanf函数和printf函数整体输入或输出字符数组中的字符串

在采用字符串方式给字符数组赋值后，字符数组的输入/输出将变得简单方便，可以使用scanf函数和printf函数中的“%s”格式符一次性输入/输出一个字符数组中的字符串，而不必使用循环语句逐个地输入输出每个字符。

【例4-5】使用printf函数中的“%s”格式符输出字符数组中的字符串。

```
#include <stdio.h>
main()
{char c[]="Hello!";
 printf("%s\n",c);
}
```

运行结果如下：

```
Hello!
```

说明：

（1）输出结果字符串中不包括字符串结束符'\0'。

（2）在 printf 函数中，使用"%s"格式符输出字符串时，在输出表列中给出的输出项必须是数组名，不能是数组元素名。如 printf("%s",c[0]);是错误的。

（3）在 printf 函数中，使用"%s"格式符输出字符数组中存放的字符串时，依次输出字符数组中的各字符，遇到第一个'\0'结束输出，而不管是否输出完所有的数组元素。

例如：

```
char c[15]={ "Beijing\0China"};
printf("%s\n",c);
```

只输出"Beijing"7 个字符。

【例 4-6】使用 scanf 函数中的"%s"格式符把字符串存入字符数组。

```
#include <stdio.h>
main()
{char st[15];        /*字符数组如果不作初始化赋值，则必须说明数组长度。*/
 printf("input string:\n");
 scanf("%s",st);
 printf("%s\n",st);
}
```

运行结果如下：

```
input string:
Hello!↙
Hello!
```

说明：

（1）scanf 的各输入项必须以地址方式出现，C 语言规定，数组名代表该数组的首地址。整个数组是以首地址开头的一块连续的内存单元。因此 scanf 函数中的输入项是字符数组名 st，在 st 前面不能再加地址运算符&。如写作 scanf("%s",&st);则是错误的。

（2）由于数组 st 的长度定义为 15，因此输入的字符串长度必须小于 15，以留出一个字节用于存放字符串结束标志'\0'。

（3）当用 scanf 函数输入字符串时，字符串中不能含有空格、回车或跳格字符，因为空格、回车或跳格是输入数据的结束标志。

例如运行本程序时，输入含有空格的字符串 this is a book，输出结果为 this。可以看出空格以后的字符都未能输出。为了避免这种情况，可多设几个字符数组分别存放包含空格的字符串。程序可改写如下。

```
#include <stdio.h>
main()
{char st1[6],st2[6],st3[6],st4[6];     /*分别设 4 个字符数组*/
 printf("input string:\n");
 scanf("%s%s%s%s",st1,st2,st3,st4); /*输入含有空格的字符串，分别存入 4 个数组*/
 printf("%s %s %s %s\n",st1,st2,st3,st4); /*分别输出这 4 个数组中的字符串*/
}
```

运行结果如下：

```
input string:
```

this is a book↙

this is a book

3．用 gets 和 puts 函数输入/输出字符串

由于 gets 和 puts 函数均在文件 stdio.h 中定义，因此要使用这两个函数，就必须在程序开头加上命令行：#include <stdio.h>。

gets 函数的调用形式：

gets(str);

功能：从键盘输入字符串，直到输入换行符为止，并把输入的字符串存入已定义的数组 str 中，然后用'\0'代替换行符。使用 gets 函数可以输入包含空格的字符串。

puts 函数的调用形式：

puts(str);

功能：把已定义的字符数组 str 中存放的字符串输出在屏幕上，并换行。

【例 4-7】用 gets 和 puts 函数输入/输出字符串。

```
#include "stdio.h"
main()
{char a[15],b[]="I am fine.\nThank you!";
 printf("please input a string:\n");
 gets(a);
 puts(a);
 puts(b);
}
```

运行结果：

```
please input a string:
How are you↙
How are you
I am fine.
Thank you!
```

4.4.6 字符串处理函数

C语言提供了丰富的字符串处理函数，借助于这些函数可大大减轻编程的负担，使用这些函数时应包含头文件"string.h"。下面介绍几个最常用的字符串处理函数。

1．字符串复制函数 strcpy

如果想在字符数组中存放字符串，除了用字符数组初始化的方法、调用 scanf 函数、gets 函数的方法，还可以使用字符串复制函数 strcpy。

strcpy 函数的调用形式为：

strcpy(s1,s2);

功能：把 s2 代表的字符串复制到 s1 中。

说明：

（1）s1 形式上可以是字符数组名或字符指针。

（2）s2 形式上可以是字符数组名或字符指针,也可以是字符串常量。

例如：char str1[10],str2[]={"Beijing"};strcpy(str1,str2);

执行后 str1 中的状态如图 4-5 所示。

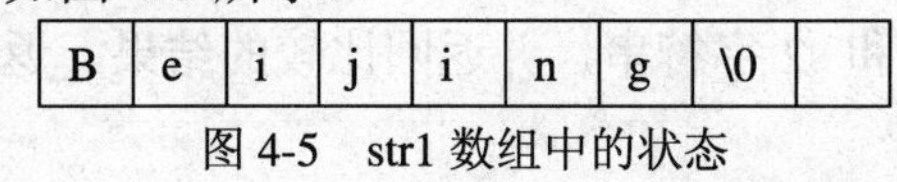

B	e	i	j	i	n	g	\0		

图 4-5 str1 数组中的状态

注意：

（1）字符数组 str1 的长度要定义的足够大，以保证 str1 存储区能容纳下被复制的字符串。

（2）不能使用赋值语句将一个字符串或字符数组直接赋给另一个字符数组。

例如：str1="Beijing";和 str1=str2;的方法都是错误的。因为"="左边不能出现常量，数组名 str1 代表 str1 数组的首地址，是地址常量，而不是变量。

（3）可以使用 strcpy 函数将 str2 中前面若干个字符复制到字符数组 str1 中。

例如：strcpy(str1,str2,2);的作用是将 str2 中前面 2 个字符复制到 str1 中，取代 str1 中最前面的 2 个字符。

2．求字符串长度函数 strlen

所谓字符串的长度是指字符串中字符的个数，并不包括字符串结束符。例如，字符串"Beijing"的长度为 7。

strlen 函数的调用形式为：

strlen(x);

功能：返回 x 所代表的字符串中字符的个数（不包括字符串结束符）。

说明：

x 是字符串首地址，其形式可以是字符数组名或字符指针，也可以是字符串常量。

例如：char str [10]={ "Beijing"};

printf("%d",strlen(str));

输出结果为 7。

又如：printf("%d",strlen("Beijing")); 结果也为 7。

3．字符串比较函数 strcmp

比较字符的大小可以用关系运算符进行。例如，'a'>'b'的结果是 0（假），因为两个字符比较大小，实际上是比较它们的 ASCII 码，'a'的 ASCII 码是 97，'b'的 ASCII 码是 98，所以'a'>'b'不成立。

如果比较的是两个字符串，则比较的原则是：自左至右从第一个字符开始，依次比较两个字符串中同一位置的一对字符，若它们的 ASCII 码相同，则继续比较下一对字符，若它们的 ASCII 码不同，则 ASCII 码较大的字符所在的字符串较大；若所有字符均相同，则两个字符串相等；若一个字符串全部 k 个字符与另一个字符串的前 k 个字符相同，则字符串较长的较大。

例如：

"abc"与"abc"比较，它们相等。

"abcd"与 "abck"比较，"abcd"小于"abck"。

"abc"与"ab 比较"，"abc"大于"ab"。

strcmp 函数的调用形式为：

```
strcmp(s1,s2);
```

其中，s1、s2 形式上可以是字符数组名或字符指针，也可以是字符串常量。

功能：比较 s1 字符串和 s2 字符串，并返回比较的结果。返回值表示两个字符串的关系，包括以下几种情况。

（1）如果 s1>s2，则函数 strcmp(s1,s2)的返回值为一正整数。

（2）如果 s1<s2，则函数 strcmp(s1,s2)的返回值为一负整数。

（3）如果 s1=s2，则函数 strcmp(s1,s2)的返回值为 0。

注意：不能使用关系运算符比较两个字符串的大小。

例如：
```
char str1[]={"Tianjin"},str2[]={"Beijing"};
if(str1==str2)   printf("str1 与 str2 相等");   /*是错误的。*/
if(strcmp(str1,str2)==0)   printf("str1 与 str2 相等");   /*是正确的*/
```

4. 字符串连接函数 strcat

要把两个字符串合二为一，成为一个字符串，可以利用字符串连接函数 strcat。

strcat 函数的调用形式为：

```
strcat(s1,s2);
```

功能：把 s2 字符串连接到 s1 字符串末尾。

说明：s1 是连接后字符串存储区的首地址，形式上可以是字符数组名或字符指针。s2 是连接在 s1 后面的字符串，形式上可以是字符数组名或字符指针，也可以是字符串常量。

例如：

```
char s1[15]="Hello,",s2[ ]="CHINA!";
strcat(s1,s2);          /*连接后的 s1 为"Hello,CHINA!"，s2 不变 */
```

图 4-6 表示了 s1 和 s2 连接前后的情况。

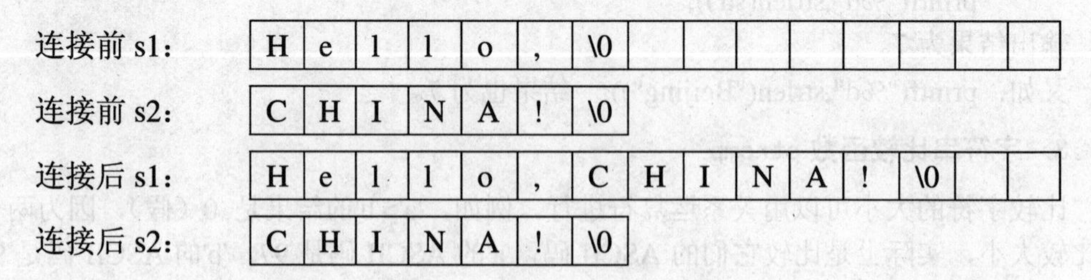

图 4-6　s1 和 s2 连接前后的情况

注意：要保证 s1 定义的长度足够大，能容纳下连接后的字符串，否则将引起错误。

4.4.7　字符数组应用举例

【例4-8】自己编写程序(不使用strlen函数)，输入字符串，并求字符串的长度。

分析：本题可以利用'\0'来判断字符串的长度。

```
#define MAX    80
#include <stdio.h>
```

```
main()
{char str[MAX];
 int i;
 printf("please input a string:\n");
 scanf("%s",str);     /*用%s 接收字符串，并自动为它加上结束标志'\0'*/
 i=0;
 while(str[i]!= '\0')     /*利用'\0'来判断字符串的长度*/
  i++;                    /*当字符不是结束标志时，下标值就加 1*/
 printf("The length of the string is %d.\n",i);
}
```

运行结果如下：

```
please input a string:
Hello,CHINA!↙
The length of the string is 12.
```

注意：上述程序只能接收不带空格的字符串，若输入带空格的字符串则要用 gets 函数接收。

【例 4-9】自己编写程序实现字符串连接函数的功能。

分析：为了把 s2 串连接在 s1 串尾，首先要找到 s1 串尾，即 s1 串的'\0'在 s1 数组中的位置（下标值）。可用一个 while 循环来达到目的，从 s1 串的第一个字符开始，每循环一次，移动一次下标位置，遇到'\0'则退出循环。此时的下标值就是'\0'的位置。然后再用一个 while 循环把 s2 串中的各字符依次存放到 s1 中从该下标开始的位置，最后在 s1 串尾加上字符串结束符'\0'。

```
#define MAX   80
#include <stdio.h>
main( )
{char s1[MAX],s2[MAX];     /*s1 字符数组要定义的足够长*/
 int i,j;
 printf("please input string s1 and s2 :\n");
 gets(s1);
 gets(s2);
 i=0;
 while(s1[i]!='\0') i++;     /*找 s1 串的串尾，以便从该位置连接 s2 串*/
 j=0;
 while(s2[j]!='\0')     /* s2 串逐个字符存入 s1 串末尾，直到 s2 串尾 */
   {s1[i]=s2[j];     /* 把 s2 串的第 j 个字符存放在 s1[i]中 */
    i++;
    j++;
   }
 s1[i]='\0';     /* 在连接后的字符串 s1 末尾加上字符串结束符 */
```

```
 printf("s1=%s\n",s1);
}
```

运行程序：

please input string s1 and s2 :
 Hello,↙
CHINA!↙
s1= Hello,CHINA!

4.5 本章小结

（1）数组是按顺序排列的同类数据的集合。数组可以是一维的，二维的或多维的。数组必须先定义后使用。

（2）数组定义由类型说明符、数组名、数组长度(数组元素个数)三部分组成。数组的类型是指数组元素取值的类型。同一个数组的数组元素具有相同的数据类型。

（3）定义数组后，编译系统在内存为数组开辟连续的存储单元用于存放数组中的各元素，数组名是存储区域的起始地址。一维数组按下标的次序存放，二维数组按先行后列的次序存放。使用数组时，要防止下标越界。

（4）对数组的赋值可以用数组初始化赋值、使用输入函数赋值和赋值语句赋值三种方法实现。对数值数组不能用赋值语句整体赋值、输入或输出，而必须用循环语句逐个对数组元素进行操作。

（5）字符常量是以单引号括起的单个字符，而字符串常量则是以双引号括起的一串字符，并且系统自动在串尾加一字符串结束符'\0'；字符变量只能存放一个字符常量，而字符数组则可以存放字符串。C的函数库中提供了大量的专门处理字符串的函数。

习 题

一、选择题

1．若有说明 int a[3][4];则 a 数组元素的非法引用是（ ）。

A．a[0][2*1]　　B．a[1][3]
C．a[4-2][0]　　D．a[0][4]

2．定义如下变量和数组：

```
int k;
int a[3][3]={9,8,7,6,5,4,3,2,1};
```

则下面语句的输出结果是（ ）。

```
for（k=0;k<3;k++）
  printf（"%d",a[k][k]）;
```

A．7 5 3　　B．9 5 1

C．9 6 3　　D．7 4 1

3．设有数组定义: char array[]="China"; 则数组 array 所占的空间为（ ）。

A．4 个字节　　B．5 个字节

C．6 个字节　　D．7 个字节

4．若有说明：int a[][3]={1,2,3,4,5,6,7};则 a 数组第一维的大小是（ ）。

A．2　　B．3

C．4　　D．无确定值

5．对说明语句：int a[10]={6,7,8,9,10};的正确理解是（ ）。

A．将 5 个初值依次赋给 a[1]至 a[5]

B．将 5 个初值依次赋给 a[0]至 a[4]

C．将 5 个初值依次赋给 a[6]至 a[10]

D．因为数组长度与初值的个数不相同，所以此语句不正确

6．若有说明：int a[][4]={0,0};则下面不正确的叙述是（ ）。

A．数组 a 的每个元素都可得到初值 0

B．二维数组 a 的第一维大小为 1

C．当初值的个数能被第二维的常量表达式的值除尽时，所得商数就是第一维的大小

D．只有元素 a[0][0]和 a[0][1]可得到初值，其余元素均得不到确定的初值

7．已知：char a[20]= "abc",b[20]= "defghi";则执行下列语句后的输出结果为（ ）

printf（"%d",strlen（strcpy（a,b)））；

A．11　　B．6

C．5　　D．以上答案都不正确

8．下面程序输出的结果是（ ）。

```
main（）
{int i;
 int a[3][3]={1,2,3,4,5,6,7,8,9};
 for（i=0;i<3;i++）
   printf（"%d ",a[2-i][i]）;
}
```

A．1 5 9　　B．7 5 3

C．3 5 7　　D．5 9 1

9．以下不能对二维数组 a 进行正确初始化的语句是（ ）。

A．int a[2][3]={0};　　B．int a[][3]={{1,2},{0}};

C．int a[2][3]={{1,2},{3,4},{5,6}};　　D．int a[][3]={1,2,3,4,5,6};

10．对字符数组 s 赋值不合法的一个是（ ）。

A．char s[]="Beijing";　　B．char s[20]={"beijing"};

C．char s[20]; s="Beijing";　　D．char s[20]={'B','e','i','j','i','n','g'};

11．下述对 C 语言字符数组的描述中错误的是（ ）。

A．字符数组的下标从 0 开始

B．字符数组中的字符串可以进行整体输入/输出

C．可以在赋值语句中通过赋值运算符“=”对字符数组整体赋值

D．字符数组可以存放字符串

12．若有定义 char s[]=”\n123\\”;char t[20]=”hel\0lo\n”;则 sizeof(s)、strlen(s)、sizeof(t)、strlen(t)的值分别是（ ）。

A．6 5 20 3　　B．8 7 20 9

C．5 6 3 20　　D．以上答案都不正确

13．以下二维数组 c 的定义形式是（ ）。

A．int c[3][]　　B．float c[3,4]

C．double c[3][4]　　D．float c(3)(4)

14．若有以下语句，则正确的描述是（ ）。

char a[]="toyou";

char b[]={'t','o','y','o','u'};

A．a 数组和 b 数组的长度相同　　B．a 数组长度小于 b 数组长度

C．a 数组长度大于 b 数组长度　　D．a 数组等价于 b 数组

15．已知：char a[15],b[15]={"I love china"};则在程序中能将字符串 I love china 赋给数组 a 的正确语句是（ ）。

A．a="I love china";　　B．strcpy（b,a）;

C．a=b;　　D．strcpy（a,b）;

二、程序填空题

程序 1：在给定数组中查找某个数，若找到，则输出该数在数组中的位置，否则输出"can not found！"。

```
#include <stdio.h>
main( )
{int i,n,a[8]={25,21,57,34,12,9,4,44};
 scanf("%d",&n);
 for(i=0;i<8;i++)
  if(n==a[i])
  {printf("The index is %d\n",i);
    【        】;
  }
 if(【        】)printf("can not found!\n");
}
```

程序 2：删除字符串 s 中的空格。

```
#include <stdio.h>
main()
{char s[80];
 int i,j;
 gets(s);
 for(i=j=0;s[i]!='\0';i++)
  if(s[i]!=' ') 【        】;
```

```
 else 【        】;
 s[j]= '\0';
 puts(s);
}
```

程序 3：输出数组 s 中最大元素的下标。

```
#include <stdio.h>
main()
{int k, p,s[]={1, -9, 7, 2, -10, 3};
 for(p=0,k=p;p<6;p++)
  if(s[p]>s[k])
   【      】;
 printf("%d\n", k);
}
```

三、阅读程序，分析程序的输出结果

程序 1：假设程序先后输入 love 和 china 后，分析其输出结果。

```
#include<stdio.h>
#include<string.h>
main()
{char a[30],b[30];
 int k;
 gets(a);
 gets(b);
 k=strcmp(a,b);
 if(k>0) puts(a);
 else if(k<0) puts(b);
}
```

程序 2：

```
#include <stdio.h>
void main( )
{int m[3][3]={ {1}, {2}, {3} };
 int n[3][3]={ 1, 2, 3 };
 printf("%d,%d\n",m[1][0]+n[0][0],m[0][1]+n[1][0]);
}
```

程序 3：

```
#include <stdio.h>
void main( )
{
 int a[4][5]={1,2,4,-4,5,-9,3,6,-3,2,7,8,4};
 int i,j,n;
 n=9;
 i=n/5;
 j=n-i*5-1;
```

```
 printf("a[%d][%d]=%d\n", i,j,a[i][j]);
}
```

程序 4：

```
#include "stdio.h"
main()
{int k[30]={12,324,45,6,768,98,21,34,453,456};
 int count=0,i=0;
 while(k[i])
 {if(k[i]%2==0||k[i]%5==0)
   count++;
   i++;
 }
 printf("%d,%d\n",count,i);
}
```

四、编程题

1．编写一个程序求 10 个数中的最大值和最小值。如果同时求它们的位置，该如何改写程序。

2．使用数组编写程序实现下述功能：读入 20 个整数，统计非负数个数，并计算非负数之和。

3．求出如下所示矩阵(二维数组)中各行元素之和，并以矩阵形式输出原矩阵及相应行元素之和。

```
3  5  6  8
2  1  4  9
8  7  1  6
```

上机实训

【实训目的】

（1）掌握数组的定义、赋值和输入/输出的方法。

（2）掌握 C 语言中字符数组和字符串处理函数的使用。

（3）学习用数组实现相关的算法。

【实训内容】

（1）输入下列程序，分析程序的输出结果。

程序 1：

```
#include <string.h>
#include <stdio.h>
void main( )
{
  char s1[50]={"some string *"},s2[]={"test"};
```

```
  printf("%s\n", strcat(s1,s2));
}
```

程序:2：

```
#include "stdio.h"
main()
{int i,j,row,colum,m;
 int array[3][3]={{100,200,300},{28,72,-30},{-850,2,6}};
 m=array[0][0];
 for(i=0;i<3;i++)
  for(j=0;j<3;j++)
   if(array[i][j]<m)
     {m=array[i][j];
      colum=j;
      row=i;
     }
 printf("%d,%d,%d\n",m,row,colum);
}
```

（2）调试下列程序，使之具有如下功能：输入 20 个整数，按每行 5 个数输出这些整数，最后输出这 20 个整数的平均值。

```
#include<stdio.h>
main()
{int i,n,a[20];
 float av;
 for(i=0;i<n;i++)
     scanf("%d",&a[i]);
 for(i=0;i<n;i++)
 {printf("%6d",a[i]);
  if(i%5==0)
    printf("\n");
 }
 for(i=0;i!=n;i++)
  av+=a[i];
 printf("av=%f\n",av);
}
```

上面给出的程序是可以运行的，但是运行结果是完全错误的，找出程序中的错误并改正。调试时请注意变量的初值问题、输出格式问题等。

（3）将本章习题“四、编程题”中的 3 个程序进行编写后运行调试。

第5章　函　数

C语言是一种结构化程序设计语言，结构化程序设计的本质就是将一个大的程序按功能分割成若干个较小的模块，每个模块都具有相对独立的功能。在C语言中，每个模块都是用函数来实现的。函数是一段连续的程序代码的组合，它用来完成特定的功能。一个C语言程序往往由多个函数组成，函数之间并列排放、相互调用、协同工作，完成一个大的任务。

本章主要介绍C语言中函数的定义、函数的调用、函数间数据传递以及变量的作用域和存储类型。

【学习目标】

（1）掌握函数的定义方法。

（2）掌握函数的正确调用，嵌套调用，递归调用。

（3）掌握如何利用函数参数和函数的返回值进行函数间的数据传递。

（4）掌握变量的作用域和存储类型。

（5）了解内部函数与外部函数。

5.1　函数概述

5.1.1　C语言程序的结构

在C语言中，用函数实现各功能模块的定义，通过函数之间的调用实现C程序的整体功能。一个完整的C程序结构如图5-1所示。

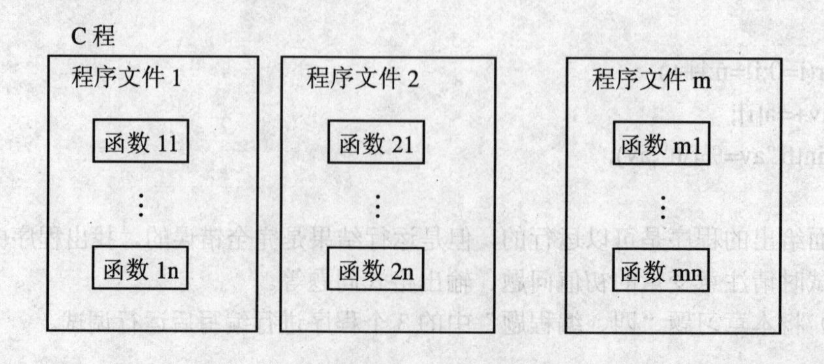

图5-1　C程序的结构

说明：

（1）一个C程序可以由一个或多个源程序文件组成（扩展名一般是“.c”）。每个源程序文件是一个编译单位，可以独立编译，并可以被不同的程序使用。

（2）每个源程序文件可以由一个或多个函数组成，函数是最小的功能单位，一个函数可以被不同源文件的其他函数调用。

（3）一个C程序有且仅有一个主函数 main，主函数可以放在任何一个源文件中，无论主函数在程序的什么位置，程序的执行总是从 main 函数开始，完成对其他函数的调用后再返回到main函数，最后由main函数结束整个程序。

注意：当main函数调用其他函数时，我们称main函数为主调函数，而称其他函数为被调函数。当其他函数调用另外一些函数时，它们又成为主调函数。函数间可以相互调用，但不能调用main函数。

（4）所有函数都是平行的，相互独立。一个函数并不从属于另一函数，即函数不能嵌套定义。

5.1.2 C语言函数的分类

在C语言中，可以从不同的角度对函数进行分类。

1．从用户使用的角度来看，函数可分为标准库函数和用户自定义函数两种

1）标准库函数

这是由C语言系统提供的，用户无需定义，只需在程序开头将库函数所在的头文件用#include 命令包含进源程序即可在程序中直接调用。例如，在前面各章的例题中反复用到的 printf 、scanf 、 getchar 、putchar、gets、puts 等函数均属此类。

2）用户自定义函数

这是由用户自己根据专门需要编写的。对于这种函数，不仅要在程序中定义函数本身，而且在主调函数中还必须对该被调函数进行声明才能使用。

2．从函数的形式上看，函数可分为无参函数和有参函数两种

1）无参函数

无参函数是指函数定义、函数声明及函数调用中均不带参数，主调函数和被调函数之间不进行参数传送。此类函数通常用来完成一组指定的功能，可以返回或不返回函数值。一般以不返回函数值居多。

2）有参函数

有参函数也称为带参函数。在函数定义及函数声明中都有参数，称为形式参数(简称为形参)。在函数调用时也必须给出参数，称为实际参数(简称为实参)。进行函数调用时，主调函数将把实参的值传送给形参，供被调函数使用。

5.2 函数定义

函数定义的一般形式如下。

类型标识符 函数名（[形参表说明]）
{
声明语句
执行语句
}

说明：

（1）类型标识符是指函数返回值的类型。函数返回值不能是数组，也不能是函数，除此之外任何合法的数据类型都可以是函数返回值的类型，如 int、long、float、char 或是后面讲到的指针、结构体等。函数没有返回值时，函数类型标识符为 void。

注意：C 语言规定：如果函数不明确指出类型时，系统默认的函数类型为 int 型。

（2）函数名是用户自定义的标识符，必须符合 C 语言对标识符的规定，即由字母，数字或下划线组成。另外，函数名本身也有值，它代表了该函数的入口地址，使用指针调用该函数时，将用到此值。

（3）形参也称为“形式参数”。形参表是用逗号分隔的一组变量说明，其作用是指出每一个形参的类型及其名称。函数定义之后形参并没有具体的值，只有当其他函数调用该函数时，形参才会得到具体的值。通常如果函数需要多个原始数据，就必须定义多个形参，相互之间用逗号隔开。

注意：函数名后的“( )”是函数运算符，即使没有形参也不可省略，并且在“( )”后面不能加分号“；”。

（4）用{ }括起来的部分称为函数体。函数体是一段程序，确定该函数应实现的功能。函数体内部应有自己的声明语句和可执行语句，但函数体内定义的变量不可以与形参同名。

【例 5-1】无参函数举例。编写一个程序，输出字符串“HOW ARE YOU！”。

```
#incl/ude <stdio.h>
func( )              /*func 函数的定义*/
{printf ("********************\n");
 printf ("HOW ARE YOU！ \n");
 printf ("********************\n");
}
main( )
{
 func( );             /*main 函数调用 func 函数*/
}
```

运行结果如下：

```
********************
HOW ARE YOU！
********************
```

本例由一个源程序文件组成，包括 main 和 func 两个函数，在 func 函数中又调用了库函数 printf。其中 func 是用户定义的无参函数。该函数的功能是输出两行“*”号和一行“HOW ARE YOU！”信息。

【例 5-2】有参函数举例。编写一个程序，求长方形的面积。

```
#include <stdio.h>
```

```
main()
{float area(float x,float y);            /*area 函数的声明*/
 float a,b,c;
 scanf("%f,%f",&a,&b);                   /*输入长方形的长和宽*/
 c=area(a,b);                            /*调用 area 函数求面积*/
 printf("The area is %f\n",c);           /*输出结果*/
}
float area(float x,float y)              /*area 函数的定义*/
{float s;                                /*函数内部变量的定义*/
 s=x*y;
 return(s);                              /*返回函数值语句*/
}
```

运行结果如下：

```
4.5，6.0↙
The area is 27.000000
```

说明：

（1）在形参表中说明的形参 x,y，在 area 函数体中不再需要说明，可以直接使用，同一般的变量完全一样。

（2）主调函数在调用被调函数时，主调函数 main 把实参 a 和 b 的值传递给被调函数 area 的形参 x 和 y，然后在 area 函数体中求出 s 的值，return(s)的作用是将 s 的值作为函数返回值带回到主调函数 main 中。

（3）形参表说明可以有两种表示形式。

```
    float area(float x,float y)
    {
     ⋮
    }
或 float area( x,  y)
    float x,y;
      {
       ⋮
      }
```

5.3 函数调用

C 语言中，除了主函数 main 外，其他函数都必须通过函数的调用来执行。

5.3.1 函数调用的一般形式

函数的功能是通过函数调用来实现的。函数调用的一般形式为：

函数名（[实际参数表]）；

说明：

（1）实际参数又称实参，实参表中实参的个数、实参值的类型以及出现的顺序应与形参表的实际情况相匹配。如果包括多个实参，则各实参间用逗号隔开。参见例 5-2。

（2）如果被调用函数是无参函数，则函数调用时也没有实参，但函数名后面的圆括号不能省略。参见例 5-1。

5.3.2 函数调用的方式

按照函数在主调函数中的作用，函数调用可以有以下 3 种形式。

1．函数语句

被调函数在主调函数中以语句的方式出现。这种情况下一般只要求函数完成一定操作，不要求函数有返回值。函数调用的一般形式加上分号即构成函数语句。

如例 5-1 中的语句：“func( );”就是以函数语句的方式调用函数。

2．函数表达式

被调用函数作为表达式中的一项出现在表达式中，以函数返回值参与表达式的运算。这种方式要求函数是有返回值的。

如例 5-2 中的语句：“c=area(a,b);”其函数 area 就是赋值表达式的一部分，程序执行时将把 area 函数的返回值赋予变量 c。

3．函数实参

被调函数作为另一函数的实参出现。这种情况下把该被调函数的返回值作为实参进行传送，因此要求该被调函数必须是有返回值的。

例如语句：“printf("%d",area(x,y));”即是把 area 函数调用的返回值又作为 printf 函数的实参来使用的。

5.3.3 函数调用的执行过程

我们通过例 5-2 详细说明一下调用函数时的执行过程。该程序由两个函数组成：main 函数和 area 函数。程序执行过程是：先执行 main 函数，用户从键盘上输入两个实数赋给 a,b 变量（参见图 5-2 中的第①步所示）。main 函数以 a，b 为实参调用函数 area（参见图 5-2 中的第②步所示）。程序转向执行 area 函数时，实参 a，b 的值传递给形参 x，y，从而使得形参 x，y 获得初始值参与函数体的运算，计算出两数的乘积，直到执行到语句“return(s);”（参见图 5-2 中的第③步所示）。执行 return 语句后将计算结果返回到 main 函数（参见图 5-2 中的第④步所示）。此时程序转回 main 函数接着执行赋值操作，将 area 函数返回的计算结果赋值给 c 变量，最后输出计算结果（参见图 5-2 中的第⑤步所示）。main 函数调用 area 函数执行的整个过程如图 5-2 所示。

5.3.4 对被调用函数的声明

在主调函数中，调用某函数之前应对该被调函数进行声明，这与使用变量之前要先进行变量说明是一样的。在主调函数中对被调函数作说明的目的是让编译系统知道被调函数返回值类型、形参的个数和类型，这样，编译系统就能检查出形参和实参是否类型相同、个数相等，并由此决定是否需要进行类型转换，从而保证函数调用成功。

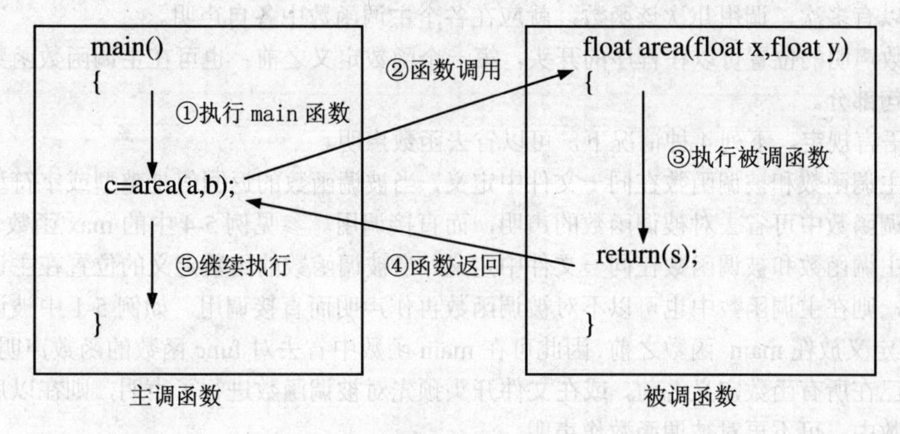

图 5-2 函数调用的执行过程

函数声明的一般形式为：

类型标识符 函数名(形参类型 1 形参名 1，形参类型 2 形参名 2 …)；

或为：

类型标识符 函数名(形参类型 1，形参类型 2 …)；

【例 5-3】编写一个程序，计算 x 的 n 次方。

```
#include <stdio.h>
main()
{ long power(int x,int n) ;      /*被调函数 power 声明，也可写成 long power(int,int) ; */
  int a,b;
  scanf("%d,%d",&a,&b);
  printf("X power N is %ld\n",power(a,b));
}
long power(int x,int n)          /*被调函数 power 定义*/
 {long    y;
  for (y=1;n>0;--n)
    y*=x;                        /*求 x 的 n 次方，结果赋给变量 y。*/
  return(y);
 }
```

运行结果如下：

3,4↙

X power N is 81

说明：

（1）函数声明是语句，所以最后的结束符“;”不可缺少。

（2）从形式上看，函数声明和函数定义形式上类似，函数声明就是在函数的定义格式的基础上去掉了函数体，但是两者有本质区别：一是函数的定义是编写一段程序，除有 long power(int x,int n)外，还应有函数的函数体来实现其特定的操作；而函数的声明仅是对要调用函数的一个说明，不含具体的执行动作。二是在程序中，函数的定义只能有一次，而函数的声明可以有多次，调用几次该函数，就应在各个主调函数中各自声明。

（3）函数声明的位置可以在程序的开头，第一个函数定义之前；也可在主调函数函数体的声明语句部分。

（4）C 语言规定，下列 4 种情况下，可以省去函数声明。

①如果主调函数和被调函数在同一文件中定义，当被调函数的返回值是整型或字符型时，则在主调函数中可省去对被调函数的声明，而直接调用。参见例 5-4 中的 max 函数。

②如果主调函数和被调函数在同一文件中定义，当被调函数的函数定义的位置在主调函数之前时，则在主调函数中也可以不对被调函数再作声明而直接调用。如例 5-1 中被调函数 func 的定义放在 main 函数之前，因此可在 main 函数中省去对 func 函数的函数声明。

③如果已在所有函数定义之前，或在文件开头预先对被调函数进行了声明，则在以后的各主调函数中，可不再对被调函数作声明。

例如：

```
float f(float b);    /*函数 f 的声明*/
main()
{
 ⋮    /*函数体略*/

float f(float b)    /*函数 f 的定义*/
}    /*函数体略*/
```

其中第一行对 f 函数预先作了声明，因此在以后各函数中无须对 f 函数再作声明就可直接调用。

④对库函数的调用不需要再作声明，但必须把包含该库函数的头文件用#include 命令包含在源文件前部。如例 5-3 中第一行：#include <stdio.h>

其中 stdio.h 就是一个头文件，该文件中存放了输入/输出库函数所用到的一些宏定义信息，如果不用该命令，就无法使用这些输入/输出库函数。同样，如果使用数学库中的函数，应该用：#include <math.h>

除了以上所提到的四种情况外，都应该按照上述介绍的方法对所调用函数作声明，特别是被调函数定义和主调函数定义出现在不同文件中，或被调函数定义位置在主调函数定义之后时，必须在调用之前对被调函数进行声明，否则编译时就会出现错误。

5.4 函数之间的数据传递

C语言中，函数间的数据传递方式有3种：

- 函数参数；
- 函数返回值；
- 全局变量。

主调函数与被调函数之间的数据传递是双向的：当调用函数时，主调函数向被调函数的形参传递数据；调用结束时，被调函数通过返回语句（return 语句）将被调函数的运行结果（称为返回值）带回主调函数中；另外，函数之间还可以通过使用全局变量达到传递数据的目的，但这种方式一般不提倡使用。本节仅讨论函数的参数传递和函数的返回值，全局变量将在后续章节中介绍。

5.4.1 函数参数传递

在主调函数调用被调函数时，主调函数要有数据传递给被调函数，则需借助于函数的实参和形参来实现。具体来说就是将实参的值计算出来传递给对应的形参。

在被调函数定义时，函数名后面括号“()”中的参数称为“形式参数”（简称“形参”）；在主调函数中调用一个被调函数时，被调函数名后面括号“()”中的参数称为“实际参数”（简称“实参”）。换言之，形参出现在被调函数的定义中，在整个被调函数体内都可以使用，离开该函数则不能使用；实参出现在主调函数中，进入被调函数后，实参也不能使用。形参和实参的功能是将主调函数中的数据传递给被调函数。

注意：

在C语言中，实参对形参的数据传递是单向的，只能由实参传递给形参，而不能由形参传递给实参。

使用参数传递数据时，实参向形参传送数据的方式是“值传递”。其含义是：在调用函数时，主调函数把实参的值复制给被调函数的形参，在函数内部则使用形参中的值进行处理。一旦函数执行完毕，形参存储单元所保存的值将不再保留，因为形参是函数的局部变量，仅在函数内部才有意义。

C语言中的“值传递”分为两种方式：一是数据复制，二是地址复制。

1. 数据复制

该方式又称为“传值方式”，它是把实参本身的值复制给被调用函数的形参，使形参获得初始值。

【例5-4】编写程序，求两个整数中的最大值。

```
#include<stdio.h>
main( )
{int a,b;
 int c;
 scanf ("%d%d", &a, &b);
```

```
 c=max(a,b);
 printf ("MAX is %d\n", c);
}
int max(int x, int y)
{int z;
 z = x>y?x:y;     /*利用条件表达式求最大值*/
 return(z);
}
```

运行结果如下：

3 4↙

MAX is 4

当在 main 函数中调用 max 函数时，实参变量 a，b 的值分别传送给形参变量 x，y，max 函数就利用传递给形参的值进行相应的处理。

说明：

（1）在这种数据复制的值传递方式中，实参可以是变量、常量、函数调用和表达式等，形参一般是变量。

（2）形参变量只有在被调用时，才分配内存单元；调用结束时，即刻释放所分配的内存单元。因此，形参只有在该被调函数内有效。调用结束，返回主调函数后，则不能使用该形参变量。

（3）在这种数据复制的值传递方式下，实参和形参占用不同的内存单元，即使同名也互不影响。

（4）实参对形参的数据传送是单向的，即只能把实参的值传送给形参，而不能把形参的值反向的传送给实参。所以在执行一个被调函数时，形参的值如果发生改变，并不会改变实参的值。

【例 5-5】编写一个函数交换主函数中两个变量的值。

```
#include<stdio.h>
swap(int a,int b)
{int temp;          /*借助于临时变量 temp 完成数据交换*/
 temp=a;
 a=b;
 b=temp;
 printf("\na=%d   b=%d",a,b);
}
main()
{int x,y;
 printf("please enter x and y: ");
 scanf("%d,%d",&x,&y);
 printf("\nx=%d   y=%d",x,y);
 swap(x,y);
 printf("\nx=%d   y=%d\n",x,y);
```

```
}
```

运行结果如下：

```
please enter x and y: 2,6↙
x=2   y=6
a=6   b=2
x=2   y=6
```

从运行结果可以看出，在调用 swap 函数后，并没有使 x 和 y 发生交换。这个看似十分正确的程序根本无法满足要求，这是由函数间参数的传递方式决定的。

由于形参和实参都是整型变量，因此参数传递采用的是数据复制这种值传递方式，在这种方式下，实参变量和形参变量占用不同的存储单元，当 main 函数调用 swap 函数时，实参变量 x，y 的值传递给了形参变量 a，b，并且在 swap 函数的内部完成了 a 和 b 值的交换，但由于形参变量 a，b 仅在 swap 函数内部有效，所以当 swap 函数执行完毕返回 main 函数时，a，b 变量所占用的存储单元被释放，a，b 在 swap 函数中变化了的值并不能带回到 main 函数，故变量 x，y 仍为原来的值。即形参的初值和实参相同，而形参的值发生改变后，实参并不变化，两者的终值是不同的。

该问题的关键在于函数间“值传递”是单向的。只能由实参传递给形参，而不能反过来由形参传送给实参。如何实现题目的要求请参见第 6 章指针中 6.2.5 节相关的内容。

2．地址复制

这种方式又称为传址方式，在这种方式中，一般实参的值是一个地址值（比如实参为数组名或第 6 章讲的指针变量），传递数据时就是将实参中的地址值传递给被调用函数的形参，当然这要求形参也必须是能接收地址值的形式（比如数组名或指针变量）。这种传递方式中作为参数传递的是数据的存储地址。

【例 5-6】求一个一维数组各元素的平均值（实参和形参都是数组名）。

```
#include<stdio.h>
main()
{int i,a[5];
 float aver();
 float mv;
 for(i=0;i<5;i++)
    scanf("%d",&a[i]);
 mv=aver(a);              /*调用 aver 函数时，实参为数组名 a*/
 printf("平均值为：%f\n",mv);
}
float aver(int b[5])      /*aver 函数的形参为数组名 b*/
{float m;
 int i;
 for(m=0,i=0;i<5;i++)
    m+=b[i];
 return (m/5);
}
```

运行结果如下：

2 4 6 8 10↙

平均值为：6.000000

在 main 函数调用 aver 函数时，将实参数组 a 的首地址传递给形参数组 b，因此数组 a 和数组 b 实际上指向了同一存储空间，如图 5-3 所示。

a[0]	a[1]	a[2]	a[3]	a[4]
2	4	6	8	10
b[0]	b[1]	b[2]	b[3]	b[4]

图 5-3 地址复制方式传递数据

说明：

（1）数组名代表数组的首地址。

（2）在这种地址复制的值传递方式中，实参一般为数组名或指针变量，其值是一个地址值，传递数据时是把该地址值传递给形参，形参要求也是能接收地址的形式，如数组名或指针变量。

（3）这种地址复制的值传递方式是通过将实参中的地址值传给形参来实现数据传送的。其实质是让形参和实参使用相同的存储空间。所以，在被调函数中对形参存储空间值的任何修改，实质是对实参存储空间值的修改。例如，如果给 b[0]重新赋值为 6，意味着 a[0]的值也将改为 6。

（4）用数组名做参数和用数组元素作参数是两种不同的数据传递方式。前者采用的是地址复制方式传送数据的（因为数组名代表数组的首地址），后者是采用数据复制方式传送数据的。因为数组元素本身就是一种普通的下标变量，所以相当于是把该下标变量（实参数组元素）的值传递给形参，当然，这种情况下形参也必须是能接收实参数组元素值的变量形式。

【例 5-7】求数组中元素的最小值。

```
#include <stdio.h>
main( )
{int min(int x,int y);
 int a[5],b,i;
 printf("input 5 numbers:");
 for ( i=0; i<5; i++ )
    scanf ("%d", &a[i]);
 b=a[0];
 for ( i=0; i<5; i++ )
    b=min(b,a[i]);              /*实参为变量 b 和数组元素 a[i]*/
 printf("\nmin is %d", b);
}
 int min(int x,int y)      /*形参为变量 x ,y*/
{int m;
 m=x<y?x:y;
```

```
  return(m);
}
```

运行结果如下：

```
input 5 numbers: 2   4   -15   34   1↙
min   is   -15
```

程序中在 main 函数内定义了数组 a，并利用“scanf ("%d", &a[i]);”语句为其赋初值，然后利用 for 循环中的“b=min(b,a[i]);”语句调用 min 函数，每次用数组中的一个元素 a[i]做实参传递给形参变量 y，另外一个实参变量 b 传送给形参变量 x，采用的都是数据复制的值传递方式。形参接收实参传递的数据值后在 min 函数中求出两个数的较小者，然后将其带回主调函数。

当用数组元素作函数的实参时，必须在主调函数内定义数组，并使之有初值，调用函数时，将该数组元素的值传递给对应的形参变量，两者类型应当相同。

总之，借助于函数参数进行数据传递，可以将主调函数中的数据传递给被调函数，但须注意以下几点。

（1）形参在被调函数中定义，实参在主调函数中定义。

（2）形参是形式上的，定义时编译系统并不为其分配存储空间，也无初值，只有在函数调用时，临时分配存储空间，接收来自实参的值，函数调用结束，形参所占用的内存空间释放，值消失。因此，形参只有在函数内部有效。函数调用结束返回主调函数后则不能再使用该形参。

（3）实参可以是常量、变量、表达式、函数、数组名、指针等，无论实参是何种类型的量，在进行函数调用时，它们都必须具有确定的值，以便把这些值传送给形参。

（4）实参和形参在数量、类型、顺序上应一致，否则会发生“类型不匹配”的错误。

（5）函数调用中发生的数据传送是单向的。即只能把实参的值传送给形参，而不能把形参的值反向地传送给实参。

5.4.2 函数返回值传递

调用函数时，主调函数有数据需要传递给被调函数是借助于函数参数（实参和形参）来实现的，如果被调函数执行完后有处理结果需要传递给主调函数，则可以通过函数返回值的形式来实现。这是数据传递的另一种形式。

被调函数的返回值传递给主调函数是通过 return 语句来实现的。

return 语句的一般形式为：

```
return [(表达式)];
```

功能：执行 return 语句后，程序执行流程将返回到主调函数，并将“表达式”的值带回给主调函数。

说明：

表达式可以是常量、变量、函数、数组元素、地址常量和其他形式的表达式等。函数没有返回值时，表达式可以省略，而写为：“return;”。

【例 5-8】计算分段函数的值。

$$y=\begin{cases} x+1 & x\in[0,1) \\ 2x+5 & x\in[1,2) \\ 0 & 其他 \end{cases}$$

```
#include <stdio.h>
float sub(float a)
{float b;
 if(a>=0&&a<1)
      b=a+1;
 else if(a>=1&&a<2)
      b=2*a+5;
 else
      b=0;
 return(b);
}
main()
{float x,y;
 printf("enter x:");
 scanf("%f",&x);
 y=sub(x);
 printf("x=%f,y=%f",x,y);
}
```

运行结果如下：

```
enter x: 1.8↙
x=1.800000,y=8.600000
```

说明：

（1）一个 return 语句只能带回一个返回值。当要求返回值多于一个以上时，就不能单靠 return 语句了，必须借助于地址传递方式或全局变量方式来实现。

（2）一个函数体内可以有多个返回语句，不论执行到哪一个，函数都结束，回到主调函数。如上例 sub 函数可改写为如下形式。

```
float sub(float a)
{float b;
 if(a>=0&&a<1)    return(a+1);
 else if(a>=1&&a<2)    return(2*a+5);
 else    return 0;
}
```

（3）return 后面的括号内如果是一个常量或变量，则可以省略括号。

例如：return (b);　　等价于　　return b;

（4）return 语句中表达式类型应与定义函数时所指定的函数类型一致。如果不一致，则以函数类型为准进行自动转换，即将 return 语句中表达式类型转换为函数定义时的函数类型。

比如将【例 5-8】中的 sub 函数类型改为 int，即：

```
int sub(float a)
{float b;
 if(a>=0&&a<1)
      b=a+1;
 else if(a>=1&&a<2)
      b=2*a+5;
 else
      b=0;
 return(b);
}
```

运行结果如下：

```
enter x: 1.8↙
x=1.800000,y=8.000000
```

分析：由于函数 sub 类型为 int，与 return 语句中变量 b 的类型不一致，这时，系统自动将返回值 b 的类型转换成 int 型。所以，虽然在 sub 函数体内 b 的值为 8.6，但返回主调函数的值却为整数 8，然后将整数值 8 赋给实型变量 y，输出 y 的值即为 8.000000。

（5）不带返回值的函数，可以明确定义为“空类型”，类型标识符为“void”。

如例 5-1 中 func 函数定义部分的第一行：func ( ) 可以改为：void　func1 ( )

这样，系统就能保证不使函数带回任何值给主调函数。

注意：一旦函数被定义为空类型后，就不能在主调函数中使用被调函数的函数值了。例如，在定义 func 函数为空类型后，在主函数中写下述语句：“a= func1();”就是错误的。

为了使程序有良好的可读性并减少出错，凡不要求有返回值的函数都应定义为空类型，否则将带回一个不确定的返回值，这是很危险的。

5.5　函数的嵌套调用和递归调用

5.5.1　函数的嵌套调用

在 C 语言中，函数的定义是平行的，不允许进行函数的嵌套定义，即在一个函数体中再定义一个新的函数。但是允许函数的嵌套调用，即在一个函数体内可以调用另一个函数，被调用的函数还可以再调用其他的函数。这就是函数的嵌套调用。下面给出一个函数嵌套调用的例子。

【例 5-9】分析程序的执行过程。

```
#include <stdio.h>
void fun1(),fun2();                /*函数声明*/
main()
```

```
{printf("Now I am in main.\n");
 fun1();
 printf("I am back in main.\n");
}
void fun1()
{printf("Now I am in fun1.\n");
 fun2();
 printf("I am back in fun1.\n");
}
void fun2()
{printf("Now I am in fun2.\n");
}
```

运行结果如下：

```
Now I am in main.
Now I am in fun1.
Now I am in fun2.
I am back in fun1.
I am back in main.
```

程序从 main 函数开始执行，main 函数调用了 fun1 函数，fun1 执行时又调用了 fun2 函数。其调用过程和返回过程如图 5-4 所示。

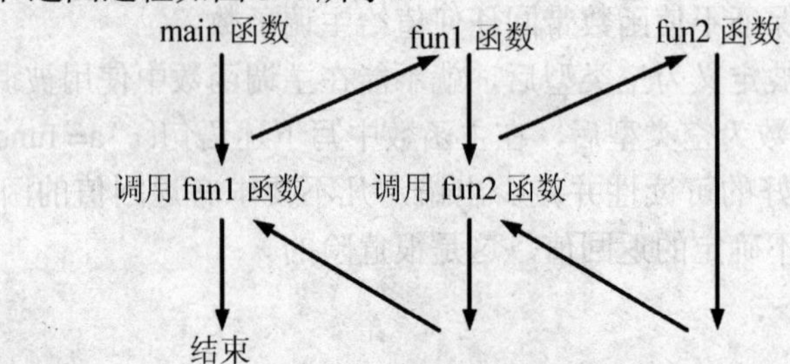

图 5-4　函数嵌套调用过程

需要强调的是，程序中函数的调用关系是一种逻辑关系，与各函数在程序中的物理位置无关，执行时都是从 main 函数开始，然后调用其他函数，最后在 main 函数结束。

【例 5-10】用函数嵌套调用编程求 1！+2！+3！+4！。

分析：本例中，其求值顺序应是先求阶乘值，然后将求得的阶乘值进行累加。所以可先定义一个求阶乘的函数 jc，然后定义一个求和的函数 sum，在 sum 函数中调用函数 jc 函数，在 main 函数中调用 sum 函数。

```
#include <stdio.h>
int jc(int x)                 /*求阶乘函数*/
{int i,s1=1;
 for(i=1;i<=x;i++)
    s1=s1*i;
 return s1;
}
```

```
int sum(int y)                  /*求和函数*/
{int i,s2,s3=0;
 for(i=1;i<=y;i++)
 {s2=jc(i);              /*调用 jc 函数求 i 的阶乘*/
  s3=s3+s2;
 }
 return s3;
}
main()
{int s;
 s=sum(4);       /*调用 sum 函数求 4 个阶乘的和*/
 printf("s=%d\n",s);
}
```

运行结果如下：

```
s=33
```

5.5.2　函数的递归调用

一个函数直接或间接地调用函数本身，这种调用称为递归调用。前者称为直接递归调用，后者称为间接递归调用。递归调用的函数称为递归函数。下面举例说明递归调用的执行过程。

【例 5-11】有 5 个人坐在一起，问第 5 个人多少岁？他说比第 4 个人大 2 岁。问第 4 个人岁数？他说比第 3 个人大 2 岁。问第 3 个人？又说比第 2 个人大 2 岁。问第 2 个人？说比第 1 个人大 2 岁。最后问第 1 个人，他说是 10 岁。请问第 5 个人多大。

分析：因为每个人的年龄都比他前一个人大 2 岁，又知道第一个人的年龄为 10 岁，因此可用下面式子表述如下。

$$\begin{cases} age(n)=10 & (n=1) \\ age(n)=age(n-1)+2 & (n>1) \end{cases}$$

可以看到，当 n>1 时，求第 n 个人的年龄的公式是相同的。因此可以用一个函数 age 表示上述关系。其程序如下。

```
#include <stdio.h>
int age(int n)
{int c;
 if(n= =1)
    c=10;
 else
    c=age(n-1)+2;
 return(c);
}
```

```
main()
{
 printf("The 5th age is %d\n",age(5));
}
```

运行结果如下：

The 5th age is 18

main 函数中只有一个语句。整个问题的求解全靠一个 age 函数调用来解决。函数调用的过程如图 5-5 所示。从图中可以看到，实际上递归程序的执行过程分为两个阶段：回推和递推。

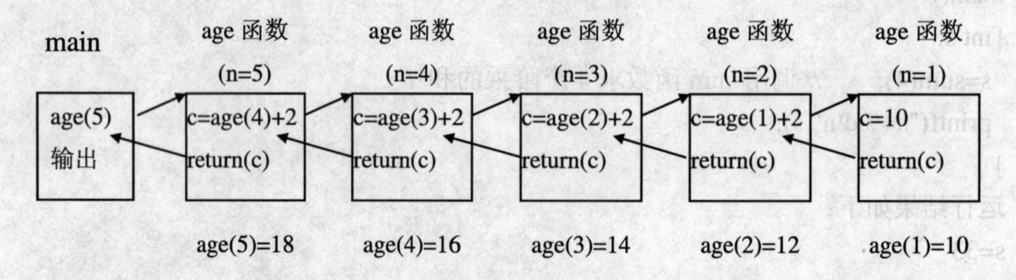

图 5-5 函数递归调用过程

所谓“回推”，是指在求第 5 个人的年龄时，必须先求出第 4 个人的年龄，而要求出第 4 个人的年龄，必须先求出第 3 个人的年龄……直至回推到第 1 个人。由于第 1 个人的年龄已经知道了，整个回推过程即告结束。接下来就是递推过程。所谓“递推”，实际上是回推的逆过程，既根据计算公式 age(n)=age(n−1)+2，由第 1 个人的年龄求得第 2 个人年龄，再由第 2 个人求得第 3 个人，然后由第 3 个人的年龄求得第 4 个人，最后由第 4 个人的年龄求得第 5 个人的年龄。

注意：任何递归都应该有一个终止条件（本例为第一个人的年龄 age(1)=10），否则就会陷入一个无休止的递归调用过程，这是很危险的。

【例 5-12】用递归法求 n!。

我们常用的 n!可用下面的递归公式表示：

$$n! = \begin{cases} n\,(n-1)! & (n>1) \\ 1 & (n=0,\ 1) \end{cases}$$

程序如下。

```
#include <stdio.h>
long fac(int n)
{long f;
 if(n<0)
 {printf("\n n<0,data error!");
  f=1;
 }
 else if(n= =0||n= =1)
  f=1;
```

```
  else
    f=fac(n-1)*n;
  return (f);
 }
main()
{int n;
 long y;
 printf("input a integer number:");
 scanf("%d",&n);
 y=fac(n);
 printf("\n %d! = %d\n",n,y);
}
```

运行结果如下：

input a integer number: 4↙

4！=24

程序中给出的函数 fac 是一个递归函数。主函数调用 fac 后即进入函数 fac 执行，如果 n<0,n= 0 或 n=1 时都将结束函数的执行，否则就递归调用 fac 函数自身。每次递归调用的实参为 n-1，数据传送时即把实参 n-1 的值赋予形参 n，所以当实参 n-1 的值为 1 时再作递归调用，形参 n 的值也为 1，将使递归终止。然后可逐层返回。

5.6　变量的作用域和存储类型

5.6.1　变量的作用域

在编写 C 语言程序时往往要定义一些变量，这些变量有的可以在整个程序或其他程序中引用，有的则只能在局部范围内引用，这就是变量的作用范围（有效范围），可称之为变量的作用域。变量定义的位置不同，其作用域也不同。C 语言中的变量，按其作用域可分为两种：局部变量与全局变量。

1．局部变量

在一个函数或复合语句内定义的变量，称为局部变量。局部变量仅在定义它的函数或复合语句内有效。例如函数的形参以及函数体内或复合语句内定义的变量均属于局部变量。

编译时，编译系统并不为局部变量分配内存单元，而是在程序的运行中，当局部变量所在的函数或复合语句被调用时，编译系统才根据需要临时分配内存，调用结束后所占用空间将被释放，值将会消失。

【例 5-13】局部变量的使用举例。

```
#include <stdio.h>
```

```
func( )
{int a=3;
   {int a=2;                              /*复合语句中的局部变量 a */
      printf("复合语句中的 a=%d\n", a);   /*输出复合语句中的变量 a */
   }
 printf("func 函数中的 a=%d\n", a);   /*输出函数 func 中的变量 a */
}
main( )
{ int a=10;
   printf("main1: a=%d\n", a);          /*输出主函数内的变量 a */
   func( );
   printf("main2: a=%d\n", a);          /*输出主函数内的变量 a */
}
```

运行结果如下：

```
main1: a=10
复合语句中的 a=2
func 函数中的 a=3
main2: a=10
```

说明：

（1）在一个函数中定义的变量只能在该函数中使用，不能在其他函数中使用。同时一个函数中也不能使用其他函数中定义的变量。

（2）允许在不同的函数中使用相同的变量名（即不同函数内的局部变量可以同名），它们代表不同的对象，分配不同的存储单元，互不干扰，也不会混淆。

2．全局变量

在所有函数之外定义的变量，就称为全局变量。全局变量不属于任何一个函数，它的作用域从该全局变量定义的位置开始，到源文件结束。因此，自全局变量定义开始，它后面的任何函数都可以访问它（条件是函数内没有同名的局部变量或定义变量时没有其他修饰符）。

全局变量一经定义，编译系统就为其分配固定的内存单元，在程序运行的自始至终都占用固定单元。

【例 5-14】全局变量的使用举例。

```
#include <stdio.h>
int x=100;                         /*定义全局变量 x 并初始化*/
void func1( int x)
{x*=10;                            /*形参 x 为 func1 函数中的局部变量*/
 printf("func1: x=%d\n", x);       /*输出 func1 函数中的局部变量 x */
}
void func2( )
{x+=100;                           /*使用全局变量 */
 printf ("func2: x=%d\n", x);      /*输出全局变量 x */
```

```
}
main( )
{int x=10,y=2;                    /*定义局部变量 x，main 函数内有效 */
 func1(y);
 func2( );
 printf("main: x=%d\n", x);       /*输出 main 函数中的局部变量 x */
}
```

运行结果如下：

```
func1: x=20
func2: x=200
main: x=10
```

说明：

（1）全局变量与局部变量可以同名，在局部变量起作用的范围内，全局变量不起作用。

（2）全局变量的初始化只能有一次，而且是在对全局变量定义的时候。

（3）设置全局变量的优点是借助于全局变量可以实现函数间的数据传递，增加了函数间数据传递的方式。因为在同一文件中所有函数都能引用全局变量的值，这样，在一个函数中改变了全局变量的值，就能影响到其他函数，相当于各函数之间有了直接的传递通道。

（4）全局变量在整个程序执行期间都占用存储单元，使用全局变量过多会降低程序的清晰性和通用性，因此，对全局变量的使用要加以限制。

5.6.2　变量的存储类型

通过第 2 章的学习我们知道，在程序中使用的变量必须先定义后使用。

变量定义的语法格式为：

　数据类型标识符　变量名表；

数据类型标识符表示变量的操作属性。变量定义后，系统会根据变量的类型为变量在内存中开辟相应的存储单元，并确定变量的取值范围和可以对其进行的运算。

实际上，C 语言中每一个变量都有两种属性：操作属性和存储属性。对一个变量的定义，需要指明这两种属性，变量的操作属性关系到变量存储时所占用的字节数、变量的取值范围、变量能够参与的运算等，而变量的存储属性关系到变量在内存中的存储位置、变量值保留的时间以及变量的作用范围等。因此对一个变量的定义不仅应说明其数据类型，还应说明其存储类型。

变量定义的完整形式应为：

　存储类型标识符　数据类型标识符　变量名表；

变量的存储类型可分为静态存储和动态存储两种。不同的存储类型，意味着变量的存储位置和生存期是不同的。

计算机内存中供用户使用的存储空间可以分为 3 部分：程序区、静态存储区和动态存储区。变量分别存放在静态存储区和动态存储区中。如图 5-6 所示。

静态存储类型的变量存储在内存中的静态存储区，这种变量一般是在变量定义时编译系统就为其分配内存空间，在整个程序运行期间，该变量占有固定的存储单元，变量的值都始终存在，程序结束后，这部分内存空间才释放。因此其生存期为整个程序。

程序区
静态存储区
动态存储区

图 5-6 内存用户区

动态存储类型的变量存储在内存中的动态存储区，这种变量是在程序执行过程中，当变量所在函数或复合语句被调用时，编译系统才临时为该变量分配内存空间，函数或复合语句调用结束，这部分内存空间释放，变量值消失。因此其生存期仅在函数或复合语句调用期间。

在 C 语言中，变量的存储类型标识符有以下 4 种：auto（自动型）、register（寄存器型）、extern（外部型）、static（静态型）。

例如：static int a,b; /*定义 a,b 为静态整型变量*/

auto char c1,c2; /*定义 c1,c2 为自动字符变量*/

自动型变量和寄存器型变量属于动态存储类型，外部型变量和静态型变量属于静态存储类型。

1. auto 变量

auto 变量，又称自动变量，是 C 语言程序中使用最广泛的一种类型。它的定义必须在一个函数体内或复合语句内进行。

auto 变量的定义形式为：

[auto] 类型标识符 变量名表;

C 语言规定，函数内凡未加存储类型说明的变量均视为自动变量，也就是说自动变量说明符 auto 可省略。如前面各章的程序中所定义的变量凡未加存储类型说明符的都是自动变量。函数的形参也属于此类。

例如：int i,j,k; 等价于 auto int i,j,k;

char c; 等价于 auto char c;

说明：

（1）自动变量的作用域仅限于定义该变量的函数或复合语句内。在函数中定义的自动变量，只在该函数内有效；在复合语句中定义的自动变量只在该复合语句中有效。因此，不同的函数或复合语句中允许使用同名的自动变量而不会混淆。即使在函数内定义的自动变量也可与该函数内部的复合语句中定义的自动变量同名。例 5-13 和例 5-14 即表明了自动变量使用的这种情况。

（2）自动变量属于动态存储方式，在程序执行过程中，使用它时才分配存储单元，使用完毕立即释放。因此其生存期仅限于变量所在的函数或复合语句执行期间，一旦该函数或复合语句执行完毕，变量将会消失。

2. register 变量

register 变量又称寄存器变量。在程序运行过程中，若某个变量使用频繁，例如循环变量，如果循环次数为上万次，存取变量的值就需要花费较多的时间，为了提高效率，C 语言允许将局部变量的值放在寄存器中，直接参与运算，不再和内存打交道。这是因为寄存器的存取速度远高于内存。这种直接存储在寄存器中的变量就称为寄存器变量。

寄存器变量的定义形式为：

register 类型标识符 变量名表；

对于循环次数较多的循环控制变量及循环体内反复使用的变量均可定义为寄存器变量。

【例 5-15】编写程序求 1+2+3+…+300 的和。

```
main()
{register int i,s=0;
 for(i=1;i<=300;i++)
    s=s+i;
 printf("s=%d\n",s);
}
```

运行结果如下：

s=45150

本程序循环 300 次，i 和 s 都将频繁使用，因此可定义为寄存器变量。

说明：

（1）只有局部自动变量和形参才可以定义为寄存器变量。

（2）由于受硬件寄存器长度的限制，寄存器变量只能是 int ，char 和指针类型。

（3）一个函数中的寄存器变量的个数是有限的（和计算机的寄存器个数有关），通常为 2～3 个，如果多于 3 个，C 编译程序会自动将寄存器变量变为自动变量。

（4）寄存器变量的生存期和作用域和自动变量相同。

（5）由于寄存器变量使用的是硬件 CPU 中的寄存器，寄存器变量无地址，所以不能用取地址运算符“&”对寄存器变量进行取地址运算。

3．extern 变量

extern 变量是在函数外定义的变量，又称为外部变量或全局变量。

外部变量定义的形式为：

[extern] 类型说明符 变量名表；

说明：

（1）extern 说明符可以省略，缺省时系统默认为是外部变量。

（2）extern 变量属于静态存储方式，定义变量时就为变量分配了相应的内存单元，并一直占用该存储单元，直至整个程序结束。所以其生存期为整个程序。

（3）外部变量的作用域是从变量定义之处开始，到源文件的末尾。在此作用域内外部变量可以被所有的函数访问。

使用时还需注意以下几点。

（1）若一个程序仅由一个源文件组成，将外部变量定义在源文件开头，所有函数体之前，则该文件中的所有函数不加说明可以直接使用。比如例题 5-14 中的外部变量（即全局变量）x。

（2）若一个程序仅由一个源文件组成，将外部变量定义在源文件中间，则在其定义之前的函数使用该变量时，需要使用 extern 说明，以扩展它的作用域。

例如：

```
int a,b;                /*外部变量*/
```

```
void f1()
{extern float x,y;    /*外部变量 x,y 声明*/
 ⋮
}
float x,y;            /*外部变量*/
int f2()
{
 ⋮                    /*函数体略*/
  }
main()
{
 ⋮                    /*函数体略*/
  }
```

外部变量 a，b 是在函数 f1,f2,main 函数之前定义的，因此，这 3 个函数内可以不用 extern 声明而直接使用。而外部变量 x，y 是在 f1 函数之后，f2，main 函数之前定义的，所以 f2,main 函数内可以直接使用而省略变量声明，但 f1 函数内要想使用 x,y 就必须加以声明：extern float x,y;。

【例 5-16】求长方体体积（该程序仅由一个源文件 lt5-16.c 构成）。

```
#include <stdio.h>
int vs(int a,int b)
{extern int h;    /*外部变量 h 的声明*/
 int v;
 v=a*b*h;
 return v;
}
int l=3,w=4,h=5;          /*外部变量 l,w,h 的定义,等价于 extern int l=3,w=4,h=5;*/
main()
{int l=6;                 /*局部变量 l 的定义*/
 printf("v=%d",vs(l,w));  /*vs 的实参为局部变量 l(值为 6)和外部变量 w(值为 4)*/
}
```

运行结果如下：

```
v=120
```

（3）若一个程序由多个源文件组成，则在一个源文件中定义的外部变量，要想在另一源文件中使用，也需要使用 extern 说明，以扩展它的作用域。

【例5-17】 请分析下列程序的运行结果（该程序由两个源文件 lt5−17−1.c 和 lt5−17−2.c 组成）。

```
/* lt5−17−1.c */
#include <stdio.h>
int x =10;     /*  定义外部变量 x */
int y =10;     /*  定义外部变量 y */
void add (   )
```

```
{y=10+x;
 x*=2;
}
main ( )
{extern void sub();
 x += 5;
 add( ); sub( );
 printf ("x=%d; y=%d\n", x, y);
}
/* lt5-17-2.c */
void sub (   )      /*定义函数sub*/
{extern int x;      /*声明外部变量x*/
 x -= 5;
}
```

程序运行结果为：

x=25; y=25

程序由两个文件组成。lt5-17-1.c 中定义了两个外部变量 x 和 y，main 函数中调用了两个函数 add 和 sub。其中函数 sub 不在 lt5-17-1.c 中，所以 main 函数中要使用语句"extern void sub();"声明函数 sub 是外部函数；而函数 add 是在 lt5-17-1.c 中 main 函数之前定义的，所以不必再进行声明。在 lt5-17-2.c 的函数 sub 中，要使用 lt5-17-1.c 中的外部变量 x，所以函数 sub 中要用语句"extern int x;"声明变量 x 是一个外部变量。

程序从 main 函数开始，执行语句"x+=5"，即 x=15；然后调用 add 函数执行"y=10+x;"，即：y=25；接着执行"x*=2;"，即 x=30；返回 main 函数后再调用 sub 函数执行"x-=5;"，即 x=25。

从上例可看出，外部变量可以代替函数参数和函数返回值，在各函数之间传递数据，但是外部变量始终占据内存单元，也使程序的运行受到一定的影响。另外，外部变量使得各函数的独立性降低，当一个外部变量的值被误改的时候，会给后续模块带来意外的错误。从模块化程序设计的观点来看这是不利的，因此尽量不要使用外部变量（全局变量）。

4. static 变量

静态变量定义的一般形式为：

```
static 类型标识符 变量名表;
```

说明：

静态变量存放在内存中的静态存储区。编译时为静态变量分配内存单元，在整个程序运行期间，变量占有该内存单元，程序结束后，这部分空间才被释放，所以其生存期为整个程序。

从静态变量的作用域来分，静态变量有两种：静态局部变量和静态全局变量。

1）静态局部变量

当在函数体或复合语句内用 static 来声明一个变量时，该变量就被称为静态局部变量。例如：

```
main()
```

```
{
  static int a,b;     /*定义静态局部变量 a,b*/
  ⋮
}
```

静态局部变量属于静态存储类型，在静态存储区分配存储单元。使用时注意以下几点。

（1）静态局部变量与自动变量有相同和不同之处。

①相同之处：都是在函数体内定义，作用域仅限于定义该变量的函数体内，其他函数中不能使用该变量。

②不同之处：自动变量属动态存储类型，生存期仅为其所在函数调用期间，退出函数调用后就会消失；而静态局部变量属于静态存储类型，所以其生存期为整个程序运行期间，当退出函数后，静态局部变量会保留其值，再次调用该函数时，可以利用上次保留的数值。

（2）静态局部变量是在编译时赋初值，且只能赋初值一次，在程序运行时它已有初值，以后调用函数时不再重新赋值，而是保留上次函数调用结束时的值。如果在定义时对静态局部变量未赋初值，则编译时系统自动赋初值 0（对数值型变量）或空字符(对字符变量)。

根据静态局部变量的特点，可以看出它是一种生存期为整个程序的变量。虽然离开定义它的函数后不能使用，但如果再次调用定义它的函数时，它又可继续使用，而且保存了上次被调用后留下的值。因此，当多次调用一个函数且要求在调用之间保留某些变量的值时，可考虑采用静态局部变量。

【例 5-18】分析下面程序的执行结果。

```
#include <stdio.h>
void f1( )
{int a=0;
    /*定义自动变量 a 赋初值为 0，该操作是在 f1 函数每次被调用执行时进行的。*/
  a+=10;
  printf ("in f1 a=%d\n", a);
}
void f2( )
{static int a=0;
    /*定义静态局部变量 a 并初始化为 0，该操作是在程序执行前由编译程序进行的赋
初值，实际运行时不再执行赋初值操作*/
  a+=10;
  printf ("in f2 a=%d\n", a);
}
main( )
{f1( ); f1( ); f1( );
  f2( ); f2( ); f2( );
}
```

运行结果如下：

```
in f1 a=10
in f1 a=10
```

```
in f1 a=10
in f2 a=10
in f2 a=20
in f2 a=30
```

main 函数分别三次调用 f1 函数和 f2 函数。在 f1 函数中定义了自动变量 a，连续 3 次调用 f1 函数时，输出结果均为：in f1 a=10。在 f2 函数中定义了静态局部变量 a，第一次调用 f2 函数，执行 a+=10 后,静态局部变量 a 的值为 10；由于 a 为静态局部变量，故第二次调用 f2 函数时，a 中仍保留第一次退出 f2 函数时的值 10 不变，所以第二次执行 a+=10 后,静态局部变量 a 的值为 20；同理第 3 次调用 f2 函数，执行 a+=10 后,静态局部变量 a 的值为 30。

2）静态全局变量

静态全局变量(又称静态外部变量)是在函数之外定义的。如果在程序设计中希望某些变量只限于被本文件使用，而不能被其他文件使用，则可以在定义全局变量时加上 static 就构成了静态全局变量。静态全局变量只在定义该变量的源文件内有效，为该源文件内的函数所共用，但在同一源程序的其他源文件中不能使用它。

【例 5-19】分析下列程序的运行结果。该程序有两个源文件 file1.c 和 file2.c 构成。

```
/*file1.c*/
#include <stdio.h>
static int x=2;              /*定义静态全局变量 x*/
int y=3;                     /* 定义全局变量 y */
void add1( );                /*声明内部函数 add1*/
extern void add2( );         /*声明外部函数 add2 */
main ( )
{add1( ); add2( );
 add1( ); add2( );
 printf ("x=%d; y=%d\n", x, y); /*输出 file1.c 中静态全局变量 x，全局变量 y 的值*/
}
void add1( )                        /*定义函数 add1 */
{x+=2; y+=3;
 printf ("in add1 x=%d\n", x);      /*输出 file1.c 中静态全局变量 x 的值*/
}
/*file2.c*/
static int x=10;              /* 定义静态全局变量 x */
void add2 ( )
{extern int y;                      /* 声明另一个文件中的全局变量 y */
 x+=10; y+=2;
 printf ("in add2 x=%d\n", x);      /*输出 file2.c 中静态全局变量 x 的值*/
}
```

运行结果如下：

```
in add1 x=4
in add2 x=20
in add1 x=6
```

in add2 x=30
x=6; y=13

file1.c 中定义了静态全局变量 x，它的作用域仅仅是 file1.c。外部变量 y 的作用域是整个程序(即 file1.c 和 file2.c)。而在 file2.c 中，定义了另一个静态全局变量 x，它的作用域仅在 file2.c，它与 file1.c 中的静态全局变量 x 毫无关系。

程序第一次调用 add1 函数，此时 x 为 file1.c 中的静态全局变量（值为 2），y 为外部变量（值为 3），执行 x+=2; y+=3;后，得到 x 的值为 4，y 的值为 6。第一次调用 add2 函数，此时 add2 中的 x 是 file2.c 中的静态全局变量（值为 10），而 y 为外部变量（值为 6），执行 x+=10; y+=2;后，得到 x 的值为 20，y 的值为 8。第二次调用 add1 函数，此时 x 为 file1.c 中的静态全局变量（值为 4），y 为外部变量（值为 8），执行 x+=2; y+=3;后，得到 x 的值为 6，y 的值为 11。第二次调用 add2 函数，此时 add2 中的 x 是 file2.c 中的静态全局变量（值为 20），而 y 为外部变量（值为 11），执行 x+=10; y+=2;后，得到 x 的值为 30，y 的值为 13。

注意：把自动局部变量改变为静态局部变量后是改变了它的存储区域以及它的生存期。把全局变量改变为静态全局变量后是改变了它的作用域，限制了它的使用范围。因此 static 这个说明符在不同的地方所起的作用是不同的。

5.7 内部函数和外部函数

根据一个函数能否被其他源文件调用，可将函数分为内部函数和外部函数两种。

5.7.1 内部函数

如果在一个源文件中定义的函数只能被本文件中的函数调用，而不能被同一源程序其他文件中的函数调用，这种函数称为内部函数。

内部函数的定义格式为：

```
static 类型说明符 函数名(形参表)
{
 函数体
}
```

内部函数也称为静态函数。但此处静态 static 的含义已不是指存储方式，而是指对函数的调用范围只局限于本文件，因此在不同的源文件中定义同名的静态函数不会引起混淆。

5.7.2 外部函数

如果在一个源文件中定义的函数既能被本文件中的函数调用，又能被同一程序其他文件中的函数调用，这种函数称为外部函数。

外部函数的定义格式为：

```
[extern] 类型说明符  函数名(形参表)
{
  函数体
}
```

C 语言规定，如果在定义函数时省略 extern，则隐含为外部函数。所以本书前面所用函数均为外部函数。

外部函数在整个源程序中都有效，如果程序中的其他文件要使用另一文件中定义的函数，就需要在该文件中对该外部函数进行声明。

外部函数声明的一般格式为：

```
extern  类型说明符  函数名(形参表);
```

当被调用函数在另一个文件中时，在主调函数中都必须用“extern”声明被调用函数是外部函数。比如例 5-19 中 file2.c 文件中定义的 add2 函数即为外部函数，在 file1.c 中 main 函数调用 add2 函数前要用“extern void add2( );”语句进行声明。

5.8　本章小结

（1）C 语言程序是由一个或多个函数所组成，其中至少有一个 main 函数。每个函数都可以看做是相互独立，功能单一的模块。因此，C 语言可以看做是一种模块化程序设计语言。

（2）C 语言程序中所包含的函数从用户角度分为标准库函数和用户自定义函数，从形式上分为有参函数和无参函数，从调用角度分为主调函数和被调函数。

（3）函数定义的一般形式为：

```
类型标识符  函数名([形式参数表])
{  声明语句
   执行语句
}
```

需注意的是函数定义不允许嵌套。

（4）函数调用的一般形式为：

函数名（[实参表]）;

注意实参表与其对应的形参表在个数、类型和顺序上应一致。

（5）在一个源文件中，如果被调用的函数是在调用点之后或在另一个源文件中定义，则必须先声明后引用。

函数声明的一般格式为：

①函数类型 函数名(形参类型 1 形参名 1，形参类型 2 形参名 2 …);

②函数类型 函数名(形参类型 1，形参类型 2 …);

函数声明的目的是告诉编译程序该函数的返回值以及形参是什么数据类型，以便在编译时检查函数的调用是否正确。

（6）函数间的数据传递可以通过 3 种方式实现：参数传递；函数返回值；全局变量。

（7）变量定义时需要指明变量的两个属性：数据类型和存储类型。变量定义或说明的完整形式为：

存储类型标识符　数据类型标识符　变量名表；

变量的存储类型是指变量在内存中的存储方式，具体来说包含 4 种：auto 型、static 型、register 型和 extern 型。

如果变量的存储类型不同，其作用域和生存期也不同。各种类型变量的区别和联系可参见表 5-1 所示。

表 5-1　变量的存储类型

变量类别	作用域	生存期	存储区域
自动变量(auto)	局部变量	随函数或复合语句开始和结束	动态存储区
寄存器变量(register)	局部变量	随函数或复合语句开始和结束	CPU 寄存器
静态局部变量(static)	局部变量	整个程序运行期间	静态存储区
静态全局变量(static)	全局变量	整个程序运行期间	静态存储区
外部变量(extern)	全局变量	整个程序运行期间	静态存储区

习　题

一、选择题

1．若已定义的函数有返回值，则以下关于该函数调用的叙述中错误的是（　）。

A．函数调用可以作为独立的语句存在

B．函数调用可以作为一个函数的实参

C．函数调用可以出现在表达式中

D．函数调用可以作为一个函数的形参

2．在调用函数时，如果实参是简单的变量，它与对应形参之间的数据传递方式是（　）。

A．地址传递　　B．单向数据复制的值传递

C．由实参传形参，再由形参传实参　　D．传递方式由用户指定

3．以下正确的说法是（　）。

A．定义函数时，形参的类型说明可以放在函数体内

B．return 后边的值不能为表达式

C．如果函数值的类型与返回值类型不一致，以函数值类型为准

D．如果形参与实参类型不一致，以实参类型为准

4．下面对 C 语言的描述中，正确的是（　）。

A．函数一定有返回值，否则无法使用函数

B．C 语言函数既可以嵌套定义又可以递归调用

C．在C语言中，调用函数时，只能将实参的值传递给形参

D．C语言程序中有调用关系的所有函数都必须放在同一源程序文件中

5．下列说法中错误的是（ ）。

A．静态局部变量的初值是在编译时赋予的，在程序执行期间不再赋予初值

B．若全局变量和某一函数中的局部变量同名，则在该函数中，此全局变量被屏蔽

C．静态全局变量可以被其他的编辑单位所引用

D．所有自动局部变量的存储单元都是在进入这些局部变量所在的函数体（或复合语句）时生成，退出其所在的函数体（或复合语句）时消失

6．下面函数调用语句含有实参的个数为（ ）。

func（(exp1,exp2），(exp3,exp4,exp5)）；

A．1　　B．2

C．4　　D．5

7．设有如下函数

```
fun（float x）
{ printf（"\n%f",x*x）；
}
```

则函数的类型是（ ）。

A．与参数x的类型相同　　B．是void

C．是int型　　D．无法确定

8．有以下程序

```
#include<stdio.h>
int f(int n)
{ if(n==1) return 1;
  else return f(n-1)+1;
}
main()
{ int i,j=0;
  for(i=1;i<3;i++) j+=f(i);
  printf("%d\n",j);
}
```

程序运行后的输出结果是（ ）。

A．4　　B．3

C．2　　D．1

9．阅读下面程序，则执行后的结果为（ ）。

```
#include <stdio.h>
main()
{ fun3(fun1(),fun2());
}
fun1()
{ int k=20; return k; }
```

```
fun2()
{ int a=15; return a; }
fun3(int a,int b)
{ int k;
  k=(a-b)*(a+b);
  printf("%d\n",k);
}
```

A．0　　　　B．184

C．175　　　　D．编译不通过

10．以下程序的输出结果是（　）。

```
#include <stdio.h>
long fun( int n)
{ long s;
  if(n==1||n==2) s=2;
  else s=n-fun(n-1);
  return s;
}
main()
{ printf("%ld\n", fun(3));
}
```

A．1　　　　B．2

C．3　　　　D．4

二、程序填空题

1．下面程序的功能是将一个字符串的内容颠倒过来，请填空。

```
#include <stdio.h>
#include <string.h>
void fun(char str[])
{int i,j,【        】;
  for(i=0,j=【        】;i<=j;i++,j--)
    { k=str[i];
    str[i]=str[j];
    str[j]=k;
    }
  puts(str);
}
main()
{char s[]="hello!";
  fun(s);
}
```

2．下面是一个求阶乘的递归调用函数，请填空。

```
#include <stdio.h>
int fun(int k)
{ if(k==1)
    return (【          】);
  else
    return (【          】);
}
main()
{ printf("5!=%d",fun(5));
}
```

三、阅读程序，分析下列程序的输出结果

程序 1：

```
#include<stdio.h>
f(int a[])
{int i=0;
  while(a[i]<=10)
  {printf("%5d",a[i]);
    i++;
  }
}
main()
{int a[]={1,5,10,9,11,7};
  f(a+1);
}
```

程序 2：

```
#include<stdio.h>
int a,b;
void fun()
{a=100;
  b=200;
}
main()
{int a=5,b=7;
  fun();
  printf("%d %d\n",a,b);
}
```

程序 3：

```
#include<stdio.h>
f(int a)
{auto int b=0;
  static int c=3;
```

```
 b=b+1;
 c=c+1;
 return(a+b+c);
}
main()
{int a=2,i;
 for(i=0;i<3;i++)
 printf("%d\t",f(a));
}
```

程序4：

```
#include<stdio.h>
int f(int x,int y)
{
 return(y-x)*x;
}
main()
{
 int a=3,b=4,c=5,d;
 d=f(f(3,4),f(3,5));
 printf("%d\n",d);
}
```

程序5：

```
#include<stdio.h>
int f1(int x,int y)
{
 return x>y?x:y;
}
int f2(int x,int y)
{
 return x>y?y:x;
}
main()
{int a=4,b=3,c=5,d,e,f ;
 d=f1(a,b); d=f1(d,c);
 e=f2(a,b); e=f2(e,c);
 f=a+b+c-d-e;
 printf("%d,%d,%d\n",d,e,f);
}
```

四、编程题

1. 编写一个求两整数最大公约数的函数，用主函数调用这个函数并输出结果，两个整数由键盘输入。

提示：求最大公约数函数用第1章讲的辗转相除法。

2. 有一个一维数组，内放 10 个学生的成绩，编写一个函数，求出平均分、最高分和最低分。

提示：设全局变量 Max 和 Min 来存放最高分和最低分，从而可以使函数得到一个以上的返回值。

上机实训

1. 多个源文件程序在Visual C++ 6.0中文版环境中的运行

多 C 源文件程序是指一个 C 程序由两个或两个以上 C 源文件组成。为了说明多个 C 源文件程序在 Visual C++ 6.0 中文版环境中的运行，我们以本章例题 5-19 为例进行介绍。该例题的运行步骤如下。

（1）打开“开始”菜单，选择“程序”命令，在子菜单中选择 Microsoft Visual Studio 6.0 →Microsoft Visual C++ 6.0 命令，就可启动中文版 Visual C++ 6.0 的工作界面。如图 5-7 所示。

（2）从“文件”菜单中选择“新建”命令，出现如图 5-8 所示的“新建”对话框，打开“工程”选项卡，选择 Win32 Console Application 选项。

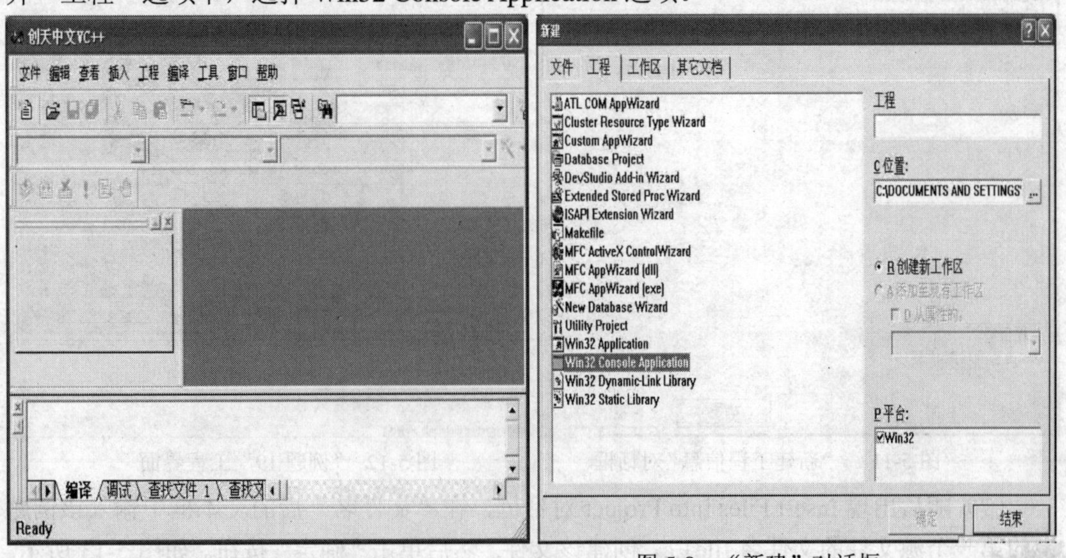

图 5-7　Visual C++ 6.0 界面　　　图 5-8　“新建”对话框

（3）在“工程”选框中输入指定的工程文件名，比如“例题 19”，在“C 位置”选框）中,单击“…”按钮选择建立工程文件所需要的源文件所在的路径，本例为 D:\C 语言源程序。如图 5-9 所示。

（4）在图 5-9 中单击“确定”按钮后，弹出如图 5-10 所示的 Win32 Console Application 对话框，选中 An empty project 单选按钮，然后单击“完成”按钮。

（5）此时屏幕弹出如图 5-11 所示的“新建工程信息”对话框，单击“确定”按钮。

（6）返回“例题 19”工程的工作界面，选择“工程”→“添加工程”→Files 命令，如图 5-12 所示。

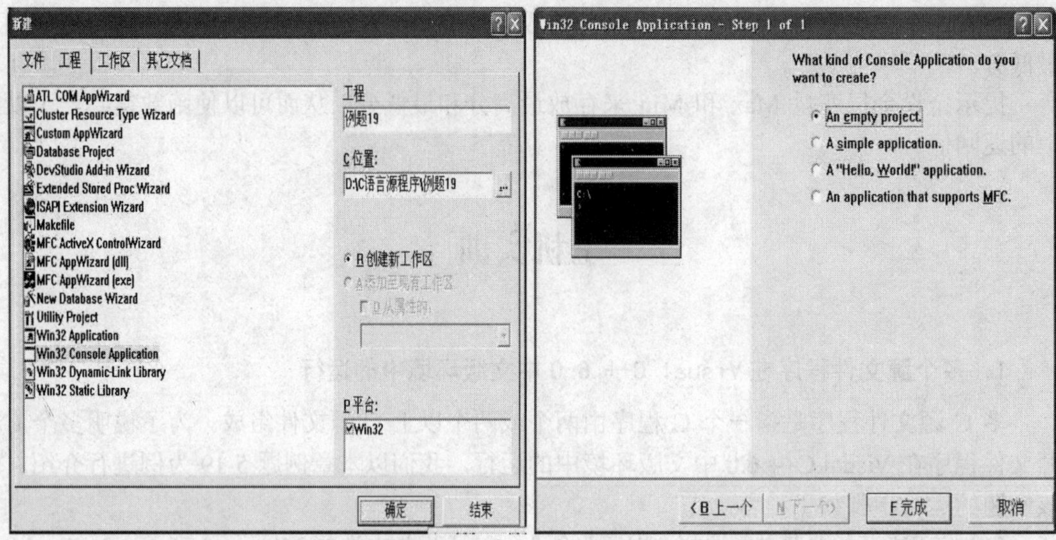

图 5-9 “工程”选项卡对话框　　　图 5-10 Win32 Console Application 对话框

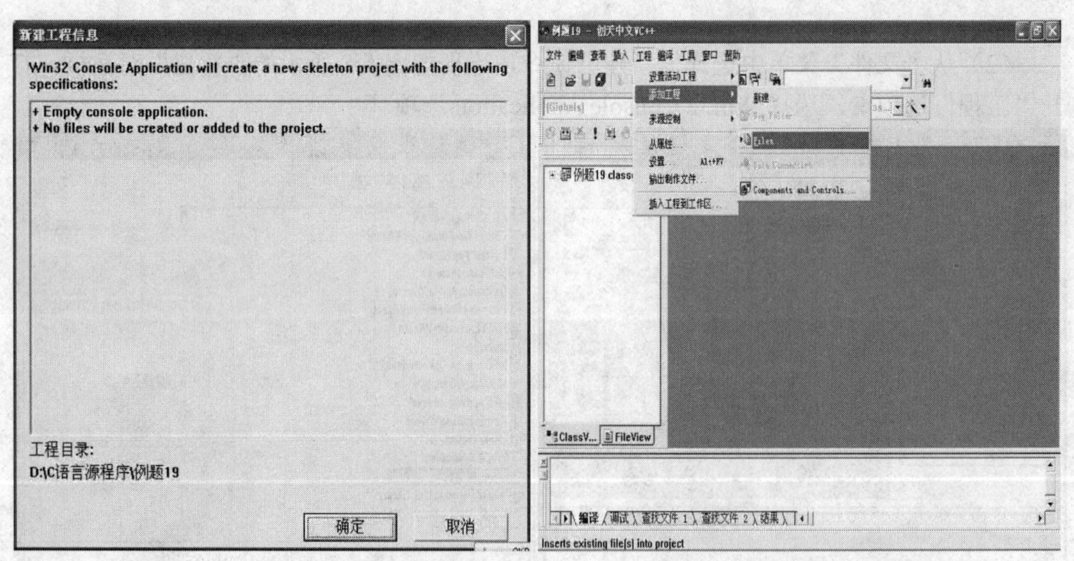

图 5-11 “新建工程信息”对话框　　　图 5-12 “例题 19”工程界面

（7）随后出现 Insert Files into Project 对话框，在“文件名”后的文本框中输入该例题中的第一个源文件的文件名 file1.c，创建该文件。然后单击“确定”按钮。如图 5-13 所示。在其后出现的提示信息框中单击“是”按钮，将 file1.c 添加到工程“例题 19”中。

（8）在“例题 19”工程界面中，单击左下角的 fileview 文件视图选项卡，将会看到在“例题 19”工程中刚刚创建的 file1.c 文件（见图 5-14），双击文件名，在右侧编辑窗口输入该文件中的源代码。如图 5-15 所示。

编辑完后对该文件利用编译菜单中的“编译 file1.c”命令进行编译（或利用工具栏中的 compile 按钮进行编译）。

图 5-13　Insert Files into Project 对话框

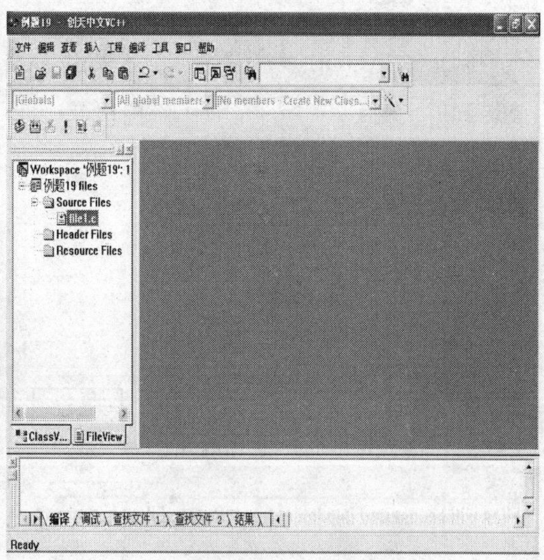

图 5-14　fileview 界面

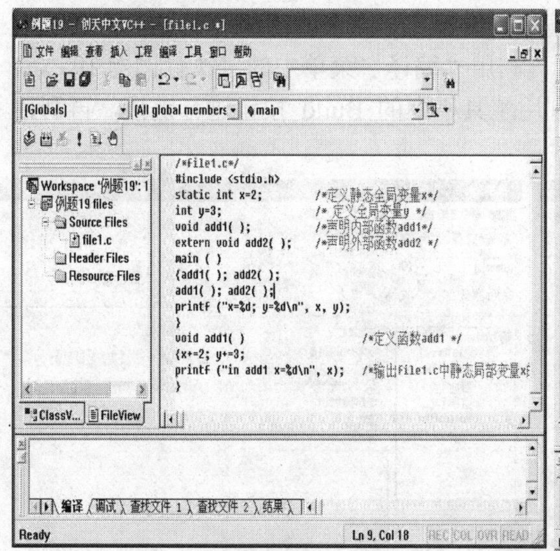

图 5-15　“编辑 file1. c”对话框

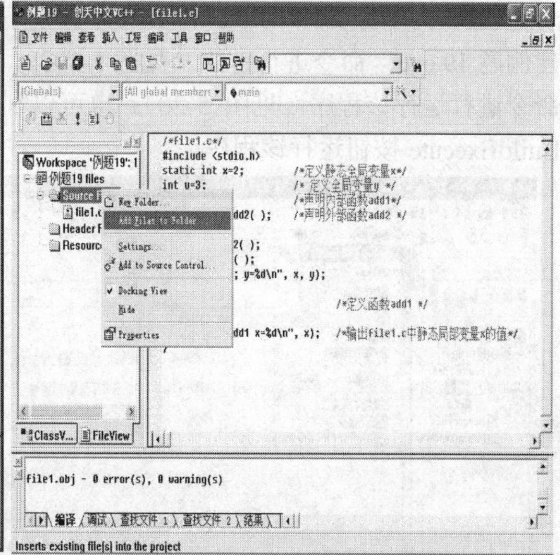

图 5-16　创建 file2.c 的界面

（9）接下去创建第二个源文件 file2.c。在“例题 19”工程界面中，选择 fileview 选项卡中的 Source Files 文件夹，右击，在弹出的快捷菜单中，选择快捷菜单中的 Add Files to Folder 命令，如图 5-16 所示。（或利用“工程”菜单→添加工程→files 命令创建）在其后弹出的 Insert Files into Project 对话框创建一个新文件 file2.c。如图 5-17 所示。在文件名后的文本框输入第二个源文件的文件名 file2.c，单击“确定“按钮。在其后出现的提示信息框中单击“是”按钮，将 file2.c 添加到工程“例题 19”中。

（10）在“例题 19”工程界面中，单击左下角的 fileview 文件视图选项卡，将会看到在“例题 19”工程中刚刚创建的 file2.c 文件，双击文件名，在右侧编辑窗口输入该文件中的源代码。编辑完后对该文件利用编译菜单中的“编译 file2.c”命令进行编译（或利用工具栏中的“complile”按钮进行编译）。如图 5-18 所示。

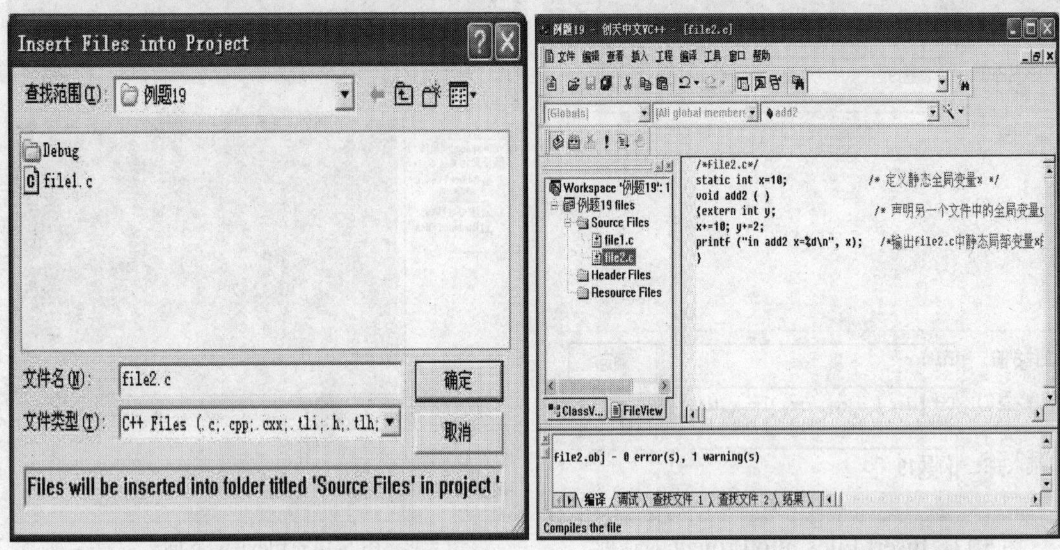

图 5-17 “编辑 file2.c”对话框　　　　图 5-18 创建和编译 file2.c 的界面

（11）两个源文件 file1.c 和 file2.c 分别编辑、编译完后，利用“编译”菜单中的“构建例题 19.exe”命令进行链接（见图 5-19），再利用“编译”菜单中的“执行例题 19.exe”命令进行运行该程序（见图 5-20）。也可以利用工具栏中的 Build 按钮进行链接，再利用 BuildExecute 按钮运行该程序。

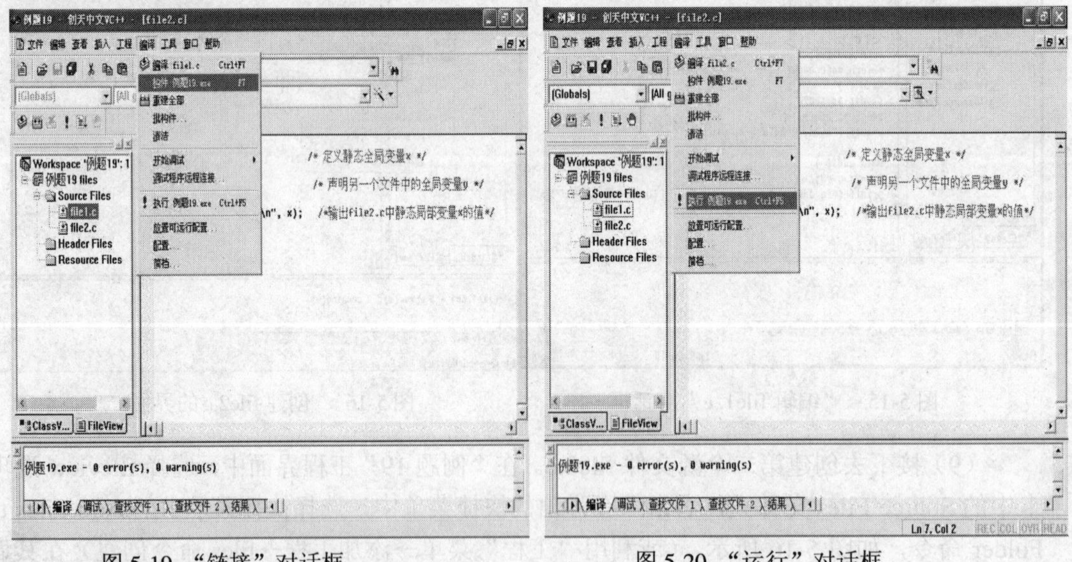

图 5-19 “链接”对话框　　　　图 5-20 “运行”对话框

2. 函数的定义与调用实训

【实训目的】

（1）掌握 C 语言函数的定义、函数的声明及函数的调用方法。

（2）掌握 C 语言函数间传递数据的方法。

（3）学会多文件程序的编译运行。

（4）掌握全局变量、局部变量、静态变量、动态变量的使用方法。

【实训内容】

（1）阅读程序，然后上机调试。

程序1：输入并运行下面程序，分析程序运行结果。

```
#include<stdio.h>
int d=1;
fun（int p）
{static int d=5;
 d+=p;
 printf（"%d\t",d）;
 return（d）;
}
main（）
{int a=3;
 printf（"%d\n",fun（a+fun（d）））;
}
```

程序2：此程序的功能是：有一个字符串，今输入一个字符，要求将字符串中该字符删去。用两个文件分别存放主函数和删除字符串中该字符的函数。输入并运行下面程序，分析程序运行结果。

```
/*sx5-2a.c 文件*/
#include<stdio.h>
#include<string.h>
main()
{extern del_str(char str[],char ch);
 char c;
 char str[80];
 gets(str);
 scanf("%c",&c);
 del_str(str,c);
 printf("%s",str);
}
/*sx5-2b.c 文件*/
del_str(char str[],char ch)
{int i,j;
 for(i=j=0;str[i]!='\0';i++)
 if(str[i]!=ch)
 str[j++]=str[i];
 str[j]='\0';
}
```

（2）将本章习题“四、编程题”中的两个程序进行编写后运行调试。

第6章 指 针

指针是一种数据类型，它是C语言的重要内容之一。正确而灵活地使用指针，可以有效地描述各种复杂的数据结构，能够动态地分配内存空间，方便地操作字符串，还可以自由地在函数之间传递各种类型的数据，使程序简洁紧凑，执行效率高。

本章主要介绍指针的相关概念、利用指针如何访问变量、数组、字符串、函数等内容。

【学习目标】

（1）掌握指针与指针变量的概念。

（2）掌握通过指针访问变量的方法。

（3）掌握通过指针访问数组的方法。

（4）掌握通过字符指针对字符串进行操作的方法。

（5）掌握通过指针访问函数的方法。

（6）掌握二级指针的使用。

6.1 指针与指针变量的概念

6.1.1 指针

一个变量在内存中所占用存储单元的地址称为该变量的指针。即“指针”仅表示对象在内存中的地址。

在计算机中，内存是一个连续编号或编址的空间。也就是说，每个存储单元都有一个固定的编号，这个编号称为地址。不同的数据类型占用不同字节的存储空间，而每个字节都有一个地址，一般把每个数据的首字节地址称为该数据的地址。

例如，在程序中进行了如下定义：

```
char ch;
int a;
float b;
```

编译系统就会根据整个程序的运行情况，为变量ch分配1字节，为a和b分别分配4字节的存储空间。假设ch的所占用内存的首地址是2000，a所占用内存的首地址是2001，b所占用内存的首地址是2005，就称变量ch的指针就是2000，变量a的指针就是2001，变量b的指针就是2005，如图6-1所示。

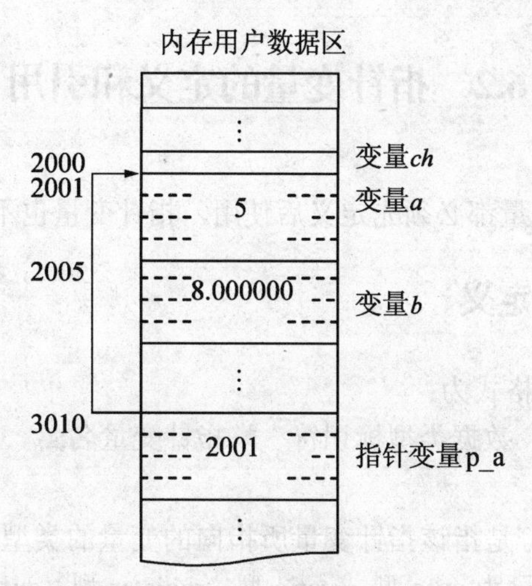

图6-1 变量在内存的存储

程序运行时，如果要用 scanf("%d",&a);语句给变量 a 输入一个整数，操作系统根据变量名与内存用户数据区地址的对应关系，找到变量 a 的存储单元地址 2001，把从键盘上输入的值（假设为 5）存放到地址为 2001 到 2004 的 4 个存储单元。

同理，当执行输出语句 printf("%f",&b);时，也需先找到变量 b 的存储单元地址 2005，然后从由其开始的 4 个字节中取出变量 b 的值(8.000000)进行输出。

6.1.2 指针变量

在 C 语言中，还允许定义一种特殊的变量，它专门用来存放另外一个变量的地址（指针）。如果一个变量专门用来存放其他变量的地址（指针），那么就称这个变量为指针变量。

例如，定义一个变量 p_a 来存放图 6-1 中的整型变量 a 的地址 2001（假设给变量 p_a 分配的内存起始地址是 3010），那么，p_a 就称为指针变量。这种情况下，通常称指针变量 p_a 指向了变量 a。

这样，访问变量 a 就有了两种访问方式。

（1）直接借助于变量名 a 访问，这种访问方式称为变量的直接访问方式。

例如：printf（"%d"，a）;

（2）借助于指针变量 p_a 访问变量 a，这种访问方式称为变量的间接访问方式。

例如，若要输出变量 a 的值，可按下列步骤进行：先从变量 p_a 所占用的存储单元 3010 中取出变量 a 的存储单元地址 2001；然后从起始地址为 2001 的 4 个存储单元中取出 a 的值 5 输出。

这里需区分两个概念：指针变量的值和指针变量的地址。

如果指针变量 p_a 中存放的是变量 a 的指针，即 2010，就称指针变量 p_a 的值为 2010。

指针变量作为变量的一种(即类型为指针的变量)，它也要占用内存空间（一般为 4 字节），如图 6-1 所示，若指针变量 p_a 占用内存空间的首地址是 3010，则称指针变量 p_a 在内存的地址为 3010。

为了叙述简洁，在不会发生混淆的情况下，通常不加区分地把指针变量简称为指针。如指向数组的指针变量简称为数组指针，指向字符串的指针变量简称为字符串指针。

6.2 指针变量的定义和引用

在C语言中，所有变量都必须先定义后使用，指针变量也不例外。

6.2.1 指针变量的定义

指针变量定义的一般格式为：

[存储类型标识符] 数据类型标识符 * 指针变量名;

说明：

（1）数据类型标识符是指该指针变量所指向的变量的类型。存储类型标识符是指指针变量本身的存储类型，可为auto型、static型、register型、extern型，默认则为auto型。

（2）定义一个指针变量必须用符号“*”，它表明其后的变量是指针变量。注意这里的“*”既不是乘法运算符，也不是后面所涉及的取内容运算符。

例如：
```
char ch;    int a;    float b;
int *p_a;          /*定义一个指向整型变量的指针变量p_a*/
char *p_ch;        /*定义一个指向字符型变量的指针变量p_ch*/
float *p_b;        /*定义一个指向单精度实型变量的指针变量p_b*/
```

注意：

（1）指针变量名为p_a，p_ch，p_b，而不是*p_a，*p_ch，*p_b。

（2）在定义了一个指针变量以后，系统为这个指针变量分配一定的存储单元（一般为 4 个字节），用来存放某一变量的地址。要使一个指针变量指向某个变量，必须将变量的地址赋给该指针变量。

（3）一个指针变量只能指向同类型的变量，如 p_a 只能指向整型变量，不能时而指向一个整型变量，时而又指向一个实型变量。反过来说，只有整型变量的地址才能放入类型标识符为整型的指针变量中，例如，可以把int型变量a的地址放到指针变量p_a中，但不能把float型变量b的地址放到指针变量p_a中。

6.2.2 指针变量的初始化

指针变量同普通变量一样，使用之前不仅要定义，而且必须给它赋初值，这称为指针变量的初始化。未经赋值的指针变量不能使用，否则将造成系统混乱，甚至死机。指针变量的赋值只能赋予地址值，绝不能赋予任何其他数据，否则将引起错误。

指针变量初始化的一般形式为：

[存储类型标识符] 数据类型标识符 *指针变量名 = 初始地址值;

或者：

[存储类型标识符] 数据类型标识符 *指针变量名;

指针变量名= 初始地址值;

在C语言中，变量的地址是由编译系统分配的，用户并不知道变量的具体地址，因此，C语言中提供了取地址运算符&来表示变量的地址。其一般形式为：

& 变量名；

例如：

```
int m,n[6];
char c;
int *pm=&m;        /*定义指针变量pm，将变量m的地址赋给指针变量pm*/
int *pn=n;         /*定义指针变量pn，将数组n的地址赋给指针变量pn*/
char *pc;          /*定义指针变量pc*/
pc=&c;             /*将变量c地址赋给指针变量pc*/
```

由于数组名代表数组首地址，所以用“int *pn=n;”语句定义指针变量pn，并将数组n的首地址赋给指针变量pn，而不能用“int *pn=&n; ”语句。

经过初始化后，就可以使指针变量指向具体的某一变量了。如指针变量pm指向了整型变量m；pn指向了数组n；pc指向了字符型变量c。

指针变量初始化时需注意以下几点。

（1）不允许把一般的整型数值赋予指针变量，这样的话，就会把该数值作为内存地址，对这种地址进行读/写会造成可怕的后果。如下面的赋值是错误的：

```
int *p;
p=1000;
```

（2）可以用空指针NULL给指针变量赋值。例如：

```
int *p;
p=NULL;
```

表示该指针变量p的值为空值，即p不指向任何对象。

一般指针变量必须赋初值才能使用，若不想让指针变量指向任何对象，则可赋值为NULL。注意：指针变量不能只定义而不赋值，这样是很危险的。

（3）当把一个变量的地址作为初始值赋给指针变量时，该变量必须在指针变量初始化之前定义过。因为变量只有在定义之后才被分配一定的内存单元，才具有确定的地址。

（4）指针变量的类型必须与其所指向的目标数据类型一致。如下就是错误的：

```
float x;
int *p=&x;
```

（5）如果采用第二种格式进行初始化，即先定义指针变量，再用赋值语句进行赋初值，则注意被赋值的指针变量前不能再加“*”说明符，例如：

```
char *pc;    /*定义指针变量pc*/
pc=&c;       /*将变量c的地址赋给指针变量pc*/
```

写为如下形式是错误的：

```
char *pc;
*pc=&c;    /*错误，因为“*”用在可执行语句中是后面所讲的取内容运算符*/
```

6.2.3 指针变量的引用

指针变量同普通变量一样，使用之前不仅要定义，而且要进行初始化赋值，未经赋值的指针变量不能使用，否则将造成系统混乱，甚至死机。指针变量的赋值只能赋予地址值，绝不能赋予任何其他数据，否则将引起错误。

一旦指针变量进行了定义并赋了初值后，就可以在程序中使用了。使用指针变量时，一般会涉及两种相关的运算符，一种是取地址运算符“&”，另一种是取内容运算符“*”。下面先对这两种运算符进行介绍，再讲解指针变量如何引用。

1．与指针有关的两种运算符

1）& 取地址运算符

取地址运算符“&”是一个单目运算符，优先级为 2 级，结合性为自右至左，功能是取变量或数组元素在内存中占用空间的地址，它的返回值是一个整数。例如：

```
int x=10, *p;
p=&x ;        /*&x 表示取变量 x 的地址，即将变量 x 的地址赋给指针变量 p */
```

说明：

（1）取地址运算符“&”是取操作对象的地址而不是其值。如果变量 x 在内存中的起始地址为 3000，变量 x 的值为 10，则&a 表达式的结果就是 3000，而不是 10。

（2）取地址运算符“&”后面只能跟变量或数组元素(这些对象在内存中有确切的地址)，而不能跟表达式或常量，也不能跟数组名（数组名代表数组在内存的首地址，是地址常量）。

注意：“&”在形式上虽然与位操作中的“按位与”运算符完全相同，但“按位与”运算符是双目运算符，而此处的取地址符是单目运算符，二者在使用上不会发生混淆。

2）* 取内容运算符

取内容运算符“*”又称为“间接存取运算符”，它是单目运算符，优先级为 2 级，结合性为自右至左，功能是取指针变量所指向的变量的内容。在运算符“*”之后跟的变量必须是指针变量。

注意：指针运算符*和指针变量定义中的指针说明符*不是一回事。在指针变量定义中，“*”是类型说明符，表示其后的变量是指针类型。而表达式中出现的“*”则是一个取内容运算符，用以表示指针变量所指向的变量的内容。

例如：
```
int x=10, *p, y;   /* 说明 p 为指针变量 */
p=&x;              /* 取变量 x 的地址赋给指针变量 p */
y=*p;    /* *p 表示取指针变量 p 所指单元的内容，即变量 x 的值赋给变量 y */
```

此例中第 1 个语句和第 3 个语句都出现了“*p”，但意义是不同的。

第 1 个语句为变量说明语句，其中的“*p”表示将变量 p 定义为指针变量，用“*”以区别于一般变量。而第 3 个语句为可执行语句，其中“*p”中的“*”是取内容运算符，表示取指针变量 p 所指向的目标变量的内容，即取变量 x 的值，如图 6-2 所示（假设 x 在内存单元的起始地址为 4001）。

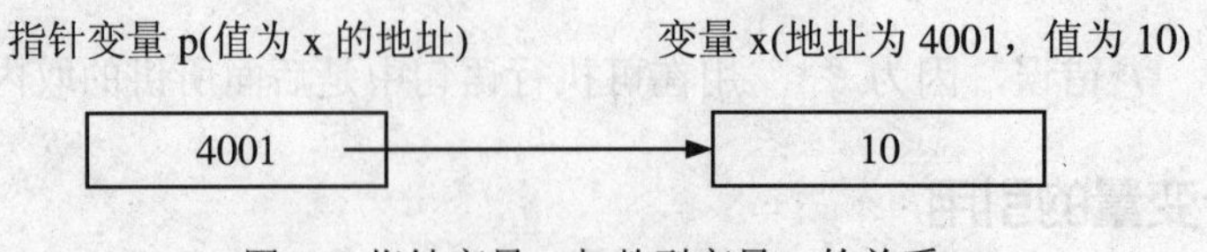

图 6-2 指针变量 p 与整型变量 x 的关系

2．指针变量的引用

当指针变量定义并初始化后，就可以引用该指针变量。引用的方式有以下两种。

（1）*指针变量名——代表所指向的目标变量的值。

（2）指针变量名——代表所指向目标变量的地址。

【例 6-1】指针变量的引用举例。

```
#include <stdio.h>
main()
{int a,*p1;
 scanf("%d",&a);
 printf("%d\t",a);
 p1=&a;                    /*  指针变量 p1 指向变量 a */
 printf("%d\n",*p1);       /*   *p1 代表 a   */
 scanf("%d",p1);           /*   p1 代表&a   */
 printf("%d\t",a);         /*变量 a 的直接访问方式*/
 printf("%d\n ",*p1);      /*变量 a 的间接访问方式*/
}
```

运行结果如下:

```
 5↙
 5      5
 9↙
 9      9
```

从该例题可以看出，当指针变量 p1 指向变量 a 后，访问变量 a 就有了两种访问方式，一种是直接借助于变量 a 的名字访问，如语句“printf("%d\t",a);”，这称为变量的直接访问方式；另一种就是借助于指针变量 p1 访问变量 a ，如语句“printf("%d\n",*p1);”，这称为变量的间接访问方式。

说明：对于“&”和“*”运算符，执行了“p1=&a;”语句后，有以下几种情况。

（1）若有&*p1，则等价于&a。

因为“&”和“*”两个运算符的优先级别相同，但按自右向左方向结合，所以先进行*p1 运算，它就是变量 a，再执行&运算。因此&*p1 与 &a 相同，表示变量 a 的地址。

（2）若有 p2= &*p1 ，则将&a(a 的地址)赋给 p2，这样使得 p1 和 p2 同时指向变量 a。

（3）若有*&a，则等价于变量 a。

因为先进行&a 运算，得 a 的地址，再进行*运算，即&a 所指向的变量。*&a 和*p1 的作用是一样的，它们等价于变量 a。

6.2.4　指针变量的运算

由于指针变量中存放的是地址量，所以指针变量的运算实际上是地址的运算。

1．赋值运算

指针变量的赋值运算有以下几种形式。

（1）指针变量初始化赋值。例如：

```
int a;
int *p=&a;
```

（2）把一个变量的地址赋给与其具有相同数据类型的指针变量。例如：

```
int a,*p;
p=&a;       /*把整型变量a的地址赋予整型指针变量p*/
```

（3）具有相同数据类型的两个指针变量可以相互赋值。例如：

```
int a,*pa,*pb;
pa=&a;
pb=pa;    /*把a的地址赋予指针变量pb，使pa和pb指向同一变量a*/
```

（4）把数组的首地址赋给与其具有相同数据类型的指针变量。例如：

```
int a[5],*p;
p=a;    /*数组名表示数组的首地址，故可赋予指针变量p */
```

也可写为：p=&a[0];　　/*数组第一个元素的地址也是整个数组的首地址*/

当然也可采取初始化赋值的方法：int a[5],*p=a;

（5）把字符串的首地址赋予字符型指针变量。例如：

```
char *pc;
pc="C Language";
```

或用初始化赋值的方法写为：char *pc="C Language";

注意：并不是把整个字符串放入指针变量，而是把该字符串的首地址放入指针变量。

（6）把函数的入口地址赋予指向函数的指针变量。例如：

```
int (*pf)();       /*定义指向函数的指针变量pf*/
pf=f;              /*f为函数名，函数名代表函数的入口地址*/
```

注：（4）（5）（6）赋值运算将在后续章节中作详细介绍。

2．加减运算

1）对指向数组元素的指针变量加减一个整数 *n* 的运算

指针变量的加减运算只能对指向数组元素的指针变量进行，对其他类型的指针变量作加减运算是毫无意义的。例如：

```
int a[5];
p=&a[0];
```

指针变量p指向数组元素a[0]（p的值为&a[0]），那么p+n代表的是a[0]后面第n个数组元素a[n]的地址——&a[n]。

2）两个指针变量相减的运算

两个指针变量只有在一定条件下才可以做减法运算，这个条件就是：这两个指针变量指向同一数组中的元素。

如果p和q为指向同一数组中元素的指针变量，则p-q表示这两个指针变量所指元素之间的元素个数。

3．关系运算

只有当两个指针变量指向同一个数组中的元素时，才能进行关系运算。即不允许两个指向不同数组的指针变量进行比较，因为这样的比较没有任何实际的意义。

当指针变量p和q指向同一数组中的元素时，有以下几种情况。

（1）p<q：当p所指的元素在q所指的元素之前时，表达式的值为真；反之为假。

（2）p>q：当p所指的元素在q所指的元素之后时，表达式的值为真；反之为假。

（3）p= =q：当 p 和 q 指向同一元素时，表达式的值为真；反之为假。

（4）p!=q：当 p 和 q 不指向同一元素时，表达式的值为真；反之为假。

注意：任何指针 p 与 NULL 进行"p= =NULL"或"p!=NULL"运算均有意义，"p= =NULL"的含义是当指针 p 为空时成立，"p!=NULL"的含义是当 p 不为空时成立。

【例 6-2】指针变量运算举例。分析程序的运行结果。

```
#include <stdio.h>
main()
{int a[5]={8,4,5,6,1};
 int *p1,*p2;
 p1=a;          /*将数组 a 首地址赋给 p1，p1 指向 a[0]*/
 p2=p1+4;    /*p1+4 代表&a[4]，p2 指向 a[4]*/
 printf("%d\n",*p2-*p1);
 printf("%d\n",p2-p1);
}
```

运行结果如下：

```
-7
4
```

注意：*p2-*p1 等价于表达式 a[4] -a[0]，所以输出的结果为表达式“a[4] -a[0]”的值-7，而 p2-p1 代表的是两指针变量所指向的元素 a[4]和 a[0]所间隔的元素个数，所以结果为 4。

6.2.5 指针变量作函数参数

在第 5 章讲过，C 语言程序中的函数调用是按“值传递”方式传递参数的，值传递有两种：数据复制和地址复制。若参数是普通变量或下标变量，则采用的是数据复制方式，意味着实参和形参占用的是不同的存储单元，所以形参的改变不会影响实参。若参数是数组名或指针变量，则采用的是地址传递方式，意味着实参和形参代表的是同一存储空间，所以形参值的更改会导致实参值也发生更改。

指针变量的值是一个地址值，因此指针变量作参数就是在函数间传递变量的地址，是一种地址复制的值传递方式。

【例 6-3】利用指针变量作参数交换两个整型变量的值。

```
#include <stdio.h>
swap(int *a,int *b)
{int temp;               /*借助于临时变量 temp 完成数据交换*/
 temp=*a;               /*交换*a,*b 的值，即交换 a,b 所指向的目标变量 x,y 的值*/
 *a=*b;
 *b=temp;
 printf("\n*a=%d   *b=%d",*a,*b);
}
main()
{int x,y;
 int *p1,*p2;
```

```
  printf("please enter x and y: ");
  scanf("%d,%d",&x,&y);
  printf("\nx=%d   y=%d",x,y);
  p1=&x;
  p2=&y;
  swap(p1,p2);
  printf("\nx=%d   y=%d\n",x,y);
}
```

运行结果如下:

```
please enter x and y: 2,6↙
x=2   y=6
*a=6   *b=2
x=6   y=2
```

说明：main 函数在调用 swap 函数时，实参 p1,p2 的值(&x,&y)传递给形参 a,b，因此形参 a 的值为&x，b 的值为&y，即指针 p1 和 a 都指向变量 x，指针 p2 和 b 都指向变量 y。执行 swap 函数时，利用“temp=*a;*a=*b;*b=temp;”三语句使*a 和*b 的值互换，也就是使 x 和 y 的值互换。函数调用结束后，虽然 a 和 b 已释放不存在了，但 x 与 y 的值已经交换，如图 6-3 所示。

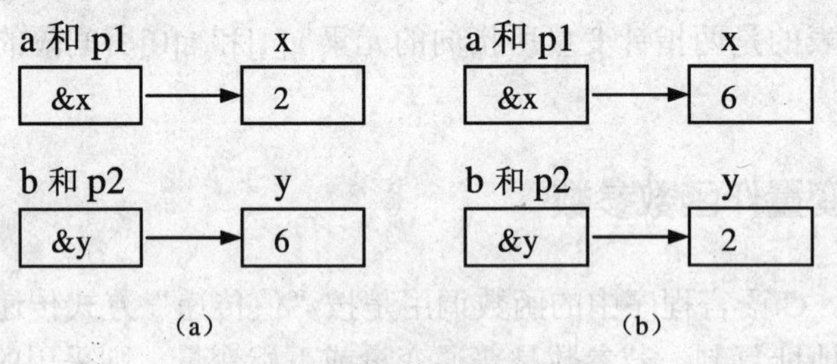

图 6-3　swap 函数执行过程

(a) 交换*a,*b 前；(b) 交换*a,*b 后

可以看到，在执行 swap 函数后，变量 x 和 y 的值改变了，但注意这个改变不是通过形参传回实参来实现的。原因在于实参和形参采用的是地址传递。

请注意交换*a 和*b 的值(即变量 x 和变量 y)是如何实现的。如果将此例中的 swap 函数写成如下形式，请分析其结果。

```
swap(int *a,int *b)
{int *temp;
 temp=a;           /*交换 a,b 的值*/
 a=b;
 b=temp;
 printf("\n*a=%d   *b=%d",*a,*b);
}
```

执行 swap 函数时，利用“temp=a;a=b;b=temp;”三语句使指针变量 a 和 b 的值互换，但并没有使指针 a,b 所指向的目标变量 x,y 的值互换。

注意：“指针变量的值”和“指针变量所指目标变量的值”是根本不同的。

6.3 指针与数组

在第 4 章讲过，一个数组在内存中占用一片连续的空间，数组名就是这块连续内存单元的首地址。一个数组是由若干个相同类型的数组元素（下标变量）组成的，每个数组元素按其类型占用几个连续的内存单元。一个数组元素的首地址也就是指它所占用的几个内存单元的首地址。

如果将数组的首地址或数组元素的首地址赋给一个指针变量，那么该指针变量就是指向数组元素的指针变量。

6.3.1 指向数组元素的指针变量

指向数组元素的指针变量定义方法和指向普通变量的指针变量定义方法一样。它的赋值也与指向普通变量的指针变量赋值方式相同。例如：

```
int a[5], *p;
p=&a[0];
```

表示定义了一个整型数组 a 和一个指向整型变量的指针变量 p，然后将数组 a 的第 1 个元素的地址&a[0]赋给 p，也就是使 p 指向 a 数组的第 1 个元素 a[0]。

说明：

（1）C 语言中数组名代表数组的首地址，也就是数组的第 1 个元素的地址。所以 p＝&a[0];与 p＝a;等价。这里 a 不代表整个数组，只代表数组的首地址。“p=a;”的作用是把 a 数组的首地址赋给指针变量 p，而不是把数组 a 各元素的值赋给 p。

（2）指针变量的类型必须与数组元素的类型相同。如上例中 p 和数组 a 同为整型。

（3）可以在定义指针变量的同时赋予数组的首地址。

例如：
```
int a[5];
int *p=a;        /*等价于 int *p=&a[0]*/
```

表示定义一个含有 5 个元素的整型数组 a 和一个整型指针变量 p 并赋初值，使 p 指向数组 a。

6.3.2 通过指针引用数组元素

引入指向数组元素的指针变量后，就可以用两种方法来访问数组元素了。

（1）下标法：即用 *a*[i]的形式访问数组元素。在第 4 章中介绍数组时采用的都是这种方法。

例如：
```
int a[5] = {1, 2, 3, 4, 5}, x, y;
x=a[2];      /* 将数组 a 的第 3 个元素的值 3 赋给 x，即 x=3 */
y=a[4];      /* 将数组 a 的第 5 个元素的值 5 赋给 y，即 y=5 */
```

（2）指针法：即采用*(*p*+*i*)或*(*a*+*i*)的形式，用间接访问方法来访问数组元素。

对于指向数组首地址的指针变量 *p*，数组 *a* 的第 *i* 个元素的地址可以用&*a*[*i*]，或 *p*＋*i*，或 *a*＋*i* 表示。

由于数组元素也是一个变量，对它进行取地址运算就可以得到这个元素的地址，即&*a*[*i*]；C 语言的数组名代表数组的首地址，所以 *a*＋*i* 是地址运算，其结果是数组第 *i* 个元素的地址；p 是一个指针变量，假设已指向数组的首地址，那么，*p*＋*i* 是地址运算，其结果也是数组第 i 个元素的地址，*（*p+i*）或*(*a+i*)就是 *a*[*i*]的值。下面举例说明。

【例 6-4】分析程序的运行过程和结果。

```
#include <stdio.h>
main ()
{int a[ ] = {1, 2, 3, 4, 5} ;
 int x, y, *p;              /* 定义指针变量 p */
 p = &a[0];                 /* 指针 p 指向数组元素 a[0]，等价于 p=a */
 x = a[2];                  /* 下标法引用数组元素 a[2] */
 y = *(p+4);                /* 指针法引用数组元素 a[4]，等价于 y=a[4] */
 printf ("*p=%d, x=%d, y=%d\n", *p, x, y);
 printf ("%d, %d, %d, %d \n", a[3],*(p+3), *(a+3), p[3]);
}
```

运行结果如下：

```
*p=1,x=3,y=5
4, 4, 4, 4
```

说明：

（1）语句“p=&a[0]”表示将数组 a 中元素 a[0]的地址赋给指针变量 p，由于C语言中规定，数组第 1 个元素 a[0]的地址就是数组的首地址，且数组名代表的就是数组的首地址，所以，该语句等价于“p=a;”。但是注意，数组名代表的一个地址常量，是数组的首地址，它不同于指针变量。

（2）C 语言规定如果指针变量 p 已指向数组中的某个元素，则 p+1 表示指向同一数组的下一个元素（而不是 p 值简单地加 1）。例如：假如数组元素是整型，每个元素占 4 个字节，则 p+1 意味着使 p 的原值（地址）加 4 个字节，使它指向下一个元素。p+1 所代表的地址实际上是 p+1×d，其中 d 是一个数组元素所占的字节数（int 型：*d*＝4；char 型：*d*＝1）。

（3）对于指向数组首地址的指针变量 p，p+i（或 a+i）是数组元素 a[i]的地址，*(p+i)(或*(a+i))就是 a[i]的值，其关系如图 6-4 所示。另外，指向数组的指针变量也可以带下标，如 p[i]与*(p+i)等价。

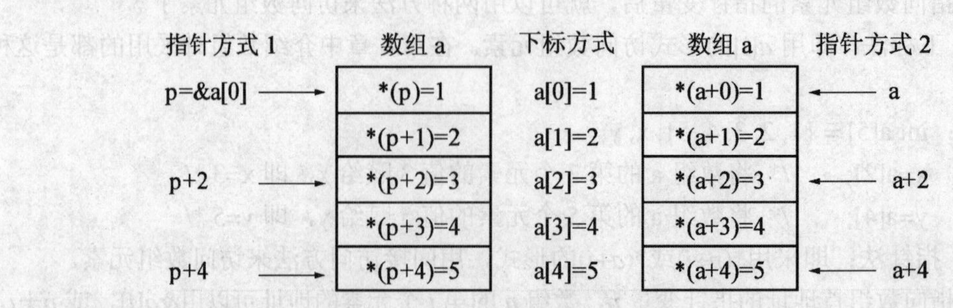

图 6-4 指针操作与数组元素的关系

在使用指针变量时需注意以下几点。

（1）注意指针变量的运算。如果 p 指向数组 a(即 p=a)，则以下几种情况。

①p++：p 的值变为&a[1]，即 p 指向数组元素 a[1]。

②*p++：由于++和*优先级相同，结合方向为自右向左，因此它等价于*(p++)，作用是先得到 p 所指向的变量的值(*p)，然后执行 p=p+1。例如，例 6-4 中的语句：

printf ("*p=%d, x=%d, y=%d\n", *p, x, y);

改为：printf ("*p=%d \n", *p++);

则先输出 a[0]的值，再执行 p=p+1，使 p 的值变为&a[1]，指向数组元素 a[1]。

③(*p)++：表示 p 所指向的元素值加 1。例如，例 6-4 中的语句：

printf ("*p=%d, x=%d, y=%d\n", *p, x, y);

改为：printf ("*p=%d \n", (*p)++);

则表示先输出 a[0]，再执行 a[0]=a[0]+1，使 a[0]的值加 1，若 a[0]=1，则执行该语句后 a[0]值变为 2。

注意：是使指针所指向数组元素的值加 1，而不是指针的值加 1。

④*(p++)与*(++p)作用不同。前者是先取*p 值，后使 p 加 1。后者是先使 p 加 1，后取*p。若 p 初值为&a[0]，输出*(p++)时，得 a[0]的值，而输出*(++p)时，得 a[1]的值。

（2）注意指针变量的当前值。请看下面的程序。

【例 6-5】该程序功能是输出数组 *a* 中各元素的值。找出下面程序的错误。

```
#include <stdio.h>
main()
{int *p,i,a[5];
 p=a;
 for(i=0;i<5;i++,p++)        /*利用指针对数组赋值*/
    *p=i;
 printf("\n");
 for(i=0;i<5;i++)            /*利用指针输出数组各元素值*/
 printf("%d ",*p++);
}
```

运行结果应该是输出 0 1 2 3 4，但实际结果却不是这样的。错误的原因在于：指针变量的初始值为 a 数组首地址，但经过第一个 for 循环，输入数据后，p 已指向 a 数组的末尾，因此在执行第二个 for 循环时，p 的起始值不是&a[0]，而是&a[5]。而这个存储单元以及其后的存储单元的值是不可预料的。

解决的办法是在第二个 for 循环之前加一个“p=a;”赋值语句，让 p 重新指向 a[0]。

```
#include <stdio.h>
main()
{int *p,i,a[5];
 p=a;
 for(i=0;i<5;i++,p++)        /*利用指针对数组赋值*/
    *p=i;
 printf("\n");
```

```
    p=a;                    /*使 p 重新指向 a[0]*/
    for(i=0;i<5;i++)        /*利用指针输出数组各元素值*/
    printf("%d ",*p++);
}
```

综合以上例题可以看出，指针变量和数组在使用时是有区别与联系的。

（1）用指针变量和数组名访问数组中的数据时，它们的表现形式是等价的，因为它们都是地址量。

（2）指针变量和数组名在本质上又是不同的。

①指针变量是地址变量，其值可以发生变化，可以对其进行赋值和其他运算。

例如，指针变量的以下运算都是合法的：

```
int m[10],*pm;
pm=m;
pm++;   pm--;   pm+=k;        / *正确语句*/
```

但由于数组名是地址常量，不能对其赋值和其他运算，因此下面的操作是非法的：

```
int m[10];
m++;   m--;   m=10;     /*错误语句*/
```

②指针在使用前必须赋初值，而数组名不需赋初值。

6.3.3 指向数组元素的指针变量作函数参数

在第 5 章中曾经介绍过用数组名作函数实参和形参的问题。在学习指针变量之后就更容易理解这个问题了。数组名就是数组的首地址，实参向形参传送数据时实际上就是传送数组的首地址，形参得到该地址后也指向同一数组。同样，指向数组元素的指针变量的值也是地址，当然也可作为函数的参数使用。

注意：无论是数组名还是指向数组元素的指针变量作函数参数，其传递方式都是“地址复制”的值传递方式。

【例 6-6】使用指针编写一个程序，将一个整数数组中的数据按相反顺序存放。

分析：该程序可以使用两个指针变量 ph，pt 分别指向数组的第一个元素和数组的最后一个元素，然后一边交换数据，一边向中间移动，直到在数组的正中相遇。这样使得指针所指向数组的内容发生交换。

```
#include <stdio.h>
void sort(int *p,int n)           /*形参为指针变量 p 和整型变量 n*/
{int *ph,*pt, temp;
 ph=p; pt=p+n-1;       /*ph 指向第一个元素 data [0]，pt 指向最后一个元素 data [n-1]*/
 while(pt>ph)
 {temp=*ph; *ph=*pt; *pt=temp;   /*两个元素交换过程*/
  ph++;   pt--;                   /*两指针移动*/
 }
}
main()
{int i,data[7]={1,2,3,4,5,6,7};
```

```
    for(i=0;i<7;i++)
      printf("%d",data[i]);          /*输出数组各元素初始值*/
    printf("\n");
    sort(data,7);                /*实参为数组名 data 和常量 7*/
    for(i=0;i<7;i++)
      printf("%d",data[i]);       /*输出交换后各元素值*/
}
```

运行结果如下：

1 2 3 4 5 6 7

7 6 5 4 3 2 1

sort 函数的作用是交换数组元素的值，初始时 ph 指针指向数组 data 的第一个元素 data [0]，pt 指向数组的最后一个元素(注意最后一个元素的下标为 n-1)，第一次 while 循环交换 data [0]与 data [n-1](即 data [6])的值，然后 ph 自加 1，pt 自减 1；因此第二次 while 循环交换 data [2]与 data [5]的值，……，直到 pt≤ph 为止。从 sort 函数返回 main 函数后用 for 语句再次输出数组内容时已发生了改变。

例 6-6 可以进一步改写为以下形式。

（1）形参和实参都为指针变量。

```
#include <stdio.h>
void sort(int *p,int n)           /*形参为指针变量 p 和整型变量 n*/
{…..}                           /*函数体同例 6-6*/
main()
{int i,data[7]={1,2,3,4,5,6,7},*pa;
  …
  pa=data;
  sort(pa ,7);              /*实参为指针变量 pa 和常量 7*/
  …
}
```

（2）实参和形参都为数组名。

```
#include <stdio.h>
void sort(int b[],int n)          /*形参为数组名 b 和整型变量 n*/
{int *ph,*pt, temp;
  ph=b; pt=b+n-1;            /*ph 指向第一个元素 b[0]，pt 指向最后一个元素 b[n-1]*/
  while(pt>ph)
  {temp=*ph; *ph=*pt; *pt=temp;   ph++;   pt--; }
}
main()
{int i,data[7]={1,2,3,4,5,6,7};
   …
  sort(data,7);              /*实参为数组名 data 和常量 7*/
   …
}
```

（3）形参为数组，实参为指针变量。

```
#include <stdio.h>
```

```
void sort(int b[],int n)           /*形参为数组 b 和整型变量 n*/
{int *ph,*pt, temp;
 ph=b; pt=b+n-1;            /*ph 指向第一个元素 b[0]，pt 指向最后一个元素 b[n-1]*/
 while(pt>ph)
 {temp=*ph; *ph=*pt; *pt=temp;    ph++;    pt--; }
}
main()
{int i,data[7]={1,2,3,4,5,6,7},*pa;
 …
 pa=data;
 sort(pa ,7);                /*实参为指针变量 pa 和常量 7*/
 …
}
```

归纳起来，函数调用时用数组名和指针变量作参数有以下 4 种形式。

（1）形参和实参均为数组名。

（2）形参和形参均为指针变量。

（3）形参为指针变量，实参为数组名。

（4）形参为数组名，实参为指针变量。

以上 4 种方法实质上都是采用地址复制的值传递方式进行数据传送，只是形式上不同而已。

6.3.4 用指针访问二维数组

用指针访问二维数组，一般有两种形式：一种是从数组的存储结构上将它称为一维数组考虑；另一种是定义指针数组。

1. 将二维数组视为一维数组处理

1）二维数组的地址表示

在第 4 章讲过，对于二维数组，它在内存中占用一片连续的存储空间，而且是按行分配空间的。因此可以把二维数组视为一维数组，而它的每个元素又是一个一维数组的形式。例如：int a[4][4]={{1,3,5,7},{2,4,6,8},{3,6,9,12},{5,10,15,20}};

a[0]===>	1	3	5	7
a[1]===>	2	4	6	8
a[2]===>	3	6	9	12
a[3]===>	5	10	15	20

图 6-5 二维数组按行存储示意图

如图 6-5 所示，数组 *a* 可以看成“一维数组”，它包含 4 个元素，分别是 *a*[0]，*a*[1]，*a*[2]，*a*[3]，各代表数组的一行；上述每个元素又是一个一维数组，各包含 4 个元素，即 4 个列元素，每个列元素是一个整数，例如：*a*[0]所代表的第 0 行数组由 4 个元素组成，分别是 *a*[0][0]，*a*[0][1]，*a*[0][2]，*a*[0][3]，对应的值分别是 1，3，5，7。

数组名代表数组的起始地址，因此 *a* 代表二维数组 *a* 的起始地址，即第 0 行的首地址。按照一维数组的“基址+位移”的计算地址的公式，*a*+0 代表第 0 行的首地址，*a*+1 代表第 1 行的首地址，……，*a*+3 代表第 3 行的首地址。所以 *a*+*i* 代表第 *i* 行的首地址，也就是

$a[i]$的地址。由于每一行又由 4 个整型元素组成，如果数组 a 的起始地址为 5000，那么 $a+1$ 代表的地址值为 5000+1×16，即 5016，$a+2$ 代表的地址值为 5032，依此类推。

按照一维数组的处理方式，$*(a+0)$就是 $a[0]$，$*(a+1)$就是 $a[1]$，……，$*(a+3)$就是 $a[3]$。由于二维数组的每一行是一个一维数组，这样 $a[0]$、$a[1]$、$a[2]$、$a[3]$就分别是 a 数组的第 0 行、第 1 行、第 2 行和第 3 行数组名，从而它们就分别代表各个“行数组”的第 0 列元素的地址，如 $a[0]$即$\&a[0][0]$，$a[1]$即$\&a[1][0]$，$a[2]$即$\&a[2][0]$，$a[3]$即$\&a[3][0]$。

考虑第 i 行(i 为 0~3)数组，这是一个一维数组，其数组名为 $a[i]$。这样，a[i]+1 就表示该行数组第一列元素的地址，$a[i]+j$ 就表示该行数组第 j 列元素的地址。例如：$a[0]+1$ 就是$\&a[0][1]$。若 $a[0]$的值是 5000，$a[0]+1$ 的值是 5004(即 5000+1×4)，它不仅与 $a+1$ 表示的含义不同，而且值也不同($a+1$ 的值为 5016)，因此$*(a[i]+j)$就是 $a[i][j]$，同样，$*(*(a+i)+j)$也是 $a[i][j]$。表 6-1 列出了二维数组 a 的各种表示形式及其含义。理解表中各项间的区别与联系，对掌握指针的用法很有帮助。

表 6-1 二维数组的地址表示及含义

表示形式	含 义	示意值
a	二维数组名，整个数组的首地址(即第 0 行首地址)	5000
$a+i$	第 i 行首地址	5000+i×16 (i 为 0~3)
$a[i]$，$*(a+i)$	第 i 行第 0 列元素的地址	5000+i×16 (i 为 0~3)
$a[i]+j$，$*(a+i)+j$，$\&a[i][j]$	第 i 行第 j 列元素的地址	(5000+i×16)+j×4 (i,j 均为 0~3)
$*(a[i]+j)$，$*(*(a+i)+j)$，$a[i][j]$	第 i 行第 j 列元素的值	若 i 为 1，j 为 3，则元素值为 8

2）指向二维数组元素的指针变量

【例 6-7】利用指向二维数组元素的指针变量按逆序输出各元素的值。

```
#include <stdio.h>
main()
{int a[4][4],i,j,*p;        /*p 为指向二维数组元素的指针变量*/
 for(i=0;i<4;i++)
    for(j=0;j<4;j++)
       *(*(a+i)+j)=i*4+j;
 for(p=&a[3][3];p>=&a[0][0];--p)
    printf("%4d",*p);
 printf("\n");
}
```

运行结果如下：

```
15  14  13  12  11  10  9   8   7   6   5   4   3   2   1   0
```

由于*(*(a+i)+j)等价于 a[i][j]，所以程序开头的二重 for 循环是对二维数组 a 赋初值。由循环变量 i 和 j 的取值情况可知从 a[0][0]到 a[3][3]这 16 个元素依次为 0，1，2，…，15。

在后面的 for 语句中，先让 p 指向最后一个元素 a[3][3]，再按相反方向输出各元素值，每输出一个，指针 p 减 1，指向前一个元素，直到该数组的开头为止。

3）指向二维数组的指针变量

在例 6-7 中，p 是指向二维数组元素的指针变量，它的值加 1，就指向后面一个元素；它的值减 1，就指向前面一个元素。这样，p++和 p--是以单个数组元素为单位进行移动的。

在表 6-1 所示的二维数组地址表示中，*a*+*i* 表示数组 *a* 第 *i* 行的首地址。能否设置一个指针变量，让它每次移动一行数组呢？这就要使用指向二维数组的指针变量（简称数组指针）。

指向二维数组的指针变量(简称数组指针)定义的一般形式为：

类型标识符 (*变量名) [常量表达式]；

说明：

（1）指针变量名和*号一定要用小括号“()”括起来。

（2）常量表达式必须是二维数组的第二维的大小。

（3）类型标识符是指针变量所指向的二维数组的类型。

（4）该指针变量指向二维数组中的某一行（相当于是一个一维数组），而不是指向数组中的某一元素。

例如：int *p, (*pp)[4],a[4][4];

表示定义一个二维数组 a，两个指针变量 p 和 pp，但两个指针变量是不同类型的指针变量。

p 是指向数组元素的指针变量，所以可以把 a 数组第一个元素的地址赋给它：

p=&a[0][0]; 或者 p=a[0];

但不能执行赋值语句“p=a;”，因为 a 表示二维数组的首地址，也就是其第 0 行的首地址，而不是第 0 行第 0 列元素的地址。尽管二者在数值上是一样的，但具有不同的含义，不能混为一谈。

pp 是指向二维数组的指针变量，它可以指向二维数组的某一行，所以可以把 a 数组第 0 行的首地址赋给它，即可执行赋值语句“pp=a”， 这样，pp 就指向 a 数组的第 0 行。而 pp+*i* 就表示 *a* 数组第 *i* 行的首地址。

【例 6-8】利用数组指针，改写例 6-7 的程序。

```
#include <stdio.h>
main()
{int a[4][4],i,j,*p;
 int (*pp) [4];
 pp=a;
 for(i=0;i<4;i++)
 {for(j=0;j<4;j++)
    *(*pp+j)=i*4+j;
  pp++;
 }
 for(p=*pp-1;p>=a[0];--p)
  printf("%4d",*p);
 printf("\n");
}
```

在程序中，pp 的初值为 a，即数组的首地址，也是第 0 行的地址。这样，*pp 就是该行第0列元素的地址，*pp+j是该行第j列元素的地址，而*(*pp+j)就是该行第j列元素的内容。在第一个for循环语句中，当执行一次pp++后，pp就指向数组的下一行。当i等于4时，从外层循环退出。此时，pp指向数组的第4行，而数组合法的行是0~3，所以pp已指向数组之外的单元了。由于pp此时是第4行的首地址，故*pp是第4行第0列元素的地址，它与合法的最后一个数组元素(即 a[3][3])的地址相差一个数组元素的位置，所以*pp-1就恰好是a[3][3]的地址，如图6-6所示。

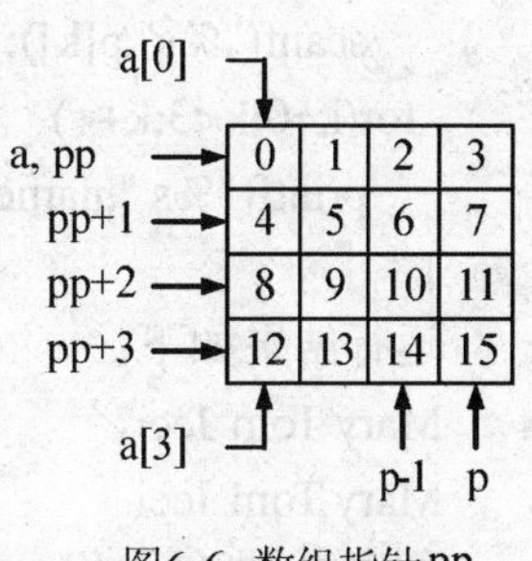

图6-6　数组指针pp

2．指针数组

指针数组是一个数组，该数组的每一个元素都是一个指针变量，这些指针变量具有相同的数据类型。

指针数组定义的一般形式为：

类型标识符 *数组名[常量表达式]；

例如：int *pm[10];

其中pm是数组名，包含10个元素，每个元素都是整型指针变量。

由于[ ]的优先级高于*，所以pm直接与[10]结合在一起，成为pm[10]，说明pm是一个数组，它有10个元素，而元素的类型是“int *”，即指向整型量的指针。也就是说，pm是由10个整型指针变量构成的数组。

注意：指针数组和数组指针的含义是不同的。

指针数组同其他数组一样，按数组下标的次序存放在一片连续的存储空间，数组名是其所占区域的首地址。

指针数组在使用前必须先初始化。定义指针数组的同时可以进行初始化。例如：

```
int m[2][5];    /*定义数组 m*/
int *pm[2]={&m[0][1],&m[1][2]};
```

表示定义指针数组pm，并赋初值。由于pm是指针数组，所以每个元素的值均为地址值，pm[0]中存放数组元素 m[0][1]的地址，pm[1]中存放数组元素 m[1][2]的地址，这样指针pm[0]就指向了m[0][1]，pm[1]就指向了m[1][2]，如图6-7所示。

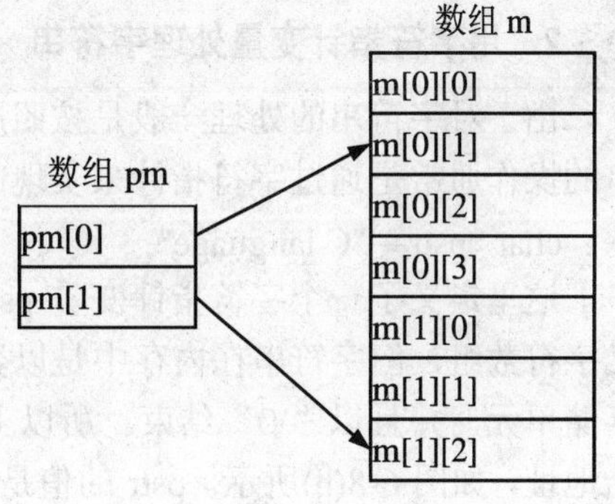

图6-7　指针数组的初始化

指针数组也常用来表示一组字符串，这时指针数组的每个元素被赋予一个字符串的首地址。下面举例说明。

【例6-9】使用字符指针数组输入若干个人的名字并输出。

```
#include <stdio.h>
main()
{char name[3][20];
 char *p[3]={name[0],name[1],name[2] };
 int k;
 for(k=0;k<3;k++)
```

```
    scanf("%s",p[k]);
  for(k=0;k<3;k++)
    printf("%s ",name[k]);
}
```

运行结果如下：

Mary Tom Jeci↙

Mary Tom Jeci

程序中，指针数组 p 中存放了一系列一维数组(字符串)的首地址。在第一个 for 循环中，p[k]代表 name[k]，即二维数组 name 第 k 行第 0 列元素的地址，所以用%s 格式输入 3 个字符串时，它们将依次存入 name[0],name[1],name[2]三个行数组中，第二个 for 循环则依次输出这些字符串。

6.4 指针与字符串

字符串的本质其实就是以“\0”结尾的字符数组，字符串在内存中的起始地址（即第一个字符的地址）称为字符串的指针。可以定义一个字符指针变量指向一个字符串。

6.4.1 字符串的处理方式

在 C 语言中，可以用两种方法处理一个字符串。

1. 用字符数组处理字符串

这是在第 4 章讲过的一种处理字符串的方法。字符数组中每个元素都是一个字符，通常占用一个字节的存储空间。例如：

char str[]＝"C language"；

功能：定义一个一维字符数组 str，然后把字符串中的字符依次存放在字符数组 str 中，str 是数组名，代表字符数组的首地址，如图 6-8（a）所示。

2. 用字符指针变量处理字符串

由于对字符串的处理一般是按照严格的递增或递减顺序存取方式进行的，所以对字符串的操作通常是通过字符指针来实现的。例如：

char *pstr＝"C language"；

这里定义了一个字符指针变量 pstr，然后用它指向字符串中的某个字符。虽然没有定义字符数组，但字符串在内存中是以数组形式存放的。它有一个起始地址，占一片连续的存储单元，并且以“\0”结束。所以上述语句的作用是：使指针变量 pstr 指向字符串的起始地址，如图 6-8(b)所示。pstr 的值是地址，千万不可认为“将字符串中的字符赋给 pstr”，也不要认为“将字符串赋给*pstr”。

6.4.2 字符指针变量的定义和引用

字符指针变量的定义和初始化的方法有以下两种。

（1）在字符指针变量定义的同时进行初始化。例如：

char *pstr＝"C language";

功能：将字符串的首地址赋给字符指针变量。

注意：不是将字符串本身复制到指针变量中。

（2）先定义字符指针变量再利用赋值语句初始化。

char *pstr;

pstr= "C language";

该赋值语句的功能也是把字符串“C language”的首地址赋给指针变量 pstr，而不是把字符串本身赋给 pstr。

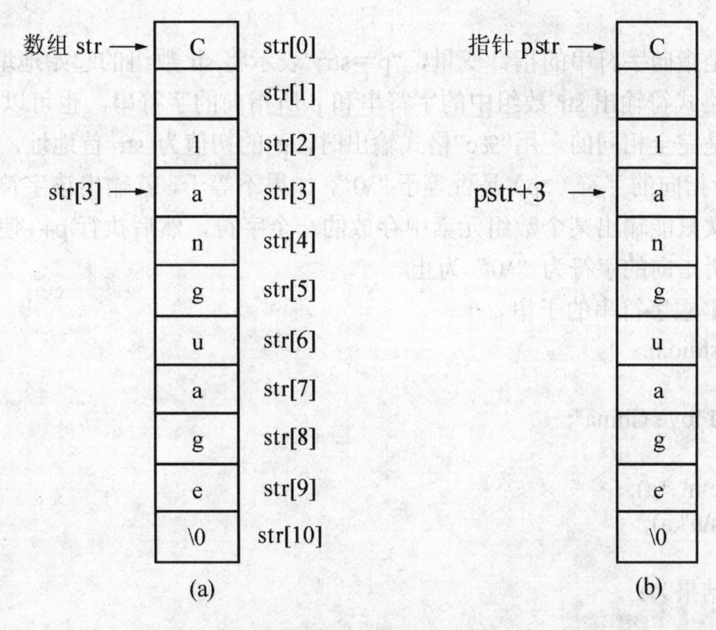

图 6-8 字符串的两种处理方式

(a)字符数组；(b)字符指针

说明：

用字符数组和字符指针变量都可实现字符串的存储和运算，但是两者是有区别的。

（1）存放的内容不同。字符数组是由若干元素组成的，每个元素中放一个字符，而字符指针变量中存放的是地址（字符串的首地址），绝不是将字符串放到字符指针变量中。

（2）赋值方式不同。对字符数组只能对各个元素赋值，不能用一个字符串给一个字符数组赋值，但对于字符指针变量可以用一个字符串给它赋值。例如：

对字符指针方式：char *pstr＝"C lauguage";

可以写为：　　　char *pstr；pstr="C language";

而对字符数组方式：char st[]={"C language"};

却不能写为：　　　char st[20];　st={"C language"};

因为数组名是地址常量，不能为其赋值。而只能对字符数组的各元素逐个赋值。

【例 6-10】用字符指针变量处理字符串。

```
main()
{char str[]="C language";     /* 定义字符数组并赋初值*/
 char *p;
 p=str;
 printf("%s\n",str);          /*以"%s"格式符输出 str 数组的内容*/
 printf("%s\n",p);            /*以"%s"格式符输出 p 所指向的数组 str 的内容*/
 for(p=str;*p!='\0';p++)
    printf("%c",*p);          /*用"%c"格式输出*p，即 p 所指向的数组元素的内容*/
}
```

运行结果如下：

```
C language
C language
C language
```

程序中 p 是指向字符串的指针变量，“p＝str;”表示将 str 数组的起始地址赋给 p。在输出时，以“%s”格式符输出 str 数组中的字符串和 p 所指向的字符串。也可以用“%c”格式输出，输出结果是完全相同的。用“%c”格式输出时，p 的初值为 str 首地址，指向第一个字符 C，判断 p 所指向的字符（*p）是否等于“\0”，如果不等于，就输出该字符。注意用“%c”格式输出时每次只能输出某个数组元素中存放的一个字符，然后执行 p++使 p 指向下一个元素，直到 p 所指向的字符为“\0”为止。

【例 6-11】求字符串的子串。

```
#include <stdio.h>
main()
{char *a="I love China";
 a=a+7;
 printf("%c\n",*a);
 printf("%s\n",a);
}
```

程序运行结果为：

```
C
China
```

当用%c 控制输出时，输出的是指针变量 a 所指的一个字符；当用%s 控制输出时，输出的是从 a 所指的存储单元开始的一串字符，直到遇到“\0”为止，这就得到了一个子串。由于字符指针是变量，它可以改变指向而指向别的字符，所以可对字符指针指行++或--运算。而字符数组名代表数组的首地址，它不能指向别处，对数组名就不能指行这样的赋值操作。由此可见，用字符指针变量要比用字符数组处理字符串方便。

6.4.3 字符指针变量作函数参数

将一个字符串从一个函数传递到另一个函数，可以用字符数组名或指向字符串的指针变量作参数，由于形参和实参之间采用的是地址传递方式，所以可以实现在被调用函数中改变字符串内容，而在主调函数中得到改变了的字符串的目的。

【例 6-12】用字符指针变量作为函数的形参，编写字符串复制函数。

```
#include <stdio.h>
#include <string.h>
void strcopy (char *str1,char *str2)
{while ( *str1!= '\0')
     *str2++=*str1++;
  *str2='\0';
}
main( )
{char a[ ]= "I love tree";
  char b[ ]= "you love flower";
  printf("a=%s\nb=%s\n",a,b);
  strcopy (a, b);
  printf("a=%s\nb=%s\n",a,b);
}
```

运行结果如下：

```
a= I love tree
b= you love flower
a= I love tree
b= I love tree
```

本程序中使用一维数组名 a,b 作为实参，初值如图 6-9(a)所示。调用 strcopy 函数时，

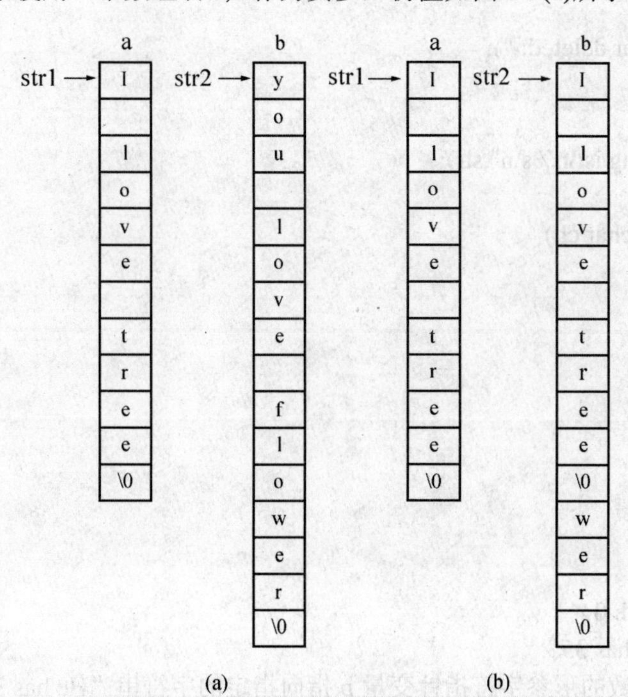

图 6-9　字符串复制

(a)复制前；(b)复制后

将实参数组 a，b 的首地址分别传给形参指针变量 str1，str2。在 strcopy 函数的 while 循环中，每次将*str1 赋给*str2，即第一次循环将 a[0]中的字符赋给 b[0]。在执行“*str2++=*str1++;”后指针 str1 和 str2 就分别指向 a[1]和 b[1]，因此第二次循环就将 a[1]中的字符赋给 b[1]……，当 str1 指向“\0”时跳出循环，然后再将“\0”赋给*str2（因为跳出循环时并没有把“\0”赋给*str2）。程序执行完后，b 数组的内容如图 6-9(b)所示。可以看到，由于 b 数组原来的长度大于 a 数组，因此在将 a 数组复制到 b 数组后，未能全部覆盖 b 数组原有内容。b 数组最后 4 个元素仍保留原状。但由于输出时用%s 输出，遇到“\0”即结束，因此第一个“\0”后的字符不输出。如果采用%c 格式则可输出后面这些字符。

要注意指针操作的含义：语句“*str2++=*str1++;”表示取出指针 str1 指向的字符存入 str2 所指的存储单元中（*str2=*str1），再将指针 str1 的值加 1，指针 str2 的值加 1。程序的结束条件是：当 str1 所指的字符为字符串结束标志“\0”时，结束循环。

【例 6-13】有一行字符，要求删去指定的字符。

例如：“He has 350$.”，如果要求删去字符“0”，则变为“He has 35$.”。本例采用实参、形参同为字符指针变量的形式来传递数据。

```
#include <stdio.h>
#include <string.h>
main()
{void del_ch(char *p,char ch);
 char str[80],*pt,ch;
 printf("please enter a string:\n");
 gets(str);
 pt=str;
 printf("input the char deleted: ");
 ch=getchar();
 del_ch(pt,ch);
 printf("the new string is:\n%s\n",str);
}
void del_ch(char *p,char ch)
{char *q=p;
 for(;*p!='\0';p++)
     if(*p!=ch)
         *q++=*p;
 *q='\0';
}
```

运行结果如下：

```
please enter a string:
He has 350$.↙
input the char deleted: 0↙
the new string is:He has 35$.
```

该程序中 del_ch 函数的形参字符指针变量 p 指向指定的字符串“He has 350$.”，形参普通字符变量 ch 存放要删去的字符“0”。利用 for 循环，每次从字符串中拿出一个字符*p，判断是否是要删的字符 ch，如果不是要删除的字符，执行 p++，q++后两指针同时指向下一字符。否则，只执行 p++，即 q 指针不移动，q 依然指向要删的字符，这样下次循环借助于语句*q++=*p;就可以将要删的字符删掉。

6.5 指针与函数

通过前面的学习已经知道在函数之间可以传递一般变量的值，实际上也可以传递指针（地址)。函数与指针之间有着密切的关系。首先，指针变量可以作函数的参数(见前面相关章节)；其次，函数的入口地址可以赋给一个指针变量，借助于该指针变量（即函数指针）可以调用函数；最后，函数的返回值可以是指针（即指针型函数)。

6.5.1 指向函数的指针变量——函数指针

1. 函数指针变量的定义和初始化

在C语言中规定，一个函数总是占用一段连续的内存区，而函数名就是该函数所占内存区的首地址。可以把函数的这个首地址(或称入口地址)赋给一个指针变量，使指针变量指向该函数，然后通过指针变量就可以找到并调用这个函数。通常把这种指向函数的指针变量称为函数指针变量，简称函数指针。

函数指针变量定义的一般形式为：

类型标识符 (*指针变量名)();

其中："类型标识符"表示该指针所指向的函数返回值的类型，最后的空括号"()"表示指针变量所指向的是一个函数。

例如，要定义变量 pf 是指向一个 int 型函数的指针变量，应使用如下语句：

```
int (*pf)();
```

说明：

*pf 两侧的圆括号是必须有的，表示 pf 先与*结合，是指针变量，然后再与后面的()结合，表示此指针变量指向函数，这个函数返回值是 int 型的。

如果写成"int *pf ();"，则由于C语言中 ()优先级高于*，所以指针变量名首先与后面的()结合，它就成了后面将要介绍的"指针型函数"了。

指向函数的指针变量也必须赋初值，才能指向具体的函数。由于函数名代表了该函数的入口地址，因此，一个简单的方法是直接用函数名为函数指针变量赋值。

函数指针变量初始化的一般形式为：

函数指针变量=函数名;

例如：
```
int fun();      /* 函数 fun 声明 */
int (*pf)();    /* 定义 pf 为函数指针*/
pf = fun;       /* 使 pf 指向 fun 函数 */
```

2. 函数指针变量的引用

函数指针变量经定义和初始化之后，在程序中就可以引用该指针变量，引用的目的是调用该指针变量所指的函数，由此可见，使用函数指针变量，增加了函数调用的方式。

下面通过例子来说明用函数指针变量实现对函数调用的方法。

【例 6-14】使用函数指针变量求两个数的最小值。

```
#include <stdio.h>
int min(int x,int y)
{if(x<y)    return x;
 else       return y;
}
main()
{int(*pm)();                /*  函数指针变量定义*/
 int a,b,c;
 pm=min;                    /*将函数入口地址赋给指针*/
 printf ("Please input a b:");
 scanf("%d%d",&a,&b);
 c=(*pm)(a,b);              /*用函数指针变量调用函数，等价于 c=min(a,b);*/
 printf("min=%d",c);
}
```

运行结果如下：

```
Please input a b: 5 9↙
min=5
```

说明：

（1）"int (*pm)();"语句表示定义 pm 为指向函数的指针变量。注意它不是固定的指向哪一个函数，而只是表示定义了一个这种类型的变量，它是专门用来存放函数的入口地址的，在程序中把哪个函数的地址赋给它，它就指向哪个函数。

（2）程序中"pm=min;"语句表示把被调函数 min 的入口地址(函数名)赋予该函数指针变量，这样 pm 就指向了该函数。

注意：在给函数指针变量赋值时，只需给出函数名而不必给出参数。即不能写成"pm=min( );"的形式，因为是将函数的入口地址赋给 p，不涉及实参、形参的结合问题。

（3）用函数指针变量调用函数的一般形式为：

(*指针变量名) (实参表)；

如程序中的"c=(*pm)(a,b);"语句，表示调用由 pm 指向的函数，实参为 a,b，得到的返回值赋给 c。等价于 "c=min(a,b);"。

由此可以看出，函数的调用可以通过函数名调用，也可以通过函数指针调用，而用函数指针调用的优点在于它可以先后指向不同的函数，从而增加了程序的灵活性。

（4）函数指针变量不能进行算术运算，这是与数组指针变量不同的。数组指针变量加减一个整数可使指针移动指向后面或前面的数组元素，而函数指针的移动是毫无意义的。

6.5.2　返回值为指针的函数——指针型函数

在第5章中介绍过，所谓函数类型是指函数返回值的类型。函数不仅可以返回一个整型值、字符值、实型值，也可以返回一个指针型的数值。

如果一个函数返回值是一个指针(地址)，那么这个函数就称为指针型函数。

指针型函数定义的一般形式为：

```
类型标识符 *函数名（形参表）
{
  函数体
}
```

说明：

函数名之前加了"*"号表明这是一个指针型函数，即返回值是一个指针(地址)。类型标识符表示返回的指针所指向对象的数据类型。

例如：int *fun(int a,int b)

```
{……};          /*函数体略*/
```

其中，fun为函数名，a和b为形参，int表示返回的指针(即地址值)所指向的数据是整型的。

同其他函数一样，调用指针型函数之前要进行函数声明。

指针型函数声明的一般形式为：

类型标识符 * 函数名();

例如：int *fun(int a,int b);

说明：

指针型函数和函数指针变量在写法和意义上是完全不同的。

例如："int(*pf)();"和"int *pf();"是两个完全不同的语句。

"int(*pf)();"是一个变量定义，说明pf是一个指向函数的指针变量，该函数的返回值是整型量。

"int *pf();"则是函数声明，说明pf是一个指针型函数，该函数返回值是指向整型量的指针。

【例6-15】用指针型函数查找星期几的英文名称。

```
#include <stdio.h>
main()
{int code;
 char * w,*day_name();          /*day_name 指针型函数声明*/
 printf("Input Day No:");
 scanf("%d",&code);
 w=day_name(code);
 printf("Today is:%s\n",w);
}
char *day_name(int n)       /*指针型函数定义*/
```

```
{static char *name[]={"Illegal day","Monday","Tuesday","Wednesday","Thursday",
                      "Friday","Saturday","Sunday" };
 if(n<1||n>7)     return(name[0]);
 else             return(name[n]);
}
```

运行结果如下：

Input Day No:2↙

Today is: Tuesday

说明：

（1）程序中定义了一个指针型函数 day_name，它的返回值为字符串的地址（指针）。形参 n 表示与星期几所对应的整数。该函数中定义了一个静态字符指针数组 name，数组 name 初始化赋值为 8 个字符串（星期几的英文名）的首地址，如图 6-10 所示。程序中将 name 数组的存储类型定义为 static，目的就是程序从 day_name 函数返回后，name 数组占用的内存不释放，从而保证结果正确。

图 6-10　用指针数组访问字符串

（2）在主调函数中不能用数组名接收指针型函数的返回值，因为数组名表示的是地址常量，在定义时分配内存空间，不允许向它赋予新的地址。因此主调函数中出现：

```
char w[10];
w=day_name[code];
```

是错误的。关键在于数组名是常量，不能被赋值。

6.6　二级指针

6.6.1　二级指针的定义与初始化

在前面介绍了指针变量的定义与应用，这些指针变量实际上都可以称为一级指针变量，简称一级指针，因为这些指针变量中存放的都是某个数据（如变量、函数、数组等）的地址。

如果一个指针变量存放的是另一指针变量的地址，则称这个指针变量为指向指针的指针变量，简称二级指针。即二级指针中存放的是一级指针的地址，这是一种间接指向数据目标的指针变量。

二级指针定义的一般格式为：

　类型标识符　**　指针变量名;

例如：　int **q;

表示定义了一个指针变量 q，它指向另一个指针变量（该指针变量又指向一个整型变量）。

对于二级指针，定义后必须进行初始化赋值，才能使其指向一级指针。

注意：二级指针所赋的初值必须是一级指针变量的地址。例如：

```
int x;                    /*定义整型变量 x*/
int *p=&x;                /*定义一级指针变量 p，指向整型变量 x*/
int **q=&p;               /*定义二级指针变量 q，指向一级指针变量 p*/
```

表示定义了一个二级指针变量 q，它指向一级指针变量 p，该一级指针变量 p 又指向一个整型变量，如图 6-11 所示。

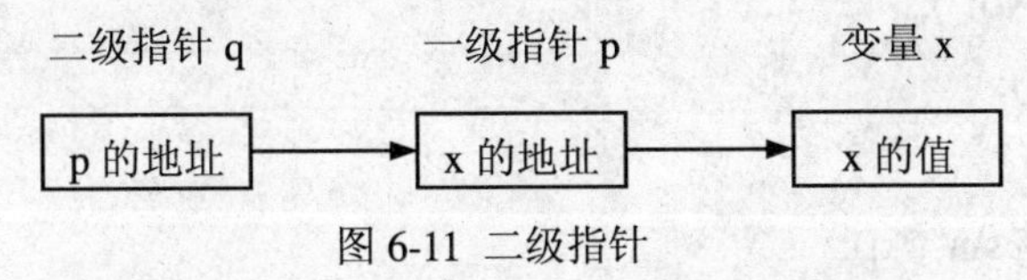

图 6-11　二级指针

一般情况下，二级指针必须与一级指针联合使用才有意义，不能将它直接指向数据对象，即不能把整型变量 x 的地址赋给二级指针变量 q，只能把一级指针变量 p 的地址赋给二级指针 q，但是可以借助于二级指针间接访问整型变量 x。这意味着增加了一种对变量 x 的访问方式。例如上例中的整型变量 x，访问方式可以有以下 3 种形式。

（1）直接借助于变量名访问。如：x=10;

（2）通过一级指针访问。如：*p=10;

（3）通过二级指针访问。如：**q=10;

6.6.2　二级指针的应用

下面通过两个例子介绍二级指针的使用。

【例 6-16】用二级指针访问一维数组。

```
#include <stdio.h>
main()
{int a[5]={1,3,5,7,9};
 int *pa[5]={&a[0], &a[1], &a[2], &a[3], &a[4] };   /*定义指针数组 pa 并赋值/**/
 int **p,i;
 p=pa;                    /*将指针数组 pa 的地址赋给二级指针 p */
 for(i=0;i<5;i++)
  {printf("%d ",**p);     /*利用二级指针 p 输出 a 数组各元素的值*/
   p++;
  }
 printf("\n");
}
```

程序运行结果为：

1 3 5 7 9

程序中定义了指针数组 pa,并将数组 a 中各元素的地址赋予 pa，这样就使指针数组中的元素(指针变量)分别指向了一个整型数，即 pa[0]指向了 a[0]，…，pa[4]指向了 a[4]，接着定义二级指针 p，并利用“p=pa;”语句使二级指针 p 指向指针数组 pa，最后通过 for 循环输出 a 数组的各元素。

【例 6-17】利用二级指针，查找星期几的英文名称。

```
main()
{char *name[8]={"Illegal day ","Monday","Tuesday","Wednesday","Thursday","Friday",
               "Saturday","Sunday" };
 char **q=name;
 int code;
 printf("Input Day No:");
 scanf("%d",&code);
 if(code<1||code>7)
   printf("Today is:%s\n",*q);
 else
   printf("Today is:%s\n",*(q+code));
}
```

该程序的运行结果与例 6-15 完全一致。在本程序中，q 是二级指针，初值为指针数组 name 的首地址，*(q+code)就是 name [code]的值，即某字符串的首地址，调用函数 printf，以%s 形式就可以输出 name [code]所指字符串。如图 6-12 所示。

图 6-12 用二级指针访问字符串

6.7 本章小结

（1）指针的实质就是地址。指针变量是一种特殊的变量，其内容是所指对象的存储地址。指针变量所指的对象可以是简单变量，也可以是数组、字符串、函数等。

（2）指针在使用之前必须定义，定义的一般格式为：

[存储类型标识符] 数据类型标识符 *指针变量名；

其中数据类型标识符指明所指对象的数据类型，而不是指针本身的类型。

（3）指针在定义时可以初始化，初始化的一般形式为：

[存储类型标识符] 数据类型标识符 *指针变量名=初始值；

初始化是对指针变量的初始化，而不是对所指向对象初始化，初始值一定是地址量，而不能是一般数值。

（4）使用指针变量时，一般会涉及两种相关的运算符，一种是取地址运算符“&”，另一种是取内容运算符“*”。指针变量可以进行的运算包括算术运算、赋值运算和关系运算。

（5）在C程序中可用指针访问数组。如果p是指向数组a的指针，则a[i]与*（p+i）、*(a+i)、p[i]是等价的形式。但p和a也有本质区别，p是指针变量，而a是地址常量。

（6）利用字符指针可以访问字符串。字符指针用字符串初始化，含义是将字符串的首地址赋给指针。在C程序中还可以借助于指针数组和二级指针来处理多个字符串。

（7）借助于函数指针可以调用函数。注意函数指针和指针型函数是两个不同的概念。

（8）与指针有关的各种说明和意义如下。

int *p;　　p为指向整型数据的指针变量。

int *p[n];　　p为指针数组，由n个指向整型数据的指针元素组成。

int (*p)[n];　　p为指向二维数组的指针变量（即数组指针），二维数组第二维大小为n。

int *p();　　p为指针型函数，该函数返回一个指向整型数据的指针。

int (*p)();　　p为指向函数的指针变量，该函数类型为整型。

int **p;　　p为一个指向另一指针的指针变量，即二级指针。

习 题

一、选择题

1．若有下列char s[]="china";char *p; p=s，则下列叙述正确的是（　）。

A．s和p完全相同

B．数组s中的内容和指针变量p中的内容相等

C．s数组长度和p所指向的字符串长度相等

D．*p与s[0]相等

2．若有语句int *point,a=4;和 point=&a，下面均代表地址的一组选项是（　）。

A．a,point,*&a　　B．&*a,&a,*point

C．*&point,*point,&a　　D．&a,&*point,point

3．下列程序执行后的输出结果是（　）。

```
void func（int *a,int b[]）
{ b[0]=*a+6; }
main(
{ int a,b[5];
 a=0;
 b[0]=3;
 func（&a,b）;
 printf（"%d\n",b[0]）;
```

}

A．6　　B．7

C．8　　D．9

4．已定义以下函数，函数的功能是（　）。

```
fun（char *p2, char *p1）
{ while（（*p2=*p1）!='\0'）
   {p1++;p2++;}
}
```

A．将 p1 所指字符串复制到 p2 所指内存空间

B．将 p1 所指字符串的地址赋给指针 p2

C．对 p1 和 p2 两个指针所指字符串进行比较

D．检查 p1 和 p2 两个指针所指字符串中是否有“\0”

5．下面说明不正确的是（　）。

A．char a[10]="china";　　B．char a[10],*p=a;p="china";

C．char *a;a="china";　　D．char a[10],*p;p=a="china"

6．设有定义 int n=0,*p=&n,**q=&p，则下列选项中正确的赋值语句是（　）。

A．p=1;　　B．*q=2;

C．q=p;　　D．*p=5;

7．下面判断正确的是（　）。

A．char *a="china";等价于 char *a;*a="china";

B．char str[5]={"china"};等价于 char str[]={"china"};

C．char *s="china";等价于 char *s;s="china";

D．char c[4]="abc",d[4]="abc";等价于 char c[4]=d[4]="abc";

8．有如下说明，则数值为 9 的表达式是（　）。

int a[10]={1,2,3,4,5,6,7,8,9,10},*p=a;

A．*p+9　　B．*（p+8）

C．*p+=9　　D．p+8

9．执行以下程序后，a,b 的值分别为（　）。

```
#include<stdio.h>
main()
{ int a,b,k=4,m=6,*p1=&k,*p2=&m;
  a=p1= =&m;
  b=(*p1)/(*p2)+7;
  printf("a=%d\n",a);
  printf("b=%d\n",b);
}
```

A．-1,5　　B．1,6

C．0,7　　D．4,10

10．若有以下说明语句，则以下不正确的叙述是（　）。

char a[]="It is mine";

char *p="It is mine";

A．a+1 表示的是字符 t 的地址

B．p 指向另外的字符串时，字符串的长度不受限制

C．p 变量中存放的地址值可以改变

D．a 中只能存放 10 个字符

11．下面程序的运行结果是（ ）。

```
#include <stdio.h>
main()
{char a[]="lanuage",*p;
 p=a;
 while(*p!='u')
 {printf("%c",*p-32);p++;}
}
```

A．LANGUAGE　　B．language

C．LAN　　D．langUAGE

二、程序填空题

1．slen 函数的功能是计算 str 所指字符串的长度,并作为函数值返回。请填空。

```
#include <stdio.h>
int slen(char *str)
{ int i;
 for(i=0;【        】!='\0';i++)
  ;
 return(i);
}
main()
{ char a[100];
 gets(a);
 printf("%d",slen(a));
}
```

2．下列程序的功能是：求出 ss 所指字符串中指定字符的个数，并返回此值。例如，若输入字符串 123412132，输入字符 1，则输出 3，请填空。

```
#include<stdio.h>
#include<string.h>
#define M 100
int fun(char *ss, char c)
{int i=0;
 for(; 【        】;ss++)
    if(*ss==c) i++;
 return i;
```

```
}
main()
{char a[M], ch;
 printf("\nPlease enter a string: "); gets(a);
 printf("\nPlease enter a char: "); ch=getchar();
 printf("\nThe number of the char is: %d\n", fun(a,ch));
}
```

3．下面程序功能是：从终端随机读入 20 个字符放入字符数组中，然后利用指针变量输出上述字符串，请填空。

```
#include<stdio.h>
main ()
  { int i; char s[21],*p;
  for (i=0;i<20;i++)
    s[i]=getchar();
  s[i]='\0';
  p=【        】;
  while (*p)
    putchar (【        】);
}
```

三、阅读程序，分析程序的输出结果

程序1：

```
#include<stdio.h>
main()
{ int a[5]={2,4,6,8,10},*p,**k;
 p=a;
 k=&p;
 printf("%d",*(p++));
 printf("%d\n",**k);
}
```

程序2：

```
main()
{int x[8]={8,7,6,5,2,0},*s;
 s=x+3;
 printf("%d\n",s[2]);
}
```

程序3：

```
main()
{char s[]="ABCD",*p;
 for(p=s+1;p<s+4;p++)
```

```
    printf("%s\n",p);
}
```

程序4：

```
void sub(int x,int y,int *z)
{ *z=y-x; }
main()
{int a,b,c;
  sub(10,5,&a);
  sub(7,a,&b);
  sub(a,b,&c);
  printf("%d,%d,%d\n",a,b,c);
}
```

程序5：

```
#include <stdio.h>
ast(int x,int y,int *cp, int*dp)
{*cp=x+y;    *dp=x-y; }
main()
{int a,b,c,d;
  a=4;b=3;
  ast(a,b,&c,&d);
  printf("%d %d\n",c,d);
}
```

四、编程题

1．输入3个整数，按由小到大的顺序输出。

2．输入一行文字，找出其中大写字母、小写字母、空格、数字和其他字符各有多少（借助于指针实现）。

3．在主函数中输入3个等长的字符串，用另一个函数对它们进行排序，然后输出这3个排好序的字符串。如果字符串不等长，该如何处理？

上机实训

【实训目的】

（1）理解指针的概念，学会定义和使用指针变量，掌握指针的运算规则。

（2）学会使用数组指针编写应用程序。

（3）学会使用字符串指针编写应用程序。

（4）理解指针数组和二级指针的概念以及使用方法。

【实验内容】

（1）阅读程序进行填空，上机调试分析结果。

程序1：该程序功能是随机输入一串字符，求其中最大的字符。

```
main( )
{
 char max,*str="I love China";
 max=*str;
 while(*str!='\0')
    {if(*str>max)
          max=*str;
      【        】;
    }
 printf("\nthe max character is : %c\n",max);
}
```

程序 2：如果一个字符串倒过来读仍是这个字符串，就叫回文。下面程序的功能是随机输入一个字符串，判断是否为回文。

```
#include<stdio.h>
#include<string.h>
main( )
{char s[80],*p1,*p2;
 int n;
 printf("input a string:");
 gets(s);
 n=strlen(s);
 p1=s;
 p2=【        】;
 while(【        】)
     {if(*p1!=*p2) break;
      else
         {p1++;
           【        】;
         }
     }
 if(p1<p2) printf("NO\n");
 else   printf("YES\n");
}
```

（2）上机调试运行下列程序，分析程序功能和输出结果。

程序 1：

```
#include<stdio.h>
main()
{
 int a[][3]={{1,2,3},{4,5,0}},(*pa)[3],i;
 pa=a;
 for(i=0;i<3;i++)
 if(i<2)
   pa[1][i]=pa[1][i]-1;
```

```
 else
   pa[1][i]=1;
 printf("%d\n",a[0][1]+a[1][1]+a[1][2]);
}
```

程序 2：

```
#include<stdio.h>
main()
{
 char *s[3]={"one","two","three"},*p,**q=s;
 int i;
 p=s[1];
 printf("%c %s\n",*(p+1),s[0]);
 for(i=0;i<2;i++)
   printf("%s\t",*q++);
}
```

（3）将本章习题“四、编程题”中的 3 个程序进行编写后运行调试。

第 7 章　结构体与共用体

在第 2 章介绍过数据类型有基本数据类型和构造数据类型之分，前几章的程序设计都是围绕基本数据类型（整型、实型、字符型）、指针以及数组而展开的。数组是用基本数据类型构造出来的具有相同类型的变量的集合。使用数组可以有效地减少算法的复杂性，简化程序设计。但是要处理具有不同类型而又相互关联的一组数据时，数组就显得力不从心。比如，通讯录中每个人的信息包括姓名、年龄、性别、地址、电话等数据，这些数据具有不同的数据类型，但它们却属于一个整体，用数组是难以描述的。必须使用 C 语言中提供的其他构造类型来定义，即结构体类型和共用体类型。这些构造类型的定义比较自由，用户可以定义出形式多样的数据类型。它们有一个共同的特点是可以由不同数据类型的多个成员组成。

本章主要介绍结构体类型的定义，结构体变量、结构体数组、结构体指针的定义及应用，并简要介绍共用体类型、枚举类型和用 typedef 进行类型定义等内容。

【学习目标】

（1）掌握结构体、共用体和枚举类型的定义方法。

（2）掌握结构体变量、结构体数组、结构体指针的定义及引用方法。

（3）掌握共用体类型变量和枚举类型变量的定义和引用方法。

（4）了解如何用 typedef 进行类型定义。

7.1　结构体类型与结构体变量

结构体类型和数组类似，都属于构造数据类型。数组是由相同数据类型的多个数据（又称为数组元素）组成的，但结构体是由不同数据类型的多个数据组成的，其中每个数据称为结构体中的一个成员。访问数组中的元素是通过数组的下标，而访问结构体中的成员则通过成员的名字。

在实际问题中，一组数据往往具有不同的数据类型。例如，一个学生的学籍信息表中可以包括学号、姓名、性别、年龄、成绩等数据项，这些数据项类型不同，但都是跟一个学生相联系的，因此就可以把它们组合在一起，定义成一个称为“学生”的结构体类型。其中学号、姓名、性别、年龄、成绩等称为该结构体类型的成员。

7.1.1　结构体类型的定义

在程序中使用结构体之前，首先要对结构体的组成进行描述，称为结构体类型的定义。结构体类型的定义中要说明该结构体包括哪些成员以及每个成员的数据类型。

结构体类型定义的一般格式为：

```
struct　结构体类型名
{
    数据类型　成员 1;
    数据类型　成员 2;
      …
    数据类型　成员 n;
};
```

说明：

（1）“struct”是关键字，其后是“结构体类型名”，它们两者组成了结构体这种构造数据类型的标识符，但“结构体类型名”可以省略（称为无名结构体类型）。

（2）“结构体类型名”是由用户命名的，命名原则与普通变量名命名原则一样。

（3）{ }括号中是对组成该结构体的各个成员的描述。每个成员的描述由该成员的数据类型及成员名组成，其后用分号“;”作为结束符。成员的数据类型可以是 C 语言中任意合法的数据类型（基本类型、构造类型、指针）。

（4）整个结构体类型的定义也用分号作结束符。

例如，为了描述学籍信息表中的每个学生，可以定义为如下的结构体类型：

```
struct   student
{char   no[10];           /*学号*/
 char   name[20];         /*姓名*/
 char   sex;              /*性别*/
 int   age;               /*年龄*/
 float score;             /*成绩*/
};
```

这里定义了一个结构体类型 struct student，它由 5 个成员组成，其中 no 和 name 是字符数组，sex 是字符变量，age 是整型变量，score 是单精度实型变量。借助于这 5 个成员来存放学生的学号、姓名、性别、年龄和成绩数据。

struct　student 就是结构体类型的标识符，在语法上它和 int、float、char 等数据类型的标识符性质一样，处于同等地位。理解这点非常重要，因为不论多么复杂的结构体，只要将它看成一种数据类型，就可以很容易地掌握该结构体的有关概念和使用特性了。

注意：

（1）结构体类型定义的位置，可以在函数内部，也可以在函数外部。在函数内部定义的结构体类型，只能在函数内部使用；在函数外部定义的结构体类型，其有效范围是从定义处开始，直到它所在的源程序文件结束。

（2）对结构体类型进行定义，只是定义了一种 C 语言中原来没有的，而用户实际需要的新的数据类型，列出了该结构体的组成情况，标志着这种结构体类型的“模式”已经存在，但在程序编译时，系统并不会为该结构体类型分配任何存储空间。只有利用这种结构体类型定义相应的变量时才分配内存空间。

7.1.2 结构体变量的定义

结构体数据类型定义时系统不会为它分配实际的存储空间，为了能在程序中使用结构体类型的数据，应在定义了结构体类型以后，再定义该结构体类型的变量，以便在结构体类型的变量中存放具体的数据。结构体类型的变量的定义方式有3种。

1．先定义结构体类型，再定义结构体类型的变量

定义格式为：

```
struct  结构体类型名
{
     数据类型  成员1;
     数据类型  成员2;
        …
     数据类型  成员n;
};
结构体类型  结构体变量名表;
```

例如：

```
struct  student
{char  no[10];            /*学号*/
 char  name[20];          /*姓名*/
 char  sex;               /*性别*/
 int  age;                /*年龄*/
 float score;             /*成绩*/
};
struct  student  s1,s2;
```

其中：struct student 表示结构体类型名，s1和s2分别表示数据类型为struct student的结构体变量。

注意：定义结构体变量时 struct student 是一个整体，代表该结构体类型，不能省略struct关键字。

2．在结构体类型定义的同时定义结构体类型的变量

定义格式为：

```
struct  结构体类型名
{
     数据类型  成员1;
     数据类型  成员2;
        …
     数据类型  成员n;
}结构体变量名表;
```

例如：

```
struct  student
{char  no[10];           /*学号*/
 char  name[20];         /*姓名*/
 char  sex;              /*性别*/
 int  age;               /*年龄*/
 float score;            /*成绩*/
}s1,s2;
```

此处，在定义结构体类型 struct student 的同时，紧跟着定义了两个结构体类型的变量 s1 和 s2。

3．直接定义结构体类型的变量

定义格式为：

```
struct
{
    数据类型  成员 1;
    数据类型  成员 2;
      …
    数据类型  成员 n;
}结构体变量名表;
```

例如：

```
struct
{char  no[10];           /*学号*/
 char  name[20];         /*姓名*/
 char  scx;              /*性别*/
 int  age;               /*年龄*/
 float score;            /*成绩*/
}s1,s2;
```

与第 2 种定义方式相比，这里的定义省略了结构体名（student）。但这里定义的两个结构体变量 s1 和 s2 与第 2 种方式中定义的完全相同。

这种定义方式的特点是：不能在别处用来另行定义其他的这种结构体类型的变量，要想定义就得将“struct{……}”这部分重新写。

一旦定义了结构体变量，编译系统就会为所定义的结构体变量分配存储空间。比如，定义了上述的结构体变量 s1 后，就为 s1 分配了如图 7-1 所示的存储空间。由此可见，结构体变量的存储空间为其各成

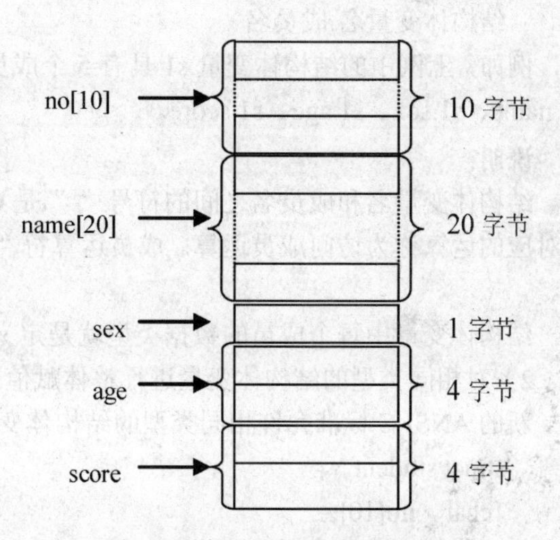

图 7-1　结构体变量 s1 的存储空间

员所占空间之和，共39个字节。

注意：定义结构体变量后虽然为其分配了存储空间，但此时并未给该变量赋值。

7.1.3 结构体变量的初始化和引用

1. 结构体变量的初始化

定义结构体类型时不能对成员赋初值，但定义结构体变量时可以对其初始化赋值。所赋初值按顺序放在一对花括号中即可。例如：

```
struct student
{char   no[10];
 char   name[20];
 char   sex;
 int    age;
 float score;
}s1={"201001020","李航",'M',18,98.5};
```

结构体变量初始化时，C编译系统按每个成员在结构体中的顺序一一对应赋初值，不允许跳过前边的成员给后边的成员赋初值。

2. 结构体变量的引用

结构体变量是由不同类型的若干成员组成的集合体。在程序中使用结构体变量时，老版本的C语言不允许把结构体变量作为一个整体来处理，而只能对结构体变量中的各个成员分别引用和处理；而新的ANSI C标准则允许对结构体变量进行整体赋值操作。下面分别进行介绍。

1）结构体变量的常规引用

结构体变量的常规引用就是对结构体变量中的各成员进行引用，结构体变量各成员的引用格式为：

结构体变量名.成员名

例如，上例中的结构体变量s1具有5个成员，可分别按如下格式引用或使用：s1. no、s1. name、s1.sex、s1.age、s1.score。

说明：

结构体变量名和成员名之间的符号“.”是C语言中的一种运算符，称为成员运算符，它对应的运算称为访问成员运算。成员运算符“.”的优先级为第一级，结合方向为从左到右。

结构体变量中每个成员的数据类型就是定义结构体类型时对该成员规定的数据类型。

2）对相同类型的结构体变量进行整体赋值操作

新的ANSI C标准允许相同类型的结构体变量之间进行整体赋值。例如：

```
struct student
{char   no[10];
 char   name[20];
 char   sex;
```

```
    int    age;
    float score;
   }s1={"201001020","李航",'M',18,98.5},s2;
  s2=s1;
```

语句“s2=s1”;执行后，s1 中每个成员的值都赋给了 s2 中对应的成员。这种赋值方法很简单，但必须保证赋值号两边结构体变量的类型相同。

【例 7-1】结构体变量使用举例。

```
#include<stdio.h>
struct student
{char   no[10];
 char   name[20];
 char   sex;
 int    age;
 float score;
};
main()
{struct student s1={"201001020","李航",'M',18,98.5}; /*定义结构体变量 s1 并赋初值*/
 struct student   s2;
 s2=s1;                          /* s1 的所有成员值赋给 s2 对应的成员*/
 printf("学号：%s\n",s2.no);      /*输出 s2 各成员的值*/
 printf("姓名：%s\n",s2.name);
 printf("性别：%c\n",s2.sex);
 printf("年龄：%d\n",s2.age);
 printf("成绩：%.1f\n",s2.score);
}
```

运行结果如下：

```
学号：201001020
姓名：李航
性别：M
年龄：18
成绩：98.5
```

注意：结构体变量只允许整体赋值，其他操作如输入、输出、运算等必须通过引用结构体变量中的成员进行相应操作。

7.2 结构体数组

7.2.1 结构体数组的定义

结构体数组是数组的一种，这种数组的各元素类型是结构体类型。在实际应用中，经常用结构体数组来表示具有相同数据结构的一个群体，如一个班的学生学籍信息表。

定义结构体数组的方法和结构体变量类似，只需说明它为数组类型即可。例如：

```
struct student
{char   no[10];
 char   name[20];
 char   sex;
 int    age;
 float score;
}s[5];
```

也可以写成：

```
struct student
{char   no[10];
 char   name[20];
 char   sex;
 int    age;
 float score;
};
struct student s[5];
```

这样定义后，s 数组就可存放 5 个同学的记录，即有 5 个元素 s[0]，s[1]，…，s[4]。

7.2.2 结构体数组的初始化和引用

对结构体数组可以在定义的同时进行初始化赋值。其形式与多维数组的初始化类似。例如：

```
struct student s[5]={
   {"201001020", "李航", 'M',18,98.5};
   {"201001021", "王伟", 'F',17,87};
   {"201001022", "刘辉", 'F',18,68};
   {"201001023", "于晓丽", 'M',19,93};
   {"201001024", "张娇", 'M',18,85.5};
};
```

结构体数组的引用与结构体变量的引用类似，一般结构体数组的引用格式为：

结构体数组名[下标].成员名

例如：s[0].no，s[0].name，…，s[4].sex，s[4].age 等。

【例 7-2】统计 5 个学生的不及格人数。

```
#include<stdio.h>
struct stu
{int no;
 char   name[20];
 float score;
};
main()
{struct stu s[5];        /*定义 struct stu 类型的结构体数组 s*/
 int i,c=0;
 for(i=0;i<5;i++)
 {printf("input name and score:");
  scanf("%s%f",s[i].name,&s[i].score);     /*输入姓名和成绩*/
  if(s[i].score<60)    c+=1;               /*计算不及格人数*/
 }
 printf("不及格人数:%d",c);
}
```

运行结果如下：

```
input name and score:liu 78↙
input name and score:wang 53↙
input name and score:li 90↙
input name and score:zhao 86↙
input name and score:zhang 48↙
不及格人数:2
```

该程序利用 for 语句输入 5 个学生的姓名和成绩存放在结构体数组对应的成员 s[i].name 和 s[i].score 中，在每次循环输入成绩后借助于 if 语句判断是否小于 60 分，如果小于 60，执行“c+=1;”语句进行计数，最后跳出循环后输出变量 c 的值就是不及格的人数。

7.3　结构体指针

7.3.1　结构体指针变量的定义与引用

当定义了结构体变量后，系统会给该变量在内存分配一段连续的存储空间。结构体变量名就是该变量所占据内存空间的首地址。如果一个指针变量中存放的是结构体变量的首地址，则称它为结构体指针变量，简称结构体指针。

结构体指针变量中存放的是结构体数据的首地址，与前面介绍的各种指针变量的定义和引用方法类似。

结构体指针变量的定义格式如下：

struct 结构体类型名 *结构体指针变量名;

例如：

struct student *p; /*p 为 struct student 结构体类型的指针变量*/

引入结构体指针变量后，可以借助于该指针变量访问结构体数据（结构体变量、结构体数组等）。

【例 7-3】利用结构体指针变量改写例 7-1。

```
#include<stdio.h>
struct student
{char   no[10];
 char   name[20];
 char   sex;
 int    age;
 float score;
};
Main()
{struct student s1={"201001020","李航",'M',18,98.5}; /*定义结构体变量 s1 并赋初值*/
 struct student   s2,*p;
 p=&s2;              /*结构体指针变量 p 指向 s2*/
 *p=s1;                              /* s1 的所有成员值赋给 s2 对应的成员*/
 printf("学号：%s\n",(*p).no);         /*输出 s2 各成员的值*/
 printf("姓名：%s\n",(*p).name);
 printf("性别：%c\n",p->sex);
 printf("年龄：%d\n",p->age);
 printf("成绩：%.1f\n",s2.score);
}
```

该程序运行结果与例 7-1 相同。本例借助结构体指针变量 p 来访问结构体变量 s2。因为结构体指针变量 p 中存放的是 s2 的地址（&s2），所以(*p).no 等价于 s2.no，(*p).name 等价于 s2.name。另外，由于运算符“*”的优先级比运算符“.”的优先级低，所以必须用“()”将*p 括起来，若省去括号，则含义就变成了*（p.no）和*（p.name）。

在 C 语言中，通过结构体指针变量访问结构体变量的成员可以采用运算符“->”实现。“->”运算符被称为指向成员运算符。它的优先级为第一级，结合规则从左到右。它的运算意义是访问结构体指针变量所指向的结构体数据的成员。

利用“->”运算符访问结构体数据的成员的一般形式为：

结构体指针变量->成员名

例如：p->sex 等价于 s2.sex，p->age 等价于 s2.age。

也就是说，如果有一个结构体变量 s2 和一个指向 s2 的结构体指针变量 p，则访问 s2 的成员有以下 3 种方式。

（1）s2.成员名。

（2）(*p).成员名。

（3）p->成员名。

结构体指针变量可以指向一个结构体数组，这时结构体指针变量的值是整个结构体数组的首地址。结构体指针变量也可以指向结构体数组的一个元素，这时结构体指针变量的值是该结构体数组元素的首地址。

【例 7-4】用指针变量输出结构体数组。

```
#include<stdio.h>
struct  ss
{char  name[20];
 int  score;
}a[5]={"张三",90,"李四",88,"王五",92,"马六",86, "田七",81};
main()
{int k;
 struct ss *p;
 p=a;
 printf("姓名           成绩\n");
 for(k=0;k<5;k++,p++)
   printf("%-14s%-7d\n",p->name, p->score);
}
```

运行结果如下：

```
姓名      成绩
张三        90
李四        88
王五        92
马六        86
田七        81
```

结构体指针变量 p 初值为结构体数组 a 的首地址，即&a[0]，所以第一次循环 p->name 和 p->score 分别等价于 a[0].name 和 a[0]->score。第二次循环时由于执行了 p++，所以 p 指向了 a[1]，所以 p->name 和 p->score 分别等价于 a[1].name 和 a[1]->score。到最后一次循环时，p 指向了 a[4]，因此 p->name 和 p->score 分别等价于 a[4].name 和 a[4]->score。这样执行 5 次循环就可以把结构体数组 a 中各元素的值输出出来。

7.3.2 结构体指针作函数参数

在 ANSI C 标准中允许用结构体变量作函数参数进行整体传送。但是这种传送要将全部成员逐个传送，特别是成员为数组时将会使传送的时间和空间开销很大，严重降低了程序的效率。因此最好的办法是使用指针，即用结构体指针变量作函数参数进行传送，这时从实参传向形参的是地址，从而减少了时间和空间的浪费。

【例 7-5】从键盘上输入年、月、日，计算出它是该年的第几天。

```
#include<stdio.h>
struct date                  /*定义结构体类型*/
{int year;
 int month;
 int day;
 int yeardays;
};
main()
{struct date y_m_d;
 void days(struct date *);        /*函数声明*/
 printf("请输入年月日:\n");
 scanf(" %d,%d,%d",&y_m_d.year, &y_m_d.month, &y_m_d.day);   /*输入年月日*/
 days(&y_m_d);
 printf("输入的日期在该年度的天数是：%d\n",y_m_d.yeardays);
}
void days(struct date *p)
{static int days_month[2][12]={{31,28,31,30,31,30,31,31,30,31,30,31},
                              {31,29,31,30,31,30,31,31,30,31,30,31}
                             };    /*将平年和闰年每月的天数存放在数组中*/
 int k,x1;
 p->yeardays=p->day;
 x1=p->year%4==0&&p->year%100!=0|| p->year%400==0;   /*判断是否是闰年*/
 for(k=0;k<p->month-1;k++)
   p->yeardays+=days_month[x1][k];   /*计算天数，注意 k=0 时对应的是 1 月份*/
}
```

运行结果如下：

请输入年月日:

2010,12,22↙

输入的日期在该年度的天数是：356

程序中 main 函数调用 days 函数时，实参是结构体变量 y_m_d 的地址&y_m_d，它被传给 days 函数的形参 p，而 p 则是结构体指针变量，因此 p 就指向了结构体变量 y_m_d。借助于 p 就可以实现对结构体变量 y_m_d 的访问。

7.4　共用体

共用体也是C语言中的一种构造数据类型，由不同数据类型的成员组成，它的定义在形式上与结构体类似，但两者在使用内存的方式上有本质的区别。结构体数据的各个成员占据各自的内存空间，结构体数据的整体存储空间为各个成员所占空间之和。而共用体数据的各个成员共同占用一段内存空间，在任一时刻这块存储空间都只能存放一个成员的数据，共用体数据的整体存储空间为其所有成员中占据空间最大的一个成员所占的空间。

在实际生活中有许多这样的例子，比如在学校填写校内人员的“姓名”“年龄”“职业”“单位”等信息时，“职业”一项可分为教师和学生两类，“单位”一项学生应填入班级编号，教师应填入某教研室。假设班级编号为整型变量，而某教研室用字符数组表示，那么就必须把“单位”一项定义为包含整型和字符数组这两种类型的共用体。

共用体和结构体类似，必须先进行共用体类型的定义，再用其去定义共用体变量。

7.4.1　共用体类型的定义

共用体类型定义的一般形式为：

```
union  共用体名
{
    数据类型  成员 1;
    数据类型  成员 2;
      …
    数据类型  成员 n;
    };
```

例如：

```
union  danwei
{int class;
 char office[10];
};
```

表示定义了一个名为 danwei 的共用体类型，它包含两个成员：一个为整型成员 class；另一个为字符数组 office。

与结构体类型一样，对共用体类型进行定义只是列出了该共用体的组成情况，标志着这种共用体类型的“模式”已经存在，但C系统并没有因此而为该共用体分配任何存储空间。只有利用这种共用体类型定义相应的变量时才分配内存空间。

7.4.2　共用体变量的定义

共用体变量的定义和结构体变量的定义方式相同，也有 3 种形式。以 danwei 这种共用体类型为例，说明如下。

1．先定义共用体类型，再定义共用体变量

```
union   danwei
{int class;
 char office[10];
};
union   danwei a,b;   /*定义 a,b 为 danwei 共用体类型*/
```

2．定义共用体类型的同时定义共用体变量

```
union   danwei
{int class;
 char office[10];
} a,b;
```

3．直接定义共用体类型的变量

```
union
{int class;
 char office[10];
} a,b;
```

经定义后的 a,b 变量均为 danwei 类型。a,b 共用体变量所占用的存储空间均为 10 个字节，它等于占空间最大的成员字符数组 office 所占的空间。

7.4.3　共用体变量的赋值和使用

对共用体变量的赋值和使用都只能是对其成员进行，共用体变量的成员表示为：

共用体变量名.成员名

例如：a 被定义为 danwei 类型的变量后。其成员可表示为 a.class，a.office。

使用共用体变量时，应注意以下几点。

（1）一个共用体变量每次只能被赋予一个成员值。也就是说，一个共用体变量的值就是其中某个成员的值。

（2）如果对一个共用体变量的不同成员分别赋予不同的值，则只有最后一个被赋值的成员起作用，它的值及其属性就完全代表了当前该共用体变量的值及其属性。

（3）共用体变量也可以初始化，但只是对其第一个成员进行初始化，不能对其所有成员都赋予初值。

例如：

```
union
{int class;
 char office[10];
} a=3;
```

这样就意味着给 a.class 赋值为 3。

【例7-6】设有一个学校内部的人员情况表，共 4 项内容：姓名、年龄、职业、单位。

职业分为教师和学生，若是教师，单位填某教研室；若是学生，单位填写班级号。试编程输入各人员数据并输出。

```
#include<stdio.h>
main()
{struct                        /*定义结构体类型*/
 {char name[10];
  int age;
  char job;
  union                         /* 共用体类型定义*/
   {int class;
    char office[10];
   }depa;                       /*depa 为共用体变量*/
 }body[2];                      /*body 为结构体数组*/
 int i;
 for(i=0;i<2;i++)               /*结构体数组赋值*/
 {printf("input name    job and department:\n");
  scanf("%s%d%c",body[i].name,&body[i].age,&body[i].job);
  if(body[i].job=='s')     scanf("%d",&body[i].depa.class);
  else      scanf("%s",body[i].depa.office);
 }
 printf("name\tage job class/office\n");
 for(i=0;i<2;i++)               /*输出数据*/
 {if(body[i].job=='s')          /*若职业为是 s(学生)，则单位输入班级号*/
    printf("%s   %3d %3c %d\n",body[i].name,body[i].age,body[i].job,body[i].depa.class);
 else
    printf("%s %3d %3c %s\n",body[i].name,body[i].age,body[i].job,body[i].depa.office);
 }
}
```

运行结果如下：

```
input name    job and department:
liming 18s 3↙
input name    job and department:
liuyan 46t jsj↙
name   age job class/office
liming   18   s    3
liuyan   46   t    jsj
```

本例使用一个结构体数组 body 来存放人员数据，该结构体共有 4 个成员，其中成员 depa 是一个共用体类型变量。这个共用体类型又由两个成员组成，一个为 int 型变量 class，一个为字符数组 office。在程序的第一个 for 语句中，输入人员的各项数据。先输入结构体的前 3 个成员 name,age 和 job，然后判断 job 成员项，如为“s”则对共用体成员 depa.class

输入数据（对学生输入班级号），否则对 depa.office 输入数据（对教师输入教研室名）。

7.5 枚举类型

在实际应用中，有些变量的取值被限定在一个有限的范围内。例如，一个星期只有 7 天，一年只有 12 个月等。像这种变量就可以定义为枚举类型，把可能的值逐一列举出来。枚举类型是一种基本数据类型，而不是一种构造类型，因此它不能再分解为任何基本类型。

之所以要把枚举类型放在这个地方介绍，是因为枚举类型在定义形式上和本章前面介绍过的结构体及共用体类型十分相似，只是在语法上它属于基本数据类型，与 int、char、float 等基本数据类型在意义上相同。

7.5.1 枚举类型的定义

所谓“枚举”，是指将变量可能的取值一一列举出来，使用时变量的值只能取列举出来的值。

枚举类型定义的一般格式为：

enum　枚举名{枚举值表};

enum 是定义枚举类型的关键字，在花括号{ }里的枚举值表中应列出所有可能的值，这些值也称为枚举元素。

例如：

```
enum weekday{Sun,Mon,Tue,Wed,Thu,Fri,Sat};
```

该枚举类型名为 weekday，枚举值共有 7 个，即一周中的 7 天。凡是被定义为 weekday 类型变量的取值只能是 7 个枚举值中的一个。

7.5.2 枚举类型的变量

同结构体和共用体变量一样，枚举类型变量的定义形式也有 3 种。下面以 weekday 枚举类型为例进行说明。

1．先定义枚举类型，再定义枚举变量

```
enum weekday{Sun,Mon,Tue,Wed,Thu,Fri,Sat};
enum weekday today;        /*定义 today 为 enum weekday 枚举类型变量*/
```

2．定义枚举类型的同时定义枚举变量

```
enum weekday{Sun,Mon,Tue,Wed,Thu,Fri,Sat} today;
```

3．直接定义枚举类型的变量

```
enum {Sun,Mon,Tue,Wed,Thu,Fri,Sat} today;
```

注意：

（1）枚举类型定义中枚举元素都用标识符表示，但都是常量，不能与变量混淆。

（2）每个枚举元素都有一个确定的整数值，其隐含值按顺序依次为 0,1,2。

例如：enum weekday{Sun,Mon,Tue,Wed,Thu,Fri,Sat};

其中各枚举元素取值依次为：Sun：0, Mon：1, Tue：2, Wed：3, Thu：4, Fri：5, Sat：6。

程序员也可以在枚举类型定义时，显式地给出各枚举元素的值。枚举元素是常量，不是变量，不能在程序中用赋值语句再对它赋值。例如：

```
enum weekday{Sun=7,Mon=1,Tue,Wed,Thu,Fri,Sat};
```

定义了枚举元素 Sun 的值为 7,Mon 的值为 1，以后顺次加 1，即 Tue 为 2，……，Sat 为 6。

（3）枚举类型的变量不能直接被赋一个整数值。只能把枚举元素赋予枚举变量，不能把枚举元素的值赋予枚举变量。例如：

```
today= Wed;   /*正确*/
today=3;      /*错误*/
```

如果一定要把整数值赋给枚举变量，则必须用强制类型转换。例如：

```
today=（enum weekday）3;
```

含义是将数值 3 转换为 enum weekday 中顺序号为 3 的枚举元素，赋予枚举变量 today，相当于：today= Wed;

（4）枚举型变量可进行++和- -运算，还可与其枚举值进行各种关系运算。例如：

```
today++
today >= Tuesday;
```

【例 7-7】阅读程序，了解枚举变量的使用。

```
#include<stdio.h>
enum weekday{Mon=1,Tue,Wed,Thu,Fri,Sat,Sun};
main()
{enum weekday d;
 char *dayname[]={" ","星期一","星期二","星期三","星期四","星期五","星期六","星期日"};
 for(d=Mon;d<=Sun;d=(enum weekday)(d+1))
  printf("第%d 天是%10s\n",d,dayname[d]);
}
```

运行结果如下：

```
第 1 天是　　星期一
第 2 天是　　星期二
第 3 天是　　星期三
第 4 天是　　星期四
第 5 天是　　星期五
第 6 天是　　星期六
第 7 天是　　星期七
```

7.6 用 typedef 定义类型

C 语言提供了许多标准类型名，如 int、char、float 等，用户可以直接使用这些类型名定义所需要的变量。同时 C 语言还允许使用类型定义语句 typedef 定义新类型名，以取代已有的类型名。

typedef 类型定义语句的格式如下：

typedef　　已定义的类型　　新的类型;

其中，typedef 是类型定义语句的关键字，“已定义的类型”是系统提供的标准类型名或已经定义过的其他类型名（结构体类型、共用体类型等），“新的类型”就是用户为其定义的新类型名。typedef 语句的功能是为已定义的类型重新起一个新类型名。

例如：

```
typedef   int   INTEGER;
```

功能是指定用 INTEGER 代表 int 类型，以后程序中就可以利用 INTEGER 定义整型变量了。即：

INTEGER x,y;　等价于 int x,y;

说明：

（1）typedef 语句不能创造新的类型，只能为已有的类型增加一个类型名。

（2）typedef 语句只能用来定义类型名，不能用来定义变量。

（3）利用 typedef 可以简化结构体变量和共用体变量的定义。如有以下结构体：

```
struct student
{char   no[10];
 char   name[20];
 char   sex;
 int    age;
 float score;
};
```

如要定义结构体变量 std1,std2，应采用：

```
struct student std1,std2;
```

这样需要输入的内容比较多，可以用 typedef 来简化变量的定义，方法有以下两种。

①先定义结构体类型，再用 typedef 语句为其定义新类型名。例如：

```
struct student
{char   no[10];
 char   name[20];
 char   sex;
 int    age;
 float score;
};                          /* struct student 结构体类型定义*/
typedef struct student ST;  /*为 struct student 定义新名为 ST*/
```

```
ST std1,std2; /*等价于 struct student std1,std2; 定义 std1,std2 为结构体变量*/
```

②在定义结构体类型的同时直接给其定义一个新类型名。例如：

```
typedef struct student
{char   no[10];
 char   name[20];
 char   sex;
 int    age;
 float score;
}ST;          /*定义 struct student 结构体类型的同时给其定义一个新类型名为 ST*/
ST std1,std2;   /*等价于 struct student std1,std2; 定义 std1,std2 为结构体变量*/
```

注意：ST 在此不是被定义成了结构体变量，而是被定义成了结构体类型名。这一点一定要与前面介绍过的“直接定义结构体变量”的形式区分开来。

7.7　本章小结

（1）结构体类型是一种构造数据类型，它由多个不同类型的数据所组成。组成结构体的每个数据称为该结构体的成员或成员项。使用结构体数据类型时，首先对结构体类型进行定义，说明其成员的组成情况，然后再用该类型去定义结构体变量。

（2）结构体变量定义有以下 3 种形式。

①先定义结构体类型，再定义结构体变量。

②在定义结构体类型的同时定义结构体变量。

③直接定义结构体变量。

结构体数组、结构体指针也可以用这些方式进行定义。

（3）结构体数组和结构体指针有很重要的作用，它们为大量记录的处理提供了基础。同时，引入结构体指针后，对结构体数据（结构体变量、结构体数组等）的引用就多了一种非常有效的方法（结合->运算符）。

（4）共用体类型和枚举类型的应用场合没有结构体类型多，但在处理一些特殊问题时它们有自身的优势。

（5）利用 typedef 语句可以为原有的数据类型定义新类型名，它经常用于结构体类型或共用体类型的重命名。

习　题

一、选择题

1．当说明一个结构体变量时系统分配给它的内存是（　）。

A．各成员所需内存量的总和

B．结构体中第一个成员所需内存量

C．成员中占内存量最大者所需的容量

D．结构体中最后一个成员所需内存量

2．设有以下说明语句，则下面叙述中正确的是（ ）。

```
typedef struct
{int n;
 char ch［8］;
}PER;
```

A．PER 是结构体变量名　　B．PER 是结构体类型名

C．typedef struct 是结构体类型　　D．struct 是结构体类型名

3．已知有如下定义：struct a{char x; double y;}data,*t;,若有 t=&data，则对 data 中的成员的不正确引用是（ ）。

A．data.x　　B．（*t）.x

C．t-> x　　D．t->data.x

4．以下程序的运行结果是（ ）。

```
#include<stdio.h>
main()
{ struct date
 { int year,month,day;
 }today;
printf("%d\n",sizeof(struct date));
}
```

A．6　　B．8

C．10　　D．12

5．设有如下定义，若要使 p 指向 data 中的 a 成员，正确的赋值语句是（ ）。

```
struck sk
{ int a;
 float b;
} data;
int *p;
```

A．p=&a;　　B．p=data.a;

C．p=&data.a;　　D．*p=data.a;

6．以下程序的输出结果是（ ）。

```
#include "stdio.h"
struct st
{int x;
 int *y;
} *p;
int dt[4]={ 10,20,30,40 };
struct st aa[4]={ 50,&dt[0],60,&dt[0],60,&dt[0],60,&dt[0]};
main()
```

```
{p=aa;
 printf("%d\n",++(p->x));
}
```

A．10　　B．11

C．51　　D．60

7．下列程序的输出结果是（　　）。

```
struct abc
{ int a,b,c,s;};
main()
{struct abc s[2]={{1,2,3},{4,5,6}};
 int t;
 t=s[0].a+s[1].b;
 printf("%d\n",t);
}
```

A．5　　B．6

C．7　　D．8

8．以下对共用体类型数据的叙述正确的是（　）。

A．一旦定义了一个共用体变量之后，即可引用该变量和变量中的任意成员

B．一个共用体变量中可以同时存放其所有成员

C．一个共用体变量中不能同时存放其所有成员

D．共用体数据可以出现在结构体类型的定义中，但是结构体类型数据不能出现在共用体类型的定义中

9．阅读如下程序段，则执行后程序的输出结果是（　）。

```
main()
{struct a{int x; int y; } num[2]={{20,5},{6,7}};
 printf("%d\n",num[0].x/num[0].y*num[1].y);
}
```

A．0　　B．28

C．20　　D．5

10．下面对 typedef 叙述不正确的是（　）。

A．它可以用来定义类型名，却不能用来定义变量

B．使用它有利于程序的通用和移植

C．用它可以增加新的数据类型

D．使用它只是将一个已经存在的类型用一个新标识符代表

二、阅读程序，分析程序的输出结果

程序 1：

```
#include<stdio.h>
typedef struct studinf
{char   *name;
 float grade;
```

```
}SDF;
main()
{SDF a,*p=&a;
 p->grade=95.5;
 p->name="lihao";
 printf("%s\t%.2f\n",p->name,(*p).grade);
}
```

程序 2：

```
#include "stdio.h"
struct ty
{int data;
 char c;
};
fun(struct ty b)
{b.data=20;
 b.c='y';
}
main()
{struct ty a={30,'x'};
 fun(a);
 printf("%d%c",a.data,a.c);
}
```

程序 3：

```
#include "stdio.h"
typedef union
{long x[2];
 int y[4];
 char z[8];
} atx;
typedef struct aa
{long x[2];
 int y[4];
 char z[8];
}stx;
main()
{ printf("union=%d,struct aa=%d\n",sizeof(atx),sizeof(stx));
}
```

三、编程题

假设有 3 个学生的 3 门课成绩已经保存在一个结构体数组中，要求计算并返回 3 门课的总分。

上机实训

【实训目的】

（1）掌握结构体变量的定义及使用。

（2）掌握结构体数组、结构体指针的概念、定义及使用。

（3）掌握共用体的概念与使用。

【实训内容】

（1）上机调试运行下列程序，分析程序功能和输出结果。

程序 1：

```
struct STU
{char num[10];
 float score[3];
};
main()
{struct STU s[3]={{"20021",90,95,85}, {"20022",95,80,75},{ "20023",100,95,90}};
 struct STU *p=s;
 int i;
 float sum=0;
 for(i=0;i<3;i++)
   sum=sum+p->score[i];
 printf("%6.2f\n",sum);
}
```

程序 2：

```
#include<stdio.h>
 main()
 {union   abc
   {char c[2];
    int    x;
    }y;
 y.x=26896;
 printf("%d,%c\n",y.c[0],y.c[0]);
 printf("%d,%c\n",y.c[1],y.c[1]);
}
```

（2）将本章习题“三、编程题”中的程序进行编写后运行调试。

第 8 章　预处理命令

在前面各章中，多次使用过以“#”号开头的命令，如#include 命令、#define 命令。在源程序中这些命令都放在函数之外，而且通常都放在源文件的前面，它们被称为编译预处理命令。C 语言允许在源程序中包含预处理命令，在 C 编译系统对源程序进行编译之前首先对这些命令进行“预处理”，然后将预处理的结果连同源程序一起再进行通常的编译处理，从而得到目标代码。预处理是C语言的一个重要功能，合理地使用预处理可以改善程序设计环境，有助于编写可读性强、易移植、易调试的程序。

编译预处理命令不属于 C 语句的范畴，为表示区别，所有的编译预处理命令均以“#”开头，书写时单独占一行，末尾不加分号结束符。

本章主要介绍常用的宏定义、文件包含和条件编译预处理命令的使用。

【学习目标】

（1）掌握带参宏定义和不带参数的宏定义方法及宏展开的效果。

（2）掌握文件包含的用法。

（3）了解条件编译的作用和使用方式。

8.1　宏定义

宏定义就是用一个标识符代替一个字符串，从而使程序更加简洁，因此宏定义也称宏替换。

宏定义有两类：不带参数的宏定义（即简单的字符替换）和带参数的宏定义。

8.1.1　不带参数的宏定义

不带参数的宏定义的一般形式为：

#define 标识符　字符串

功能：把标识符定义为字符串。在进行编译预处理时，编译系统就会用该字符串替代程序中出现的标识符，然后再对替换处理后的源程序进行编译。

说明：

（1）标识符和字符串之间要用空格隔开。

（2）标识符又称宏名，为了区别于一般变量，通常用英文大写字母表示；字符串又称宏体，可以是常量、关键字、表达式、语句等。

例如：

```
#define EMS "standard error on input \n"
```

源程序编译前，编译系统就会将程序中出现的宏名用宏体替换，这一过程称为宏展开。例如，经过上面的宏定义以后，程序中出现的语句：

```
printf(EMS);
```

在预处理阶段就会被展开成：

```
printf("standard error on input \n");
```

【例 8-1】宏定义命令的使用。

```
#define NO 0
#define YES 1
main()
{int x,y;
 scanf("%d",&x);
 if(x==YES) printf("y=%d\n",YES);
 else       printf("y=%d\n",NO);
}
```

该程序编译前，经预处理后，程序被展开成：

```
main()
{int x,y;
 scanf("%d",&x);
 if(x= =1)   printf("y=%d\n",1);
 else        printf("y=%d\n",0);
}
```

运行结果如下：

```
1↙
y=1
```

说明：

（1）为了区别于程序中的其他标识符，宏名通常用大写字母表示。

（2）宏定义不是 C 语句，不必在行末加分号，如果加了分号则会连分号一起替换。例如：

```
if(x= =YES)
printf("y=%d\n",YES);
```

若有宏定义语句"#define YES；"，则经过预处理后变为：

```
if(x= =1;)
printf("y=%d\n",1;);
```

显然出现语法错误。

（3）宏定义仅仅是符号替换，不是赋值语句，因此不做语法检查。例如：

```
#define YES I
```

把“1”写成大写字母“I”，预处理时照样带入，不做正确性检查，只有编译已被预处理后的源程序时才会发现错误。

（4）双引号中出现的宏名不替换。例如：

```
#define PI 3.14159
printf ("PI=%f", PI);
```

经过预处理后变为：printf ("PI=%f", 3.14159);

（5）使用宏定义可以嵌套，即后定义的宏中可以使用先定义的宏。在宏展开时由预处理程序层层代换。例如：

```
#define WIDTH 80
#define LENGTH   (WIDTH+40)
```

如果程序中出现了语句：var=LENGTH*20;

经过预处理后变为 var=(80+40)*20。

注意：如果将上面的第二个宏定义写为：#define LENGTH　WIDTH+40 那么经过替换后则变为 var=80+40*20。

这就是说，宏替换只是简单地用宏体去替换宏名而不进行任何计算。因此，宏定义中若出现表达式时，圆括号的有无，效果明显不同。

（6）宏定义必须写在函数之外(通常写在源文件开头)，其作用域为从宏定义命令起到源文件结束，如要终止其作用域可使用# undef 命令。例如：

```
# define PI 3.14159
main( )
{……}    /*main 函数体略*/
# undef PI
f1( )
{......}   /*f1 函数体略*/
```

表示 PI 只在 main 函数中有效，在 f1 中无效。因为 PI 的作用范围在# undef PI 行处终止，所以在 f1 中，PI 不再代表 3.14159。

8.1.2　带参数的宏定义

C语言允许宏定义带有参数。在宏定义中的参数称为形式参数，在宏调用中的参数称为实际参数。对带参数的宏，在调用中，不仅要宏展开，而且要用实参去代换形参。

带参数的宏定义的一般形式为：

```
#define  宏名(形参表)  字符串
```

说明：在字符串中包含有形参表中所指定的形参。在进行预处理时，编译系统会将程序中出现的所有宏名先用宏体替换，然后再将形参用实参替换，非形参字符保留不变。

【例 8-2】求整数的平方值。

```
#define SQ(y) (y)*(y)   /*带参宏定义*/
main()
{int a,sq;
 printf("input a number: ");
 scanf("%d",&a);
 sq=SQ(a+1);     /*带参宏调用*/
 printf("sq=%d\n",sq);
}
```

运行结果如下：

input a number: 3↙

sq=16

程序中第一行进行宏定义 SQ，形参为 y。程序第六行语句“sq=SQ(a+1);”中宏定义 SQ 的实参为 a+1。在宏展开时，先把 SQ 替换成宏体 (y)*(y)，再把形参 y 替换成 a+1，得到语句“sq=(a+1)*(a+1);”。

说明：

（1）宏名与括号之间不可以有空格。

例如把宏定义：#define SQ(y) (y)*(y)　　写为：

#define SQ□(y) (y)*(y)　　/*□表示空格*/

将被认为是无参宏定义，宏名 SQ 代表字符串 (y) (y)*(y)。宏展开时，语句“sq=SQ(a+1);”将变为“sq=(a+1) (a+1)*(a+1);”，这显然是错误的。

（2）在宏定义中，宏体内的形参通常要用括号括起来以避免出错。

可以看到，宏定义时宏体内的形参，即表达式(y)*(y)中的 y 都用括号括起来，因此结果是正确的。现进一步分析如下几种情况。

①如果去掉括号，把宏定义改为#define SQ(y) y*y ，则运行结果为：

input a number:3↙

sq=7

同样输入 3，但结果却是不一样的。这是由于宏代换只作符号代换而不作其他处理而造成的。宏代换后将得到语句“sq=a+1*a+1;”，由于 a 为 3，故 sq 的值为 7。这显然与题意相违，因此形式参数两边的括号是不能少的。

②有些情况下即使在形参两边加括号还是不够的。例如把程序稍作改动，将语句“sq=SQ(a+1);” 改为“sq=160/SQ(a+1);”，运行本程序时假如输入值仍为 3 时，希望结果为 10，但实际运行的结果却是：

input a number:3↙

sq=160

分析语句“sq=160/SQ(a+1);”，在宏替换后变为：

sq=160/(a+1)*(a+1);

a 为 3 时，由于“/”和“*”运算符优先级和结合性相同，所以先执行 160/(3+1)得 40，再执行 40*(3+1)最后得 160。

为了得到正确答案，应在宏定义中的整个字符串外加括号，即将宏定义命令：

#define SQ(y) (y)*(y)　改为#define SQ(y) ((y)*(y))

这样程序的运行结果才能是 10。

以上讨论说明，对于宏定义不仅应在参数两侧加括号，有时也应在整个宏体外加括号。

（3）带参的宏和带参函数很相似，但有本质上的不同，因此把同一表达式用函数处理与用宏处理两者的结果有可能是不同的。下面举例说明。

【例 8-3】带参的宏和带参函数比较，求整数的平方。

```
/*用带参的宏实现*/
#define SQ(y) ((y)*(y))
main()
```

```
{int i=1;
 while(i<=5)
    printf("%d\t",SQ(i++));
 printf("\n");
}
```

运行结果如下：

1 9 25

```
/*用函数实现*/
main()
{int i=1;
 while(i<=5)
    printf("%d\t",SQ(i++));
 printf("\n");
}
SQ(int y)
{return((y)*(y));}
```

运行结果如下：

1 4 9 16 25

从输出结果来看，二者大不相同，分析如下。

①用带参的宏实现时，SQ(i++)经过预处理后变成((i++)*(i++))，因此其计算过程如下。

第一次循环： ((i++)*(i++)) 为 1*1

第二次循环： ((i++)*(i++)) 为 3*3

第三次循环： ((i++)*(i++)) 为 5*5

第三次循环是最后一次循环，计算表达式的值为 5*5 等于 25。由于这次循环结束时 i 值已经变为 7，不再满足循环条件，因此跳出循环。

②用函数调用实现时是把实参 i 值传给形参 y 后自增 1，然后输出函数值，因此要循环 5 次，输出 1～5 的平方值。

从以上分析可以看出，函数调用和宏调用二者在形式上相似，在本质上是完全不同的。其主要区别有以下几点。

①函数调用时，先求出实参表达式的值，然后传送给形参。而用带参的宏调用只是进行简单的字符替换，SQ(i++)宏代换后为 ((i++)*(i++))，此时并不求该表达式的值。

②函数的形参与实参要求类型一致，而宏替换不存在类型问题。宏名无类型，它的参数也无类型，只是一个符号代表。宏定义时，字符串可以是任何类型的数据。

例如：
```
#define CIR 2.3*3.14159        /*代表表达式*/
#define AND &&                 /*代表运算符*/
#define SV(s1,s2,s3,s4) s1=l*w;s2=l*h;s3=w*h;s4=w*l*h;   /*代表多条语句*/
```

③函数影响运行时间，宏替换影响编译时间。

8.2　文件包含

所谓“文件包含”是指把一个指定文件的全部内容嵌入到另一个文件中。这一功能是通过#include 文件包含预处理命令完成的。

文件包含的一般形式为：

#include <文件名>

或者：#include “文件名”

功能：在预处理时用文件名所代表的文件中的全部内容替换该#include 命令行，使该文件成为源文件的一部分。

例如：#include “file2.c”

将被包含文件嵌入到源文件由预处理程序完成，如图 8-1 所示。

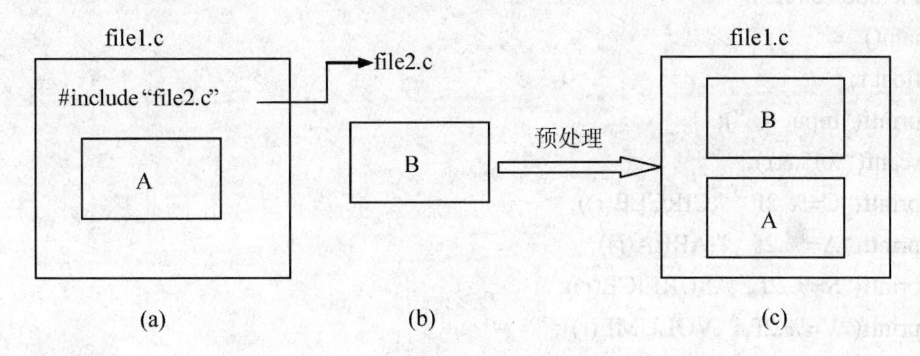

图 8-1 编译预处理过程

(a)编译预处理前;(b)被包含文件file2.c;(c)编译预处理后

说明：

（1）两种格式的区别如下。

按#include<文件名>格式定义时，编译系统仅在系统设定的标准目录下查找指定的文件。如果标准目录下不存在指定文件，编译系统会发出错误信息，并停止编译。

例如：#include<stdio.h>

按#include“文件名”格式定义时，预处理程序首先按指定的路径寻找文件，如没找到，再在系统设定的标准目录查找。

例如：

#include “d:\\file2.c”　/*编译系统将先按指定路径去 d:\目录下查找 file2.c*/

#include “file2.c”　/*省略路径，则先在源文件 file1.c 所在的当前目录下查找 file2.c*/

为了提高预处理程序的搜索效率，通常对系统库函数等标准文件使用按#include <文件名>格式，而对用户自定义的非标准文件使用按# include　“文件名”格式。

（2）一个#include 命令只能包含一个文件。且被包含的文件一定是文本文件，不可以是执行程序（.exe）或目标程序（.obj）。

（3）被包含文件(例如 file2.c)与其所在的源文件(即使用#include 命令的源文件 file1.c)在预处理后已成为同一个文件。因此，如果 file2.c 中有静态全局变量，它也在 file1.c 文件中有效，不必用 extern 声明。

（4）文件包含也可以嵌套，即 prog.c 中包含文件 file1.c，在 file1.c 中需包含文件 file2.c，可以在 prog.c 中使用两个#include 命令，分别包含 file1.c 和 file2.c，而且 file2.c 应当写在 file1.c 的前面。即在 prog.c 程序开头写上如下两条文件包含命令：

```
#include <file2.c>
#include <file1.c>
```

文件包含在程序设计中非常重要，当用户定义了一些外部变量或宏，可以将这些定义放在一个文件中，如 head.h，以后凡是需要使用这些定义的程序，只要用文件包含命令#include <head.h>将 head.h 包含到该程序中，就可以避免再一次对这些外部变量和宏进行说明，以节省设计人员的重复劳动，既能减少工作量，又可避免出错。

【例 8-4】编程计算圆周长、圆面积、球表面积和球体积。

```
/*文件 file1.c*/
#include “circle.h”
main()
{float r;
 printf(“Input R: ”);
 scanf(“%f”,&r);
 printf(“C=%.2f    ”,CIRCLE(r));
 printf(“A=%.2f    ”,AREA(r));
 printf(“S=%.2f    ”,SURFICE(r));
 printf(“V=%.2f\n”,VOLUME(r));
}
/*文件 circle.h*/
#define PI   3.141593
#define CIRCLE(r)   2*PI*(r)
#define AREA(r)   PI*(r)*(r)
#define SURFICE(r)   AREA(r)*4
#define VOLUME(r)   SURFICE(r)*(r)/3
```

运行结果如下：

```
Input R: 1.2↙
C=7.54   A=4.52   S=18.10   V=7.24
```

程序中用到了计算圆的面积和周长、球的表面积和体积的宏定义。把这些宏定义单独存放在一个文件 circle.h 中，然后用文件包含命令“#include “circle.h” ”嵌入源文件 file1.c 中。这样，当对源程序进行预处理时，编译程序会自动用 circle.h 文件的内容插入到 main() 前面取代#inculde 命令行，成为程序的一部分。

说明：

（1）circle.h 和 file1.c 在编译时并不是作为两个文件进行连接的，而是作为一个源程序进行编译，得到一个目标文件（.obj）。

（2）这种常用在文件头部的被包含文件称为“标题文件”或“头文件”，常以“.h”为扩展名，如 circle.h 文件。当然用“.c”或其他字符做扩展名或没有扩展名也是可以的，但用“h”做扩展名更能表示此文件的性质。

8.3　条件编译

一般情况下，源程序中的所有行都要参加编译。但是，有时希望对参加编译的内容有所选择，即希望在满足某一条件时编译某一部分内容，不满足时编译另一部分内容，这就是条件编译。

C 语言提供的条件编译命令有 3 种格式。

格式 1：

```
#if 条件表达式
   程序段 1
#else
   程序段 2
#endif
```

格式 2：

```
#ifdef 宏标识符
   程序段 1
#else
   程序段 2
#endif
```

格式 3：

```
#ifndef 宏标识符
   程序段 1
#else
   程序段 2
#endif
```

上述 3 种格式的含义分别如下。

格式 1：若条件成立，则编译程序段 1；否则编译程序段 2。

格式 2：如果宏标识符在此之前已经由#define 定义，则编译程序段 1，否则就编译程序段 2。

格式 3：如果宏标识符在此之前未经#define 定义，则编译程序段 1，否则就编译程序段 2。与格式 2 的逻辑关系正好相反。

以上 3 种格式中的#else 均是可选的，可有可无。

【例 8-5】条件编译的应用。

```
#define LIU Liuxiaoyan
main()
{#ifdef LIU
```

```
  printf("Hello,Liuxiaoyan\n");
 #else
  printf("Hello,anyone\n");
 #endif
 #ifndef WANG
  printf("WANG not be defined\n");
 #endif
}
```

运行结果如下：

Hello, Liuxiaoyan
WANG not be defined

由于语句 printf(" Hello,anyone\n ");没有进行编译，所以也不会执行该语句。

【例 8-6】采用条件编译，使给定的字符串按小写字母输出。

```
#define LETTER 0
main( )
{int i=0;
 static char str[]={"C Program"};
 char c;
 while ((c=str[i]) != '\0')
 {i++;
  # if LETTER
   if (c>='a' && c<='z')
    c=c-32;
  # else
   if (c>='A' && c<='Z')
    c=c+32;
  # endif
  printf("%c",c);
 }
}
```

运行结果如下：

c program

LETTER 定义为 0，即条件表达式的值为假，因此在预处理时，只对#else 后的 if 语句进行编译处理，进而执行，所以输出的结果均为小写字母。

如果将程序第一行改为#define LETTER 1，则输出的结果均为大写字母。

8.4 本章小结

（1）C 语言的所有编译预处理命令均以“#”开头，结尾不加分号，所有预处理命令的处理都在程序编译之前完成。合理地使用预处理命令可以改善程序设计环境，有助于编写可读性强、易移植、易调试的程序。

（2）宏定义分为两种：不带参数的宏定义和带参数的宏定义。

不带参数的宏定义的一般形式为：

```
#define 标识符 字符串
```

标识符也称宏名，在预编译时，将程序中出现的标识符用对应的字符串替换。

带参数宏定义的一般形式为：

```
#define 宏名(形参表) 字符串
```

字符串中应包含形参表中的形参。预编译时将带实参的宏名用宏定义命令中的字符串替换，且形参用相应的实参替换，非形参字符保留不变。

（3）文件包含命令的一般形式为：

```
#include <文件名>
```

或者：#include“文件名”

文件名可以是系统提供的，也可以是用户编写的，通常称为头文件，习惯用“.h”作为扩展名。在预编译时，用#include 命令中指定的文件内容替换该#include 命令。

（4）条件编译允许只编译源程序中满足条件的程序段，使生成的目标程序较短，从而减少了内存的开销，并提高了程序的效率。

习　题

一、选择题

1．以下叙述中不正确的是（　）。

A．预处理命令行都必须以#号开始

B．在程序中凡是以“#”号开始的语句行都是预处理命令行

C．宏替换不占用运行时间，只占编译时间

D．预处理命令以分号作为结束符

2．有以下程序，程序运行后的输出结果是（　）。

```
#include "stdio.h"
#define F(X,Y) (X)*(Y)
main()
{int a=3, b=4;
 printf("%d\n", F(a++, b++));
}
```

A．12　　B．15

C．16　　D．20

3．有如下程序，程序中的 for 循环执行的次数是（　）。

```
#define N 2
#define M N+1
#define NUM 2*M+1
```

```
main()
{int i;
 for(i=1;i<=NUM;i++)
   printf("%d\n",i);
}
```

A．5　　B．6

C．7　　D．8

4．以下关于宏替换叙述中，错误的是（　）。

A．宏替换占用编译时间

B．替换文本中可以包含已定义过的宏名

C．宏名可以由“+”号组成

D．宏替换只能是字符替换

5．有如下定义，则下面选项中错误的是（　）。

```
#define D 2
int x=5;float y=3.83;
char c='D';
```

A．x++;　　B．y++;

C．c++;　　D．D++;

6．以下程序段的执行结果为（　　）。

```
#define PLUS(X,Y) X+Y
main()
{int x=1,y=2,z=3,sum;
 sum=PLUS(x+y,z)*PLUS(y,z);
 printf("SUM=%d",sum);
}
```

A．SUM=9　　B．SUM=12

C．SUM=18　　D．SUM=28

二、阅读程序，分析程序的输出结果

程序 1：

```
#define JFT(x) x*x
main()
{int a, k=3;
 a=++JFT(k+1);
 printf("%d",a);
}
```

程序2：

```
#define    MIN(x,y)    (x)<(y)?(x):(y)
main()
{int i=10,j=15,k;
 k=10*MIN(i,j);
```

```
 printf("%d\n",k);
}
```

程序 3：

程序中头文件 type.h 的内容如下。

```
#define   N   5
#define   M1   N*3
```

程序如下。

```
#include "type.h"
#define   M2    N*2
main()
{int i;
 i=M1+M2;
 printf("%d\n",i);
}
```

程序 4：

```
#include <stdio.h>
#include <math.h>
#define   FX(F1,F2,X,Y)   F1=fabs(X*Y);F2=(X)*(Y)+y
main()
{int x=-10,y=2;
 double f1,f2;
 FX(f1,f2,x+1,y+1);
 printf("f1=%lf\nf2=%lf\n",f1,f2);
}
```

程序 5：

```
#define PR(ar) printf("%d,",ar)
main()
{ int j, a[]={1, 3, 5, 7, 9, 11, 15}, *p=a+5;
for(j=3; j>0; j--)
 switch(j)
{case 1:
 case 2: PR(*p++); break;
 case 3: PR(*(--p));
}
printf("\n");
}
```

三、编程题

1．输入两个整数，求它们相除的余数。用带参的宏来实现。

2．给定年份，定义一个宏，以判别该年份是否是闰年。

提示：判定闰年的条件是符合下面两者之一。

（1）能被 4 整除，但不能被 100 整除。

（2）能被 4 整除，又能被 100 整除。

上机实训

【实训目的】

（1）掌握宏定义的使用。

（2）掌握文件包含命令的用法。

（3）了解条件编译命令的用法。

【实训内容】

（1）上机调试运行下列程序，分析程序功能和输出结果。

程序 1：宏定义命令的使用。

```
#define   MA(x)     x*(x+1)
#include<stdio.h>
main( )
{
 int a=4,b=5;
 printf("%d\n",MA(1+a+b));
}
```

程序 2：文件包含命令的使用。

```
/*sx8-1-2.c*/
#include<stdio.h>
#include "func.c"
main()
{
 int x=2,y=4,z;
 z=max(x,y);
 printf("max=%d\n",z);
}
/*func.c*/
int max(int a,int b)
{
 return((a>b)?a:b);
}
```

程序 3：条件编译命令的使用。

```
#define   China
main( )
{
 int a=3,b=4,c;
 c=a/b;
 #ifdef   China
```

```
    printf("a=%d,b=%d,",a,b);
  #endif
  printf("c=%d\n",c);
}
```

（2）将本章习题“三、编程题”中的两个程序进行编写后运行调试。

第9章 文 件

前面介绍的一些章节中的程序在运行时所需要的数据通常都是从键盘输入的，运行的结果显示在屏幕上。这种输入、输出的方式对于大量数据的输入和运算结果的保存是不能实现的。这就需要借助于文件来实现。

本章介绍C文件的概念、文件指针的定义，以及文件的打开、关闭、读写等简单操作。

【学习目标】

（1）了解文件的基本概念。

（2）掌握文件指针的定义及使用方式。

（3）掌握文件打开和关闭的方法。

（4）掌握文件读写、定位以及出错检测等操作。

9.1 C语言文件的概念

9.1.1 文件的概念及分类

文件是程序设计中的重要概念。所谓“文件”是指一组相关数据或信息的有序集合。实际上前面章节介绍的源程序文件、目标文件、可执行文件和头文件等都属于文件。

文件通常是存储在外部介质（如磁盘或磁带等）上，在使用时才调入内存的。

从不同角度可以对文件作不同的分类。

（1）从用户的角度来看，可以将文件分为两类：普通文件（又称磁盘文件）和设备文件。

普通文件是指存储在磁盘或其他外部介质上的一组有序数据的集合，可以是源文件、目标文件、可执行文件，也可以是一组待输入处理的原始数据或是一组输出的结果。源文件、目标文件、可执行文件称为程序文件，输入输出的数据称为数据文件。

设备文件是指与主机相连的各种外部设备，如显示器、打印机、键盘等。在操作系统中，把外部设备也看成一个文件来进行处理，对它们的输入输出等同于对磁盘文件的读和写。通常把显示器定义为标准输出文件，一般情况下在屏幕上显示有关信息就是向标准输出文件输出，如前面经常使用的printf、putchar等函数就是这类输出文件。键盘通常被定义为标准输入文件，从键盘上输入就意味着从标准输入文件上输入数据，scanf、getchar函数就属于这类输入文件。

从设备上读取数据，可以看成是从输入设备文件中读数据；将数据写到输出设备上，可以看成是写到输出设备文件中。C语言规定，对于标准输入输出设备进行数据的读写操作不必事先打开设备文件，操作后，也不必关闭设备文件。因为系统在启动后已自动打开这些标准输入输出设备，系统关闭时将自动关闭这些设备。

（2）从数据的组织形式来看，可以将文件分为两类：文本文件和二进制文件。

C 语言把文件看成是一个字符（字节）的序列（简称为流式文件），即文件是由一个一个字符（字节）数据组成的。按数据的组织形式（即数据在磁盘上的存储形式）可分为文本文件（字符流）和二进制文件（二进制流）。虽然它们都是字节序列，但它们表示数据的形式和存储方式不同，所以 C 语言对它们要区别处理。

文本文件（字符流）也称为 ASCII 码文件，每个字节存放一个 ASCII 码，表示一个字符。文本文件的结束标志在 stdio.h 文件中定义为 EOF（该符号常量的值为-1），可用来测试文件是否结束。文本文件可在屏幕上按字符显示。在文本文件中，由于数据是采用 ASCII 码的形式进行存储的，所以保存在内存中的所有数据（二进制形式）在存入文本文件时都要先转换为等价的 ASCII 码字符形式。

二进制文件与文本文件不同，它是把内存中的数据（二进制形式）按其在内存中的存储形式原样存入文件的，存入文件时不需要进行数据转换。

例如：有一个 short 型的十进制整数 10000，在内存存储时占 2 个字节，那么用 ACSII 码形式存储在 ASCII 码文件中则占 5 个字节，一个字节对应一个字符。用二进制文件存储则与在内存中存储相同，占 2 个字节，如图 9-1 所示。

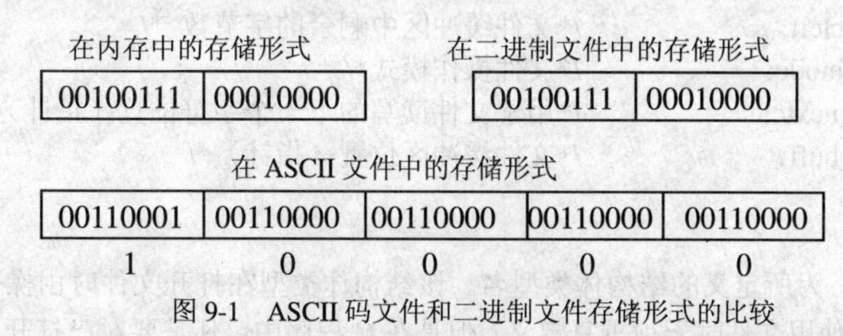

图 9-1 ASCII 码文件和二进制文件存储形式的比较

由此可见，文本文件从内存写到磁盘时，需要把内存中的二进制形式转化成 ASCII 码形式，要耗费转换时间，而且所占用的存储空间大；带来的好处是所建立的文本文件是可读的。二进制文件从内存写到磁盘时，不需要进行转换，所占的存储空间小，可是一个字节并不对应一个字符，所以是不可读的。文本文件和二进制文件各有优缺点，在工程中都有实际应用。

9.1.2 文件的处理方式

C 语言并没有提供对文件进行操作的语句，所有文件的操作都是通过 C 语言编译系统所提供的库函数来实现的。C 语言编译系统提供了以下两种文件处理的方式。

1．缓冲文件系统

缓冲文件系统是指系统自动在内存中为每个正在使用的文件开辟一个缓冲区。当从内存向磁盘输出数据时，先将数据送到内存缓冲区，待缓冲区装满后，再一起送到磁盘文件保存；当从磁盘文件读入数据时，则一次从磁盘文件中将一批数据输入到内存缓冲区，然后再从缓冲区逐个将数据送到程序数据区。

2．非缓冲文件系统

非缓冲文件系统是指系统在输入输出数据时不自动开辟内存缓冲区，而由用户根据所处理数据量的大小在程序中设置数据缓冲区。

使用非缓冲文件系统提供的函数对文件进行处理的速度将高于缓冲文件系统，但非缓冲文件系统所提供的文件操作函数都依赖于所使用的操作系统。因此考虑到程序的可移植性，ANSI C 标准只采用缓冲文件系统。本书将按照 ANSI C 标准介绍缓冲文件系统相关知识。

9.2 文件类型指针

文件类型指针是“缓冲文件系统”的一个重要概念，实际上是一个指向结构体类型的指针变量。该结构体指针变量用于存放文件的有关信息，如文件名、文件状态等。该结构体指针变量的数据类型由系统定义，名为 FILE。这个结构体类型 FILE 不需要用户自己定义，它是由系统事先定义在头文件 stdio.h 中的，其具体形式为：

```
typedef   struct
{
  int     _fd;                    /*当前文件的读写位置*/
  int     _cleft;                 /*文件缓冲区中剩余的字节数 */
  int     _mode;                  /*文件操作模式*/
  char   *_nextc;                 /*用于文件读写的下一个字符位置（指针）*/
  char   *_buff;                  /*文件缓冲区位置（指针）*/
     ……
}FILE;
```

这里，FILE 为所定义的结构体类型名。该结构体类型在打开文件时由操作系统自动建立，因此用户使用文件时无须重复定义。但是在 C 程序中，凡是要对已打开的文件进行操作，都要借助于该结构体类型的指针变量实现，因此，在程序中就需要定义 FILE 型(文件类型)的指针变量，简称文件类型指针或文件指针。

文件类型指针变量定义的一般格式为：

```
FILE      *文件类型指针变量名;
```

例如：

```
FILE      *p;
```

表示 p 被定义为文件类型的指针变量，借助 p 可以指向某一文件。

因为 FILE 类型的定义放在 stdio.h 头文件中，因此使用时要用#include <stdio.h>命令包含这个头文件。一个文件指针变量用来操作一个文件，如果在程序中需要同时处理多个文件，则需要定义多个 FILE 型指针变量，使它们分别指向多个不同的文件。

利用文件指针操作文件时要遵循一定的规则，在使用文件前应该首先打开文件，使用结束后应关闭文件。使用文件的一般步骤是：打开文件—操作文件—关闭文件。

打开文件：就是建立用户程序与文件的联系，系统为文件开辟文件缓冲区。

操作文件：是指对文件的读、写、追加和定位等操作。读操作是指从文件中读出数据，即将文件中的数据读入计算机内存；写操作是指向文件中写入数据，即将计算机内存中的数据写入文件；追加操作是指将新的数据写到原有数据的后面；定位操作是指移动文件读写位置指针。

关闭文件：就是切断文件与程序的联系，将文件缓冲区的内容写入磁盘，并释放文件缓冲区。

C 语言对文件的相关操作都是借助于系统提供的库函数实现的，为了使用这些函数，应在源程序的开头将 stdio.h 头文件包含进来。即在源文件开头写上：

```
#include <stdio.h>
```

下面将主要介绍这些函数的使用。

9.3　文件的打开与关闭

9.3.1　文件打开

在对文件进行读写等操作之前，首先打开文件，以便把程序中要操作的文件与计算机内存中的实际数据联系起来。打开文件的操作是通过调用“fopen”库函数来实现的。

fopen 函数的调用方式为：

文件指针名=fopen（“文件名”,“文件操作方式”);

其中：“文件指针名”必须是被定义为 FILE 类型的指针变量，“文件名”是被打开文件的文件名，“文件操作方式”是指文件的类型和操作要求，如表 9-1 所示。

“文件名”和“文件操作方式”是“fopen”函数的两个参数。实际使用时，这两个参数都需要加双引号。

该函数是一个指针型函数，调用后返回所打开文件的指针（地址）。

例如：

```
FILE      *fp;
fp=fopen("c:\file1.dat","r");
```

第一条语句定义了一个 FILE 型文件指针 fp，第二条语句表示以只读方式打开 C 盘根目录上的文件“file1.dat”，并使文件指针 fp 指向该文件。这样 fp 就和“file1.dat”联系起来了。

表 9-1 列出了文件的各种操作方式、含义及功能。

表 9-1　文件的操作方式及含义

文件操作方式	含　义	文件不存在时	文件存在时
r	以只读方式打开一个文本文件	返回错误标志	打开文件
w	以只写方式打开一个文本文件	建立新文件	打开文件，原文件内容清空
a	以追加方式打开一个文本文件	建立新文件	打开文件，只能向文件尾追加数据
r+	以读/写方式打开一个文本文件	返回错误标志	打开文件

续表

文件操作方式	含 义	文件不存在时	文件存在时
w+	以读/写方式建立一个新的文本文件	建立新文件	打开文件，原文件内容清空
a+	以读/写方式打开一个文本文件	建立新文件	打开文件，可从文件中读取或往文件尾追加数据
rb	以只读方式打开一个二进制文件	返回错误标志	打开文件
wb	以只写方式打开一个二进制文件	建立新文件	打开文件，原文件内容清空
ab	以追加方式打开一个二进制文件	建立新文件	打开文件，只能向文件尾追加数据
rb+	以读/写方式打开一个二进制文件	返回错误标志	打开文件
wb+	以读/写方式建立一个新的二进制文件	建立新文件	打开文件，原文件内容清空
ab+	以读/写方式打开一个二进制文件	建立新文件	打开文件，可从文件中读取或往文件尾追加数据

说明：

（1）文件的操作方式由 r、w、a、+、t、b 这 6 个字符组成，各字符的含义如下。

r（read）：读　　w（write）：写　　a（append）：追加　　+：读和写

t（text）：文本文件，可省略不写　　b（banary）：二进制文件

（2）用“r”打开一个文件时，该文件必须存在，且只能读该文件的内容，不能改写该文件。如果指定的文件不存在，则返回空指针 NULL。

（3）用“w”打开一个文件时，只能向该文件写入。若打开的文件已经存在，则用写入的数据覆盖文件原有内容；若文件不存在，则创建一个新文件。

（4）用“a”方式打开的文件，主要用于向其尾部添加（写）数据。此时，若该文件存在，打开后位置指针指向文件尾；若该文件不存在，则创建一个新文件。

（5）以“r+”“w+”“a+”方式打开的文件，既可以读数据，也可以写数据。只有文件存在时，才能使用“r+”方式。“w+”方式用于新建文件（同“w”方式），操作时，应先向其写入数据，有了数据后，可读出该数据。而“a+”方式不同于“w+”方式，其所指文件内容不被删除，指针移至文件尾，可以添加，也可以读出数据。若文件不存在，则新建一个文件。

（6）打开文件操作不能正常执行时，fopen 函数返回一个空指针 NULL（其值为 0）表示出错。因此用 fopen 函数打开一个文件时，一般情况下都要对函数返回值进行检查，以判断文件是否正常打开。

常见的程序形式为：

```
FILE     *fp;
fp= fopen("文件名","文件使用方式");
if(fp==NULL)
{
 printf("file can’t opened"\n);
 exit(0);
}
```

这段程序的作用是检查 fopen 的返回值，当返回值是 NULL 时，显示出文件不能正确打开的信息，再用 exit 函数结束程序并返回到操作系统状态下。

exit 函数的功能是关闭所有已经打开的文件，结束程序运行并返回到操作系统，同时把括号( )中的值传递给操作系统。括号中的值若为 0，则认为程序正常结束；若为非 0，则表示程序出错后退出。该函数的定义在 process.h 头文件中。

9.3.2　文件关闭

在程序中，文件处理完毕后必须要关闭，否则可能造成文件的数据丢失等问题。在 C 语言中，关闭文件的操作是通过调用“fclose”库函数实现的。

fclose 函数的调用方式为：

```
fclose(文件指针);
```

例如：

```
fclose(fp);
```

该语句的功能是关闭文件指针 fp 所指向的文件，让 fp 解除与所指向的文件的联系。即文件被关闭后，fp 不再指向该文件。此后，fp 可以指向其他文件。

要养成及时关闭文件的良好习惯，因为不及时关闭文件可能造成数据丢失。另外，fclose 函数调用后有一个返回值，正常完成关闭文件操作时，fclose 函数的返回值为 0。如返回非零值则表示有错误发生。

9.4　文件的读写

9.4.1　文件读写的含义

1．文件的读操作

就是将一个已经打开的文件的内容读取出来（有时也称输入或取出）。通常是在文件的当前位置处读出一部分数据，并将其赋给一个对应的变量。

注意：对于已打开的文件，除了有一个文件指针与其联系外，还有一个表示该文件当前位置的指针，即文件的位置指针。所以已打开的文件，可用两个指针从不同的角度对其进行操作。只是对于一般的用户来说，文件的位置指针是不可见的，也不必见。文件刚打开时，其位置指针指向文件的开头。当文件位置指针指向文件末尾时，表示文件结束。当进行读操作时，总是从文件位置指针所指位置开始，去读后面的数据，然后文件位置指针移到尚未读取的位置之前，以备下一次的读写操作。读操作只会影响文件的位置指针，而不会修改文件的内容。另外，要正确读取数据，文件位置指针不能指向文件的末尾，同时空文件也不能进行读操作。

2．文件的写操作

就是将一些数据写入（有时也称存入或输出）某个文件。该文件可以是一个已经存在的文件，也可以是一个新建的文件。每次写操作都是将某些数据从文件的位置指针处开始写入，写操作完毕后，文件位置指针自动移到下一个写入位置。写操作不仅会影响文件的位置指针，还会修改文件的内容。

9.4.2 文件读写函数

1．字符读写函数

1）读字符函数 fgetc

fgetc 函数的调用格式为：

字符变量=fgetc(文件指针);

功能：从文件指针指向的文件中读取一个字符。

其中，文件指针所指文件的打开方式必须是“r”或“r+”。

例如：

ch=fgetc(fp);

表示从 fp 所指的文件中读取一个字符，赋给字符变量 ch。若读取字符时文件已经结束或出错，将文件结束符 EOF 赋给 ch。fp 为 FILE 类型的文件指针变量，用来指向要读取的文件。它由 fopen 函数赋初值。

2）写字符函数 fputc

fputc 函数的调用格式为：

fputc(字符,文件指针);

功能：把一个字符写入文件指针指向的文件。

其中，文件指针所指文件的打开方式必须是“w”、“w+”、“a”、“a+”。

例如：

fputc（’b’,fp）;

表示把字符常量 b 写入 fp 所指的文件。每写入一个字符，文件内部的位置指针向后移动一个字节。

fputc 函数有一个返回值，若写成功，则返回这个写入的字符，否则，返回 EOF。

【例9-1】从键盘输入若干字符，逐个把它们写到磁盘文件中去，直到输入回车换行符“\n”为止，然后再输出文件中这些字符。

```
#include <stdio.h>
#include <process.h>
main()
{FILE *fp;
 char ch;
 if((fp=fopen("example1.txt","w"))==NULL)  /*以写方式打开文件*/
 {printf("Can't open the file!\n");
  exit(0);
 }
 while((ch=getchar())!='\n')                 /*向文件写入若干字符*/
 fputc(ch,fp);
 fclose(fp);                                 /*关闭文件*/
```

```
 if((fp=fopen("example1.txt","r"))==NULL)    /*以读方式打开文件*/
 {printf("Can't open the file!\n");
  exit(0);
 }
 ch=fgetc(fp);                               /*从文件中读取第一个字符*/
 while(ch!=EOF)
 {putchar(ch);                               /*将从文件中读取的字符显示在屏幕上*/
  ch=fgetc(fp);                              /*从文件中读取字符*/
 }
fclose(fp);                                  /*关闭文件*/
}
```

运行结果如下：

abcde12345↙

abcde12345

程序运行的同时会在源程序所在文件夹生成一个 example1.txt 文件，其内容就是运行时所输入的若干字符“abcde12345”。

2．字符串读写函数

1）读字符串函数 fgets

fgets 函数的调用格式为：

fgets(字符数组名,n,文件指针);

功能：从文件指针指向的文件中读取 n-1 个字符，放到字符数组中，并在读取的最后一个字符后加串结束标志“\0”。若 n-1 个字符读入完成之前遇到换行符“\n”或文件结束符 EOF，则该函数结束。

该函数的返回值：正常时返回字符数组首地址；出错或读到文件尾，返回 NULL。

例如：

fgets(str,n,fp);

表示从 fp 所指的文件中读取 n-1 个字符，并送入字符数组 str。

注意：fgets 函数读取的字符个数不会超过 n-1，因为字符串尾部自动追加“\0”字符。

2）写字符串函数 fputs

fputs 函数的调用格式为：

fputs(字符串,文件指针);

功能：把一个字符串写到文件指针所指的磁盘文件中。

该函数的返回值：正常时返回写入的最后一个字符，出错时返回 EOF。

例如：

fputs("hello",fp);

表示把字符串“hello”写到 fp 所指的文件中。

注意：fputs 函数在将字符串写入文件时，自动舍弃'\0'字符。

【例 9-2】向文件 example1.txt 中追加一个字符串，然后输出文件内容。

```
#include <stdio.h>
```

```
#include <process.h>
main()
{FILE *fp;
 char str[20],str2[100];
 if((fp=fopen("example1.txt","a+"))==NULL)     /*以追加/读取方式打开文件*/
 {printf("Can't open the file!\n");
  exit(0);
 }
 printf("输入一个字符串:");
 scanf("%s",str);                     /*从键盘输入一个字符串放入 str 数组*/
 fputs(str,fp);                       /*将 str 数组中的字符串写入文件*/
 rewind(fp); /*rewind 为文件定位函数，功能是重新将文件位置指针定位到文件头*/
 printf("从 example1 文件中读出的字符串为：\n ");
 fgets(str2,100,fp);                  /*从文件中读取字符串送内存 str2 数组*/
 puts(str2);                          /*将 str2 数组中的字符串输出到屏幕显示*/
 fclose(fp);
}
```

运行结果如下：

```
输入一个字符串:hello↙
从 example1 文件中读出的字符串为：
abcde12345hello
```

假设 example1.txt 文件中原有内容为“abcde12345”，则该程序执行时由于是以追加方式打开该文件，所以新输入的字符串“hello”将会追加在 example1.txt 文件尾部。

3．格式化读写函数

格式化输入函数 fscanf 和格式化输出函数 fprintf 跟前面常用的 scanf 和 printf 相似，都是格式化读/写函数。它们的不同点在于读/写对象不一样，前者读/写对象是磁盘文件，后者读/写对象是终端。因此，fscanf 和 fprintf 函数的参数多一个文件指针，其他参数与 scanf 和 printf 函数相同。

1）格式化输入函数 fscanf

fscanf 的调用格式为：

fscanf(文件指针, 格式控制字符串, 输入项地址表);

功能：从文件指针所指的文件中，按照格式控制字符串指定的输入格式给输入项地址表赋值。

该函数的返回值：操作成功，返回输入的个数，出错或到文件尾，返回 EOF。

例如：

```
fscanf(fp, "%d,%f", &a,&b);
```

表示从 fp 所指向的文件中，按照"%d,%f"格式分别为变量 a,b 赋值。若文件中有 56 和 68.5，则 56 送变量 a 中，68.5 送变量 b 中。

2）格式化输出函数 fprintf

fprintf 的调用格式为：

fprintf (文件指针，格式控制字符串，输出项表)；

功能：将输出项表中各表达式的值，按照格式控制字符串指定的格式写到（或输出到）文件指针所指的文件中。

该函数的返回值：操作成功，返回输出的个数，出错或到文件尾，返回 EOF。

例如：

fprintf (fp, "%d, %6.1f", a,b);

表示将 a,b 变量的值按"%d, %6.1f"格式输出到 fp 指定的文件。

【例 9-3】从键盘依次输入一个整数和一个字符串，写到 d:\exampl2.dat 二进制文件中。

```
#include <stdio.h>
#include <process.h>
main()
{FILE *fp;
 int i,i2;
 char str[50],str2[50];
 if((fp=fopen("d:\\example2.dat","wb+"))==NULL)   /*以读/写方式打开二进制文件*/
 {printf("Can't open the file!\n");
  exit(0);
 }
 printf("输入一个整数:\n");
 scanf("%d",&i);
 printf("输入一个字符串:\n");
 scanf("%s",str);
 fprintf(fp,"%d,%s",i,str);         /*将两个数据输出到 fp 所指的 example2.dat 文件*/
 rewind(fp);
 fscanf(fp,"%d,%s",&i2,str2);    /*从文件中读取数据送指定变量 i2 和数组 str2*/
 printf("%d\t%s",i2,str2);         /*将内存中的数据出显示在屏幕上*/
 fclose(fp);
}
```

运行结果如下：

```
输入一个整数:
36↙
输入一个字符串:
hello
36      hello
```

4．块读写函数

在编程时经常需要读写由各种类型数据组成的数据块，此时可以用 fread 和 fwrite 函数来实现数据块的读写。

1）读数据块函数 fread

fread 的调用格式为：

fread (buf, size, n,fp);

其中，buf 是一个指针，用来指向数据块在内存的首地址；size 表示要读取的每个数据项的字节数；n 是要读取的数据项的个数；fp 为文件指针。

功能：从文件指针所指的文件中读取 n 个数据项，每个数据项为 size 字节，将它们读到 buf 所指向的内存缓冲区中。

该函数的返回值：操作成功，返回实际读入的数据项的个数；不成功，则返回 0。

2）写数据块函数 fwrite

fwrite 的调用格式为：

fwrite (buf, size, n,fp);

其中，buf 是一个指针，用来指向数据块在内存的首地址；size 表示一个数据项的字节数；n 是要读取的数据项的个数；fp 为文件指针。

功能：将 buf 所指向的缓冲区或数组内的 n 个数据项（每个数据项有 size 字节）写到 fp 所指向的文件中。

该函数的返回值：操作成功，返回实际写入的数据项的个数；不成功，则返回 0。

另外，由于 fread 和 fwrite 实际上是以二进制处理数据的，所以在程序中相应的文件应以“b”方式打开。

【例 9-4】将 3 个学生成绩记录写入到名为 d:\example4.txt 的磁盘文件中，再将文件内容显示在屏幕上。

```
#include <stdio.h>
#include <process.h>
#define  N   3
struct stu
{char   name[10];
 char   stuID[6];
 int    score;
};
main()
{FILE      *fp;
 struct   stu   s[N],t[N];
 int   i;
 if((fp=fopen("d:\\example4.txt","wb+"))==NULL)
 { printf("Can't open the file!\n");
  exit(0);
 }
 printf("\n 输入：姓名、学号和成绩\n");
 for(i=0;i<N;i++)
 {scanf("%s%s%d",s[i].name,s[i].stuID,&s[i].score);  /*从键盘输入学生成绩记录*/
  fwrite(&s[i],sizeof(struct stu),1,fp);            /*将学生成绩记录写入到文件中*/
  printf("\n");
```

```
    }
    rewind(fp);
    printf("\n 输出文件内容:\n");
    for(i=0;i<N;i++)
    {fread(&t[i],sizeof(struct stu),1,fp);              /*从文件中读取记录并存入到 t[i]中*/
     printf("%10s%6s%5d\n",t[i].name,t[i].stuID,t[i].score);
    }
    fclose(fp);                                         /*关闭文件*/
}
```

运行结果如下：

输入：姓名、学号和成绩

Liming 001 89↙

Liufei 002 97↙

Zhaoli 003 100↙

输出文件内容:

```
Liming     001    89
Liufei     002    97
Zhaoli     003   100
```

9.5 文件的定位和检测

9.5.1 文件定位函数

前面介绍的对文件的读、写方式都是顺序读写方式，即对文件的读写只能从头开始，顺序读写各个数据。每读写完一个数据后，文件的位置指针自动指向下一个位置。在实际问题中，常常要求只读写文件的某一指定位置。为了解决这个问题，可移动文件位置指针到所需要的读写位置，再进行读写，这种读写称为随机读写。

实现随机读写的关键是按要求移动位置指针，称为文件的定位。移动文件指针的函数主要有两个，即 rewind 函数和 fseek 函数。

1. rewind 函数

调用格式为：

rewind（文件指针）；

功能：使文件位置指针重新返回文件的开头，对文件可以重新进行读写操作。此函数无返回值。

例如：

rewind（fp)；

表示将 fp 所指向的文件的位置指针移到文件开头。

2. fseek 函数

调用格式为：

fseek（文件指针，位移量，起始点）；

功能：将文件位置指针按字节移动到指定的位置。

说明：

（1）“起始点”指移动位置的基准点，用数字或符号常量代表：0 或 SEEK_SET 代表文件开始；1 或 SEEK_CUR 代表文件当前位置；2 或 SEEK_END 代表文件末尾。

（2）“位移量”是指以“起始点”为基准，前后移动的字节数。位移量为正值时，向文件末尾方向移动；位移量为负值时，向文件开始方向移动。因为 ANSI C 标准要求位移量是 long 型数据，所以位移量数字的末尾要加一个字母 L。

例如：

fseek（fp，128L，0）；　/*表示从文件头向后移动 128 个字节*/

fseek（fp，-32L，2）；　/*表示从文件尾向前移动 32 个字节*/

3．ftell 函数

调用格式为：

ftell（文件指针）；

功能：返回文件的当前读写位置（用相对于文件起始位置的位移量表示）。

返回值：运行成功后返回文件的当前读写位置，否则返回-1L，表示出错。

4．feof 函数

调用格式为：

feof（文件指针）；

功能：检测文件是否结束，如果是，返回 1，否则返回 0。

9.5.2　文件出错检测函数

前面介绍的文件读写函数，均不能直接反映函数是否正确地运行，因此 C 语言提供了一些专用函数来对文件读写过程中的出错情况进行检测。

1．ferror 函数

调用格式为：

ferror（文件指针）；

功能：检测文件指针所指的文件在用各种输入输出函数进行读写时是否出错。如未出错返回值为 0，否则返回一个非 0 值。

2．clearerr 函数

调用格式为：

clearerr（文件指针）；

功能：清除文件指针所指的文件中的出错标记以及文件的结束标记，使文件错误标记和文件结束标志置为 0。

在用 feof 函数和 ferror 函数检测文件结束或出错情况时，遇到文件结束或出错，两个函数的返回值均为非 0 值，且一直保留，直到对同一文件指针调用 clearerr 函数，清除出错标记和文件结束标志，使它们为0值。

【例9-5】将磁盘文件d:\example4.txt中的第二个学生的数据读取出来，显示在屏幕上。

```
#include <stdio.h>
#include <process.h>
#define  N  3
struct stu
{char  name[10];
 char  stuID[6];
 int   score;
};
main()
{FILE    *fp;
 struct  stu  d;
 if((fp=fopen("d:\\example4.txt","rb"))==NULL)
 { printf("Can't open the file!\n");
   exit(0);
 }
 fseek(fp,sizeof(struct  stu),0);            /*将文件位置指针定位到第二条记录*/
 if(ferror(fp)!=0)                           /*进行定位后检测文件是否有错*/
 {printf("文件有错误！ \n");
   exit(0);
 }
 fread(&d,sizeof(struct stu),1,fp);          /*从文件读取第二条记录到变量d*/
 printf("%10s%6s%5d\n",d.name,d.stuID,d.score);
 fclose(fp);                                 /*关闭文件*/
}
```

运行结果如下：

```
Liufei   002   97
```

9.6　本章小结

（1）C语言中文件被看做字符（字节）序列，称为流式文件，C文件从用户的角度来看，可分为普通文件和设备文件；从数据的组织形式来看，可为分文本文件和二进制文件。

（2）在C语言中，对于每一个要操作的文件，都必须为其定义一个文件指针，并让其指向要操作的文件。文件指针的定义形式为：

FILE　　*文件指针变量名

（3）C语言对文件的操作都是由库函数实现的，因此，在调用这些函数时，应在程序开头包含文件 stdio.h。而且要使用文件时，必须将其打开；使用完后，必须将其关闭。

（4）文件的操作函数包括文件的打开关闭函数、文件读写函数、文件的定位函数和文件的出错检测函数。

习　题

一、选择题

1. 若 fp 是指向某文件的指针，且已读到文件末尾，则函数 feof（fp）的返回值是（　）。

A．EOF　　B．-1

C．1　　D．NULL

2. 下列关于 C 语言文件的叙述中正确的是（　）。

A．文件由 ASCII 码字符序列组成，C 语言只能读写文本文件

B．文件由二进制数据序列组成，C 语言只能读写二进制文件

C．文件由记录序列组成，可按数据的存放形式分为二进制文件和文本文件

D．文件由数据流形式组成，可按数据的存放形式分为二进制文件和文本文件

3. 函数 fseek（pf, 0L,SEEK_END）中的 SEEK_END 代表的起始点是（　）。

A．文件开始　　B．文件末尾

C．文件当前位置　　D．以上都不对

4. 若调用 fputc 函数输出字符成功，则其返回值是（　）。

A．EOF　　B．1

C．0　　D．输出的字符

5. 已知函数的调用形式：fread（buf,size,count,fp）,参数 buf 的含义是（　）。

A．一个整型变量，代表要读入的数据项总数

B．一个文件指针，指向要读的文件

C．一个指针，指向要读入数据的存放地址

D．一个存储区，存放要读的数据项

6. 当顺利执行了文件关闭操作时，fclose 函数的返回值是（　）。

A．-1　　B．TRUE

C．0　　D．1

7. 若要打开 E 盘上 user 子目录下名为 abc.txt 的文本文件进行读写操作，下面符合此要求的函数调用是（　）。

A．fopen（"E:\user\abc.txt","r"）

B．fopen（"E:\\user\\abc.txt","rt+"）

C．fopen（"E:\user\abc.txt","rb"）

D．fopen（"E:\user\abc.txt","w"）

8. C 语言中，系统的标准输入文件是指（　）。

A．键盘　　B．显示器

C．软盘　　D．硬盘

二、程序填空题

以下程序将数组 a 的 4 个元素和数组 b 的 6 个元素写到名为 lett.dat 的二进制文件中，请填空。

```
#include <stdio.h>
main ()
{FILE *fp;
 char a[4]="1234",b[6]="abcedf";
 if((fp=fopen("【        】","wb"))==NULL)
 exit(0);
 fwrite(a,sizeof(char),4,fp);
 fwrite(b,【              】,1,fp);
 fclose(fp);
}
```

三、阅读程序，分析程序的输出结果。

```
#include <stdio.h>
#include <process.h>
main()
{FILE *fp;
 int i=20,j=30,k,n;
 fp=fopen("d1.dat","w");
 fprintf(fp,"%d\n",i);
 fprintf(fp,"%d\n",j);
 fclose(fp);
 fp=fopen("d1.dat","r");
 fscanf(fp,"%d%d",&k,&n);
 printf("%d %d\n",k,n);
 fclose(fp);
}
```

四、编程题

编写程序将文本文件 file1.txt 中的内容复制到 file2.txt 中。

上机实训

【实训目的】

（1）掌握文件、文件指针的概念。

（2）掌握文件打开、关闭、读取、定位等操作函数的使用。

【实训内容】

（1）上机调试运行下列程序，分析程序功能和输出结果。

假定当前盘符下有两个文本文件，文件名为 a1.txt 和 a2.txt，其内容分别为“123#”和“321#”。分析下面程序段执行后的结果。

```
#include "stdio.h"
void fc(FILE *p)
{char c;
 while((c=fgetc(p))!='#')
 putchar(c);
}
main()
{ FILE *fp;
 fp=fopen("a1.txt","r");
 fc(fp);
 fclose(fp);
 fp=fopen("a2.txt","r");
 fc(fp);
 fclose(fp);
 putchar('\n');
}
```

（2）将本章习题“四、编程题”中的程序进行编写后运行调试。

附录Ⅰ 常用字符与 ASCII 码对照表

ASCII 值	字符	控制字符	ASCII 值	字符	ASCII 值	字符	ASCII 值	字符
000	(空)	NUL	032	(空格)	064	@	096	``
001	☺	SOH	033	!	065	A	097	a
002	☻	STX	034	"	066	B	098	b
003	♥	ETX	035	#	067	C	099	c
004	♦	EOT	036	$	068	D	100	d
005	♣	END	037	%	069	E	101	e
006	♠	ACK	038	&	070	F	102	f
007	(嘟声)	BEL	039	'	071	G	103	g
008	◘	BS	040	(	072	H	104	h
009	(记忆)	HT	041	)	073	I	105	i
010	(换行)	LF	042	*	074	J	106	j
011	起始位置	VT	043	+	075	K	107	k
012	(换页)	FF	044	,	076	L	108	l
013	(回车)	CR	045	-	077	M	109	m
014	♫	SO	046	。	078	N	110	n
015	☼	SI	047	/	079	O	111	o
016	►	DLE	048	0	080	P	112	p
017	◄	DC1	049	1	081	Q	113	q
018	↕	DC2	050	2	082	R	114	r
019	‼	DC3	051	3	083	S	115	s
020	¶	DC4	052	4	084	T	116	t
021	§	NAK	053	5	085	U	117	u
022	▬	SYN	054	6	086	V	118	v
023	↨	ETB	055	7	087	W	119	w
024	↑	CAN	056	8	088	X	120	x
025	↓	EM	057	9	089	Y	121	y
026	→	SUB	058	:	090	Z	122	z
027	←	ESC	059	;	091	[	123	{
028	∟	FS	060	<	092	\	124	|
029	◆	GS	061	=	093	]	125	}
030	▲	RS	062	>	094	^	126	~
031	▼	US	063	?	095	_	127	|

续表

ASCII 值	字符	ASCII 值	字符	ASCII 值	字符	ASCII 值	字符
128	∝	160	ă	192	└	224	α
129	ü	161	í	193	┴	225	β
130	é	162	ó	194	┬	226	Γ
131	â	163	ú	195	├	227	π
132	ä	164	ñ	196	─	228	∑
133	ℜ	165	Ñ	197	┼	229	σ
134	…	166	a	198	╞	230	μ
135	™	167	o	199	╟	231	τ
136	ê	168	¿	200	╚	232	φ
137	ë	169	⌐	201	╔	233	θ
138	è	170	¬	202	╩	234	Ω
139	ï	171	½	203	╦	235	δ
140	î	172	¼	204	╠	236	∞
141	ì	173	i	205	═	237	ι
142	Ä	174	《	206	╬	238	∈
143	Å	175	》	207	╧	239	∩
144	È	176	░	208	╨	240	≡
145	æ	177	▒	209	╤	241	±
146	Æ	178	▓	210	╥	242	≥
147	ô	179	│	211	╙	243	≤
148	ö	180	┤	212	╘	244	⌠
149	ò	181	╡	213	╒	245	⌡
150	û	182	╢	214	╓	246	÷
151	ù	183	╖	215	╫	247	≈
152	ÿ	184	╕	216	╪	248	°
153	Ö	185	╣	217	┘	249	·
154	Ü	186	║	218	┌	250	.
155	¢	187	╗	219	█	251	√
156	£	188	╝	220	▄	252	Π
157	¥	189	╜	221	▌	253	Z
158	Pt	190	╛	222	▐	254	█
159	*f*	191	┐	223	▀	255	(‘FF’)

注：本表列出了用十进制表示的全部 ASCII 码及其相应字符。“控制字符”一列中列出了 ASCII 码 0~31 的控制作用含义，它们通常用于控制或通信中。

附录Ⅱ 关键字及其用途

关键字	用途	说 明
char	数据类型	定义字符型数据
short		定义短整型数据
int		定义整型数据
unsigned		定义无符号类型数据，最高位是数值位
long		定义长整型数据
float		定义单精度类型数据
double		定义双精度类型数据
struct		定义结构体类型数据
union		定义共用体类型数据
void		定义空类型，定义的对象不具有任何值
enum		定义枚举类型数据
signed		定义有符号类型数据，最高位作符号位
const		表明这个量在程序执行过程中不可改变
volatile		表明这个量在程序执行过程中可被隐含地改变
typedef		编程人员自定义数据类型
auto	存储类型	定义自动类型数据
register		定义寄存器类型数据
static		定义静态变量
extern		声明外部变量
break	流程控制	退出最内层的循环或 switch 语句
case		switch 语句中的情况选择
continue		跳到下一轮循环
default		switch 语句中其余情况选择
do		do…while 循环中的循环起始标志
else		if 语句中的另一选择
for		for 循环
goto		转移到标号指定的语句
if		选择语句
return		返回到调用函数
switch		多分支选择结构
while		用于 while 和 do…while 循环语句中
sizeof	运算符	用于计算表达式和类型的字节数

附录Ⅲ　运算符的优先级和结合方向

优先级	运算符	含义	要求运算对象的个数	结合方向	举例
1	( )	圆括号		自左至右	(a+c)*2
	[ ]	下标运算符			arrry[10]
	->	指向结构体成员运算符			p->age
	.	结构体成员运算符			stud.age
2	!	逻辑非运算符	1 (单目运算符)	自右至左	!a
	~	按位取反运算符			~b
	++	自增运算符			i++　++i
	--	自减运算符			j--　--j
	-	负号运算符			-x
	(类型)	类型转换运算符			(int)f
	*	指针运算符			i=*p
	&	地址与运算符			p=&i
	sizeof	长度运算符			sizeof(double)
3	*	乘法运算符	2 (双目运算符)	自左至右	a*b
	/	除法运算符			a/b
	%	求余运算符			a%b
4	+	加法运算符	2 (双目运算符)	自左至右	a+b
	−	减法运算符			a-b
5	<<	左移运算符	2 (双目运算符)	自左至右	a<<2
	>>	右移运算符			b>>2
6	<	小于运算符	2 (双目运算符)	自左至右	if(x>0)
	<=	小于或等于运算符			while(x<=100)
	>	大于			for(i=10;i>0;i--)
	>=	大于或等于运算符			for(i=10;i>=0;i--)
7	= =	等于运算符	2 (双目运算符)	自左至右	if(x==y)
	!=	不等于运算符			while(x!=0)
8	&	按位与运算符	2 (双目运算符)	自左至右	0377&a
9	^	按位异或运算符	2 (双目运算符)	自左至右	~0^a

续表

<table>
<tr><th>优先级</th><th>运算符</th><th>含义</th><th>要求运算对象的个数</th><th>结合方向</th><th>举例</th></tr>
<tr><td>10</td><td>|</td><td>按位或运算符</td><td>2
(双目运算符)</td><td>自左至右</td><td>~0|a</td></tr>
<tr><td>11</td><td>&&</td><td>逻辑与运算符</td><td>2
(双目运算符)</td><td>自左至右</td><td>if(x>=0&&x<=10)</td></tr>
<tr><td>12</td><td>||</td><td>逻辑或运算符</td><td>2
(双目运算符)</td><td>自左至右</td><td>if(x<0||x>10)</td></tr>
<tr><td>13</td><td>? :</td><td>条件运算符</td><td>3
(三目运算符)</td><td>自右至左</td><td>max=(x>y)?x:y</td></tr>
<tr><td>14</td><td>= +=
-=
*= /=
%=
>>=
<<=
&= ^=
|=</td><td>赋值运算符</td><td>2
(双目运算符)</td><td>自右至左</td><td>a+=b(等同 a=a+b)
a*=b(等同 a=a*b)</td></tr>
<tr><td>15</td><td>,</td><td>逗号运算符
（顺序求值运算符）</td><td></td><td>自左至右</td><td>for(sum=0,i=1;i<1
0;i++)</td></tr>
</table>

说明：

①每个运算符都代表对运算对象的某种运算，并有自己特定的运算规则。不同运算符要求运算对象的数目不同，要求运算对象是一个的运算符被称为单目运算符，要求运算对象是两个的运算符被称为双目运算符，要求运算对象是三个的运算符被称为三目运算符。如+(加)和-(减)为双目运算符，要求在运算符两侧各有一个运算对象(如3+5、8-3等)。而“++”和--运算符是单目运算符，只能在运算符的一侧出现一个运算对象(如i++、--i等)。条件运算符是C语言中唯一的一个三目运算符，如x>y?x:y。

②表达式中如果出现多个运算符，在计算表达式的值时，必须考虑运算符的优先级别，优先级高的先计算，优先级低的后计算。编写程序解决实际问题时，优先级别低但需要先计算的运算要加括号以提高其优先级别保证优先计算。

③同一优先级的运算符优先级别相同，运算次序由结合方向决定。如果表达式中运算对象两侧出现相同优先级别的运算符，就要考虑先和左侧运算符运算还是先和右侧运算符运算的问题。例如，*和/具有相同的优先级别 3 级，其结合方向为自左至右，因此，3*4/5 相当于(3*4)/5，结果为 2（若按自右至左计算结果为 0 则是错误的）。

附录Ⅳ　C语言常用语法提要

为使读者在使用时查阅方便，下面列出C语言语法规定中常用部分的提要。只起备忘和参考作用，并没有采用严格的语法定义形式。

1．标识符

是程序设计人员为程序中要用到的常量、变量、函数、语句等所起的名字。可由字母、数字和下画线组成，必须以字母或下画线开头。大、小写的字母分别认为是两个不同的字符。

2．常量

1）整型常量

（1）十进制常量。

（2）八进制常量(以0开头的数字序列)。

（3）十六进制常量(以0x开头的数字序列)。

（4）长整型常量(在数字后加字符L或l)。

2）实型常量(浮点型常量)

（1）小数形式。

（2）指数形式。

3）字符常量

用单引号(撇号)括起来的一个字符，可以使用转义字符。

4）字符串常量

用双引号括起来的字符序列。

3．数据定义

程序中用到的所有变量都需要进行定义,不仅要定义其数据类型，必要时还要指明其存储类型。

变量的定义形式为：

存储类型　数据类型　变量表列；

例如：static　float　a，b，c；

（1）类型标识符包括int、short、long、unsigned、char、float、double、struct结构体名、union共用体名、用typedef定义的类型名。

其中，结构体的定义形式为：

struct　　结构体名

　　{成员表列}；

共用体的定义形式为：

union　　共用体名

{成员表列};

用typedef定义新类型名的形式为：

typedef 已有类型 新定义类型；

（2）存储类别包括auto、static、register、extern、(如不指定存储类别，作auto处理)。

注意：外部数据定义只能用extern或static，不能用auto或register。

4．表达式

1）算术表达式

（1）整型表达式：参加运算的运算量是整型量，结果也是整型量。

（2）实型表达式：参加运算的运算量是实型量，运算过程中先转换成double型，结果为double型。

2）逻辑表达式

用关系运算符、逻辑运算符连接的表达式，结果为一个整数(0或1)。逻辑表达式可以认为是整型表达式的一种特殊形式。

3）位运算表达式

用位运算符连接的表达式，结果为整型量。位运算表达式也可以认为是整型表达式的一种特殊形式。

4）强制类型转换表达式

用“(类型)”运算符使表达式的类型进行强制转换，如(float)a。

5）逗号表达式(顺序表达式)

形式为: 表达式1，表达式2，…，表达式*n*

顺序求出表达式1、表达式2、…、表达式*n*的值，结果为表达式*n*的值。

6）赋值表达式

将赋值号“=”右侧表达式的值赋给赋值号左边的变量。赋值表达式的值为执行赋值后被赋值的变量的值。

7）条件表达式

形式为: 表达式1?表达式2：表达式3

若表达式1的值为非零，则条件表达式的值等于表达式2的值；若表达式1的值为零，则条件表达式的值等于表达式3的值。

8）指针表达式

对指针类型的数据进行运算。例如，p-2、p1-p2、&a等(其中p、p1、p2均已定义为指针变量)，结果为指针类型。

以上各种表达式可以是包含有关运算符的式子，也可以是不包含任何运算符的初等量(例如，常量是算术表达式的最简单的形式)。

5．变量的初始化

可以在定义的同时对变量或数组指定初始值。

静态变量或外部变量如未被初始化，系统自动使其初值为零(对数值型变量)或空字符(对字符型数据)。对自动变量或寄存器变量，若未被初始化，则其初值是一个不可预测的数据（随机数）。

6. 语句

（1）表达式语句。

（2）函数调用语句。

（3）控制语句。

（4）复合语句。

（5）空语句。

其中控制语句包括以下几种。

① if(表达式)语句

或

```
if(表达式)语句1
else        语句2
```

② while(表达式)语句

③
```
do
    语句
while(表达式);
```

④
```
for(表达式1; 表达式2; 表达式3)
    语句
```

⑤
```
switch(表达式)
{
  case常量表达式1:    语句1;
  case常量表达式2:    语句2;
  ……
  case常量表达式n:    语句n;
  default:            语句n+1;
}
```

说明：case 和 default 本身只起标号作用，在执行上一个 case 所标志的语句后，继续顺序执行下一个 case 所标志的语句，除非上一个 case 所标志的语句中最后用 break 语句使程序流程转出 switch 结构。

⑥ break语句

⑦ continue语句

⑧ return语句

⑨ goto语句

7. 函数定义

函数定义的形式为：

```
存储类别    数据类型    函数名(形参表列)
{
 函数体
}
```

说明：函数的存储类别只能用extern或static。函数体是用花括弧括起来的，可包括数据定义和语句。

8．预处理命令

合理地使用预处理可以改善程序设计环境，有助于编写可读性强、易移植、易调试的程序。C 语言提供的预处理功能主要有宏定义、文件包含和条件编译 3 种，形式如下：

```
#define  宏名   字符串
#define  宏名(参数1，参数2……参数n)   字符串
#undef  宏名
#include  "文件名"或  #include <文件名>
#if   常量表达式
#ifdef   宏名
#ifndef    宏名
#else
#endif
```

参考文献

[1] 谭浩强．C语言程序设计[M]．北京：清华大学出版社，2000.

[2] 孟庆昌，刘振英．C语言结构化程序设计[M]．北京：北京机械工业出版社，2001.

[3] 李春葆．二级C语言学与练[M]．北京：清华大学出版社，2003.

[4] 梁平，赵雪政．C语言程序设计及实训教程[M]．北京：北京师范大学出版社，2008.

[5] 李凤霞．C语言程序设计教程(第2版) [M]．北京：北京理工大学出版社，2009.

[6] 陈广红．C语言程序设计[M]．武汉：武汉大学出版社，2009.

[7] http://www.72up.com/c.htm/.

[8] http://www.examda.com/ncre2/.